# 在那高山顶上

陈 果 著

四川人民出版社

**图书在版编目（CIP）数据**

在那高山顶上 / 陈果著. -- 成都：四川人民出版社, 2021.12

ISBN 978-7-220-12233-0

Ⅰ.①在… Ⅱ.①陈… Ⅲ.①报告文学—中国—当代 Ⅳ.①I25

中国版本图书馆CIP数据核字（2021）第260910号

ZAI NA GAOSHAN DINGSHANG

# 在 那 高 山 顶 上

陈果 著

| | |
|---|---|
| 出 版 人 | 黄立新 |
| 策划组稿 | 蔡林君 |
| 责任编辑 | 蔡林君 |
| 版式设计 | 戴雨虹 |
| 封面设计 | 李其飞 |
| 图片提供 | 陈 杰　罗光德　李依凡　王 永　等 |
| 特约校对 | 蓝 海 |
| 责任印制 | 周 奇 |

| | |
|---|---|
| 出版发行 | 四川人民出版社（成都市槐树街2号） |
| 网 址 | http://www.scpph.com |
| E-mail | scrmcbs@sina.com |
| 新浪微博 | @四川人民出版社 |
| 微信公众号 | 四川人民出版社 |
| 发行部业务电话 | （028）86259624　86259453 |
| 防盗版举报电话 | （028）86259624 |
| 照 排 | 四川胜翔数码印务设计有限公司 |
| 印 刷 | 四川新财印务有限公司 |
| 成品尺寸 | 170mm×240mm |
| 印 张 | 23.75 |
| 字 数 | 310千 |
| 版 次 | 2021年12月第1版 |
| 印 次 | 2021年12月第1次印刷 |
| 书 号 | ISBN 978-7-220-12233-0 |
| 定 价 | 88.00元 |

# 目录

为什么我有时是泪

有时是歌

为什么我有时是水

有时是火

——彝族诗人杨佳富《故乡》节录

曾被泪水浸润的土地

用那金色的手帕擦干

当石榴花开的时候

故乡的太阳还没有开放

——彝族诗人李阳喜《山魂》节录

我们没有

面对冲动的世界摆起否定的手势

只想踟蹰母语的山野

发现生存的理由

——彝族诗人鲁弘阿立《骨头》节录

序章

并不如初见

一山飞峙大江边

多情的汁液

默默浸泡平坝山冈

浸泡庄稼树木

浸泡我们

最初和最终的生命

——彝族诗人倮伍拉且《汁液》节录

乌斯河是一个袖珍小镇，镇口的加油站小得可怜。穿镇而过的S306线正在改造，在加油站百米开外，横跨大渡河的峨（眉）汉（源）高速公路桥墩浇筑紧锣密鼓。一河之隔，乌史大桥乡乌史村地界上，高速公路在不下10米高的空中飘出约莫一里后钻进山中——隧道全长12千米，最大埋深达1944米，为世界第一埋深高速公路隧道。汽车行驶桥上、洞中要在三四年后。眼下，桥墩正向上拔节，机具轰鸣声和叮叮当当的敲击声此起彼伏，编织成密不透风的大网。

　　听说我要把车停在加油站，然后去二坪，身着黄色工作服的她却是比以为我要加油时笑得更灿烂了：你可晓得二坪离这里有多远？难得低调一回，我说虽然晓得，几年没去过了，你帮忙科普一下？她的笑变得羞赧起来：其实我也没去过，只是听说，从乌史村走，骑摩托要一个小时，走路要六七个小时。不如从雪区那里走田坪、爬天梯倒要近些——对了，天梯你又晓得不呢？

　　只走过三四回。听我这么说，她眼神明显与之前不一样，我下面这句话，因此被她信服的目光镶了金边：对面这条路还没走过，这次想打个卡。

　　这条路此刻正盘绕在对岸气势雄浑的大山上。说起山的高大险峻，人们从来不乏形容词，比如重峦叠嶂、悬崖峭壁、孤峰突起、下临无地……用这些词形容这座山是不准确的，若要准确，该是这些词语相加。正如再凛若冰霜的人也会有微微一笑之时，乌史村后虽然山势高迈，身段却柔软得多。公路选择从这里爬山是拣了个软柿子捏，虽然"软"字也许并不怎么服气。路在山上盘旋，一段段的能看清，一段段的却像打起迷踪拳，有植被遮挡的原因，有一座山的后面还有一座山的原因。离登顶还有五分之一路程，公路从一个垭口消失，拐入一个隐藏更深的世界。二坪村就蜷缩在那个世界里。

热情的加油员帮我叫来一辆摩的。从成昆铁路大桥下穿过，往前二十来米，一座钢架便桥匍匐在大渡河上。桥是2017年11月架的，在那之前，乌史大桥乡一厘米公路也没有。经由这座便桥，修建通村公路的机具、车辆、建材源源不断开进乌史大桥乡。村道开通，峨汉高速扬鞭上马，便桥又承担起支持高速公路建设的重任。

桥上风大，路面又不平整，摩托车像漂在海面的舢板。过了桥，路愈发难走。看过阿波罗一号拍回来的照片的人都知道月球表面大坑小凼，和放大的菠萝皮无异。乌史村紧靠河岸的工地就是一块菠萝皮。姓杨的摩的师傅没忘记提醒我抱住他的后腰。摩托车一路蹦蹦跳跳，怕牙齿咬破嘴皮，我们都没有说话，只是在"菠萝皮"上蹦跶一阵后，杨师拿右手指了指混杂在村舍中的两个院落，大桥乡（当地人把乌史大桥乡简称为大桥乡）政府就在那儿，旁边是中心校。

其实，就是杨师不说话，不去指，我对这一带的印象也并非一片空白。2016年1月，以"走亲戚"之名，我当时所在的单位曾组织文艺小分队到二坪小学慰问演出。通往二坪的机耕道那时毛路初通，我们带来的慰问品和简易音响即是从附着在铁路大桥上的人行便道抬过河的。出于安全考虑，我们没有把自己装进三轮车斗，而是选择从田坪村爬天梯上山。再早一些，2011年，我曾有机会造访过中心校。只是那时，乌史村给我的印象，恬静得就像隔着玻璃的童话，安宁得就像落在雪地的月光。而今，一片曾经的田地被占据，一些曾经的屋舍被拆迁，一块曾经完整的天空被分割，屏蔽童话的玻璃碎了，堆成冬天的雪花融化了，洒满一地的月光被雪水冲刷得不见踪影了。外力的破坏性在这片土地上高调地宣示自身的存在，我的心中不由生出满满的欢喜。是的，破坏性有时也是建设性的潜台词，或者直接就是建设性的化身——当废墟成为新生的土壤，当毁灭成为重塑的契机，当一扇匐然打开的城门撞破了挂满尘土的蜘蛛网，当响亮的婴啼连接起世界和自身，阵痛之后的涅槃更值得我们欢欣。

——2019年12月23日正午时分，当我的身体随着一辆摩托车动荡起伏，思维也不由得波涛汹涌。一周前，我随雅安市美协去西昌参加凉山、雅安两地联合举办的以脱贫攻坚为主题的美术作品展览。人的浅薄和自私很少会自己暴露，多数时候是被逼得快要现了原形，还试图伸手去捂。我对凉山脱贫攻坚面临的形势任务的认识也是这样，如果不是因为要准备一个讲话稿，我根本不知道有"三区三州"这样一个国家级深度贫困地区的代名词，而四川凉山州正好同甘肃临夏州、云南怒江州并列为"三州"，是全面建成小康社会最坚硬的堡垒；不知道凉山州有深度贫困县11个、建档立卡贫困人口97万；不知道就在这一年，凉山州要完成14.1万人脱贫、318个贫困村退出，雷波、甘洛、盐源、木里四县脱贫摘帽任务……要说对这些全然不了解，当然也不至于。雅安和凉山一衣带水，从人缘上讲是亲戚，从地缘上讲是邻居，亲戚和邻居家的事，就是不主动打探，风也要刮过来一些，水也要漫过来一些，况且都快进入5G时代了，一个人根本就做不到闭目塞听。然而不得不说，这些信息到我这里已是"强弩之末"，他们的生活过成了什么样子我所知不多，他们正在经历的这场摆脱贫困的斗争进行得如何了，我也知之甚少。

大约也是良心发现，从西昌回来，借助一个"百度"牌望远镜，我对即将进入决胜之年也是收官之年的凉山扶贫之役进行过一番打望。这个过程中，两组数

地处横断山脉东缘的大渡河峡谷。高山顶上的二坪村，在过去的很多年里，是一个若有若无的存在

据引起了我的注意。一是截至2019年底，全国贫困发生率最高的10个县，只有6个不在凉山；二是2020年，凉山州将有17.8万贫困群众脱贫、300个贫困村退出、7个贫困县摘帽。这两组数据看起来切实具体，在我脑子里却是一片不能清晰聚焦的影像，这有点像我们远远看见一片森林，却并不知道当中有些什么树种，

更不知道其中某一棵的高度与胸径，而是与"只见树木不见森林"恰恰相反的混沌与模糊。我的好奇心被激发了，同时被唤醒的还有深藏不露的愧怍感——我的朋友李桂林陆建芬夫妇至今还在二坪村工作生活，而二坪村所在的甘洛县，是等待摘帽的"老大难"。

摩托车脾气好了许多，不再一会儿像扭秧歌，一会儿做跳楼状。杨师这才腾出了心思说话，开口头一句：这地方的人现在是享福了！我问他这话怎么讲。声音被风带过来：这条水泥路是今年1月开通，陡是陡点，窄是窄些，起码可以叫公路，汽车可以往山上开。毛路都没修时那才叫造孽，大桥乡七个村，任何东西都靠人背马驮。我们那一片，大人教育娃娃都说，要是不听话，以后就把你打发（方言，嫁人之意）到布依，或者让你上门（方言，入赘之意）到田坪。要是说把你打发或者上门到二坪村，那相当于说你遭人嫌弃到了顶点，送出去就不打算再回收了。我问杨师是哪里人，他说是乌斯河镇苏古社区的——我们苏古社区就是原来的苏古村，以前在大桥人眼里是好得没法的地方，现在打个颠倒，我们看着人家流口水。我说你说得也太夸张了吧，月亮走我也走，大桥乡在变乌斯河同样也在变。他说虽然我们那里也在精准扶贫，但"待遇"没有凉山好。问他能不能说详细些，杨师举了一个例：二坪村搞了易地扶贫新村，家家户户都有新房住，我们那里只有针对贫困户的危房改造。说到这里他话锋一转，国家跟人户（方言，家户、人家之意）一样，哪个困难大些，老人的心就偏向谁。他们发展得好我们也不吃亏，拿这条路来说，如果不是国家舍得拿钱铺，你今天走不到这里，我也挣不了这一百块——其实我刚才已来过一趟……

风大，路陡，弯急，摩托车油门又轰得紧，说话着实费力。杨师闭了口，专心骑他的车，我趁机透过360度全景天窗观览风景。要说眼前景色有多出类拔萃也说不上，没有高大粗壮的乔木，没有每每说到崇山峻岭十有八九要跳将出来的奇峰异石，没有流泉飞瀑，没有打扮春天的野花、歌唱黎明的鸟语，只有一座安安静静的大山像老牛蜷伏在地上，而我乘坐的摩托车，像一只从毛发稀疏的老牛的肚腩向脊背爬行的蚂蚁。但我仍是生出游客才有的兴致来了，为这安静的山，为簌簌落在发丝和肩背的大块阳光，为沐浴在阳光里的枯草、树木安详的神态，为钻进鼻孔的风纤尘不染，为坐拥一座远山的富足感。

二十多分钟后，我们来到一个叫布依的村庄。这是个蕞尔之地，平坦的地方种着萝卜，其间不规则地杵着收获后扎成捆的玉米秆。平坦的地方却不大，前面是陡坡，后面也是陡坡，形同一把沙滩椅。椅背上散落着一些人家，有瓦房有平房。椅背后腰处是连片新居，有三五十户。在靠近新居的开阔处，我让杨师停下车，把新村旧居一并装进手机。

重新出发，过不多久，到了一个叫作"过我"的垭口，就是我站在加油站看到公路消失的地方。过了垭口，对面又是一座山，一座更大的山。即使远远看着，山势也给人无以言说的威压：靠山顶两三百米是一道垂直起落的断崖，断崖下沿，一道斜坡向下伸展；往下又是一道斜坡，连着一道崖壁。一条灰色线条隔出了两道斜坡、两个村庄。上方是一个新村，层层错错，蔚为壮观。往北，线条以下，是一片色调黯淡的房屋，像新村投下的淡影。把垭口与新村旧居联系在一起的，是那根曲折蜿蜒的灰色线条。新与旧的接合处，线条显得平直，而我们下方，看起来岌岌可危。比陡可怕的是，路的一侧靠着高岩，另一侧是上千米的深堑。这时候终于明白，前些日李桂林在电话里千叮咛万嘱咐，让我千万不要自己开车上来，并非在制造紧张空气。空气已然够紧张了，偏偏杨师还说，昨天才放晴，这边阴山，好像还有暗冰。杨师善意的提醒让我紧张得说不出话，而他的话音却和风声一样大了起来，间杂着车轮下的冰碴儿的呻吟：看见左下方那道弯没？一个外地司机没经验，踩刹车不晓得松脚，结果刹车失灵，从这层路直接掉到下一层……

他这一说我哪还敢往下看，索性两眼一闭。当身子自动后仰，我知道到了两座山的夹角，路开始往上爬了。又过一会儿，身子归于平正，把眼睁开，杨师、摩托和我，到了新村入口。

这里是1组。老房子都是1组的，而新村里的房子并不仅仅属于1组。杨师像说绕口令般向我介绍，然后回过头，目光里是询问的意思：是不是就到这里？

新村修得漂亮。沿匝道往上走，入口处是一幢三层小楼，彝汉两种文字亮明身份：二坪村党群服务中心。三道双开玻璃门无一例外上了锁，门与门间的外墙上，村支部、村委会、村务监督委员会、农民夜校的牌子挂得热热闹闹。楼前空地被一块做旧的木牌定义为"文化广场"，靠外侧立着的公示牌上贴满表格。往前便是一排排新居了。近前为一楼一底，墙是白色的，蓝色琉璃瓦，一水儿的坡屋面。屋顶都背着太阳能热水器，大小整齐划一。

梦想和现实之间通常都有落差。然而这一次，梦想和现实的距离成了负数。把这句话说明白些，住进结实、漂亮的新家，二坪人梦里都想，但就算胆子很肥的村民，估计也不敢把梦中的家设计成眼前模样。打个不那么恰当的比方，如果他们的梦想值是100，呈现在眼前的起码是120。一种激动的情绪裹挟着我往前走，却有声音从背后跟了上来：别去了，里面还没住人。

有过那么一点犹豫，但我还是转身穿过广场，走过匝道，回到主路。路的前头，隐隐约约传来的喇叭声，对我是一种诱惑。随着脚步移动，慢慢听清楚了，喇叭里念的不是文件，不是新闻，也不是重要通知，而是——写到这里，我脑子里闪过表情包里的"笑哭"——不绝于耳的叫卖声：买菜买菜！各种新鲜蔬菜、水果、干杂！有莴笋、娃娃菜、大头菜、菌子、金针菇、芹菜、生姜、大蒜，有柑子、香蕉、甘蔗，有大米、鸡蛋、馒头、花卷、玉米馍馍、麻花儿、汤圆、饺子，有高粱酒、啤酒、豆奶、花生皇、香烟、烤鸭，有圆子、虾饺、火腿肠、清油、挂面，有盐巴、味精、鸡精、豆油、醋、麻辣丝、辣椒面、洋芋粉、花生米、白糖，有洗洁精、洗衣粉、抹桌帕、抽纸、饮料……

喇叭里的人一遍遍叫着，一个循环大约一分半钟。小喇叭置于一辆微型货车驾驶室顶棚上方，喇叭里叫唤的那些东西，扎堆在货厢里头，和喇叭里一样热闹。这热闹又是有秩序的，仰仗了焊接在车厢里的货架，一排排一架架，规规整整。不用说，这是一个流动微型农贸市场，车主把水果店、蔬菜店、干杂店老板加诸在身。那是一个看起来精明干练的男子，五十多岁，中等身材，偏瘦，爱笑，笑起来抬头纹一道比一道深。呼应着喇叭里和车厢里的热闹的是围在车旁的村民，有老有少，有男有女，有来的有去的。车轱辘上的市场一会儿就要开走，村民知道这个，所以争先恐后。答问，取货，上秤，接过现金或亮出收款二维码，老板忙得不可开交。

一个"美"字将我心里撑得满满当当。二坪喜事多，建起新村是一桩，汽车进村是一桩，老板忙碌是一桩。我为老板高兴不假，但我的高兴更多冲着村民，因为老板的忙是他们生活的显像。

撇下热闹，继续一个人的行走。往前，路有弓背似的曲线，也有波浪式的起伏。右手边是陡坡，陡坡上方是断崖。左手边也是一道坡，坡度却舒缓得多，一溜溜开成梯地，种着白菜、萝卜。右手边陡坡上站不稳一星绿色，脚下道路，俨然一条季节的分界线。让两个世界重新建立起联系的是叶片掉得精光的核桃树和摆布得毫无章法的石头。描述石头大小，人们常用的参照物是鸡蛋、碗口、脸盆。这儿却不行，连水桶、车轮、牛马也不够用。这里的石头动不动就要同汽车、碉堡、房屋比肌肉。石头差不多都是方形的，就连不那么规则的，也不是那么不规则。

拐过一道弯，从我站立的地方，公路像一支箭射向学校，逼近学校门口才向右虚晃一下，继续向前。我没有随箭头再往前走，也没有沿左手边的小路进入2组的民居深处。校门有两道，小门嵌在大门上，门框是钢管，其余是钢筋。一如

2019年以前，前往二坪村需要借助绝壁上的天梯，外地人因此把二坪小学叫作"天梯学校"

既往，上课时间，两道门都上了锁。我打算在门口等到下课，以免弄出声响。这时候，操场那头现出一个人影，朝我这边看看，慢步走了过来。是个穿棕色皮衣的妇女，系着围腰，脖子上吊一根绷带，绷带提拽着折叠在腰部的左手，右手拿一个铝盆。学校换厨师了，我想。以前的厨师我见过，个子矮些，人年轻。待她走近，我吃了一惊。她也一样：天呀，怎么是你！

从雅安开始打电话，到乌斯河也没打通，我佯装生气，还以为你们两口子把我拉黑了呢！

陆建芬扑哧笑了：有意见找通信商，到这里是找错了庙门。说话间她蹲下身子，将盆子放到地上，拿钥匙开了小门。我这时才关心起她被夹板和纱布软禁了的手。陆建芬叹口气，不中用了！进屋再说，外面冷。

因着地势，校园分上下两台。下面这台被一个标准篮球场占去大半。球场南端是学生厨房同给厨房相连的库房。厨房前，手臂粗的钢管撑起穿顶，三张长条形饭桌在地上一字排开。球场北面是老师寝室和盥洗间，同半开放的学生食堂一样，几乎贴着球场边线。盥洗间门口砌了台阶，总共七个梯步。走完梯步，左手是教师厨房，右手是一条一米多宽的走廊，串联起办公室、保管室以及稍远处的两间教室。走廊尽头又有台阶向下，对着学校大门。坐西朝东的教室前有两条绿化带，一条贴着走廊，种着柏树；另一条隔着球场、紧挨围墙，种的是玉兰、枇杷、樱桃。

李桂林椒盐味的普通话高一脚矮一脚走进耳朵。陆建芬问是不是先向他通报一下，我说，他上起课来六亲不认，不怕挨批评你就去。陆建芬笑了，反正我也是假巴意思问一声。陆建芬带我穿过操场，上台阶进了厨房。厨房分隔成内外两间，外间做饭，里间是饭厅也是客厅。进得里间，但见西面墙根处摆着一组布艺沙发，窄窄的，矮矮的，皱皱的。沙发前是一张茶几，茶几前有一组矮柜，上面有一台液晶电视机。房间实在小，一台电炉差不多就填满了剩余空间。

不免又问起那只手。陆建芬笑道，这段时间想偷懒，我和他都成了伤兵。这手是前些日走人户摔断的，绑夹板快一个月了。他上周去中心校，摩托车在工地上滑倒，把脚崴了。

说话间铃声响了。篮球落地的声音响起来了，孩子们追逐打闹和皮球撞击地面的声音传来了，又过了几分钟，李桂林的身影才进入眼帘。走路都一瘸一拐了，他还有心思开玩笑：要说是哪股风把你吹上山，今天也没见着起风。

山上没有山下有，我说，都这样了还上课，一天不争先进都不行？

还先进，不当后进就烧高香了。这学期拖到10月底才开学，要是上课再"水"一点，二坪小学就成了"水军司令部"。李桂林仍然是笑。

二坪小学和山下学校假期并不同步，山下放假了山上还在上课，山下开学了山上假期尚有余额，只因海拔悬殊、气候迥异，因地制宜做了调整。这个情况我早知道，但是这学期10月底才开学，迟了那么久，仍是让人意外。

7月29日，一场大雨引发山体崩塌，泥石流冲到学校围墙才刹住车。崩塌过后，山体出现一道长三五十米、宽五到十米的裂缝，上面派人查看后将其列入安全隐患点，学校所在的2组村民全部转移至安全地带，直到汛期结束。李桂林说到这里，上课铃声响了。李桂林让我少安毋躁，他还有最后一节课。我说你尽情发挥，我先走了。他没有半句挽留的话，而是笑嘻嘻说，下次再来！

这是李桂林式幽默，也是我和他习以为常的交流方式。他知道我不会傻傻待在屋里，知道我出去转转还会回来，知道我来一趟没有三五天不会下山。

才到校门口，我就被陆建芬拦截回来。流动农贸市场开到2组来了，她端回一盆蔬菜水果。把一个苹果塞到我手上，陆建芬说，屁股还没坐热就往外跑，村里人会说主人家待不得客（方言，对客人敷衍、不热情之意）。

我有几年没见到夫妇俩了。陆建芬富态了不少，加之一只手失去自由，一只手端着东西，看起来有些疲惫，反映在步态上是黏滞、缓慢。她让我进屋烤火，我说难得天气好，难得光合作用。嫌我家屋里简陋就明说嘛，你们城里人，嘴里讨不到几句真话。这么说着，陆建芬抬脚走向厨房。眨眼间她又走了回来，腋下夹着一根木凳，手上拿着一只红色塑料碗，碗里是刚买的橘子。

让一个"伤员"为我服务，罪过罪过。我快步迎了上去。

她抿嘴笑道，身残志坚嘛。不过好得差不多了，你也真是会选时候。要是早一个星期来，就不是我给你搬凳子，而是你给我端水喝了。

虽然没给她端水，我还是进屋为她搬来一根板凳。等她坐下来，我从双肩包里取出纸和笔，半是戏谑半认真地说，扯远了校长会有意见，言归正传，讲讲当年上山的事。

不是以前讲过了吗？再讲就成了重话老太婆。陆建芬一脸无辜。

上完课还要复习呢！

等他上完课给你讲吧，他是校长，校长讲得好些。

下课铃声又一次响了。学生们从教室里冲出来，一个个活蹦乱跳，像是电铃里的动静纵身跃到了地上。李桂林最后一个从教室出来，走到跟前，掸掸身上粉笔灰：都审过几次了，还要审？

他皮我也皮：晓得你两口子书教得好，可惜遇到"学渣"，只有再补个课。

李桂林闻言笑出了声。陆建芬也是。

2009年，李桂林陆建芬夫妇被评为"感动中国十大人物"；也是这一年，我被组织上从雅安抽调到老家汉源参与瀑布沟水电站移民工作。李陆二人都是汉源人，从电视里看了颁奖仪式，我七弯八拐找到马托乡贾托村，找到他俩假期落脚的陆建芬父母家中。一开始我只是想给他们献一束花，去了却发现，他们和电视上、和我想象中的并不是一个样子。电视上的他们盛装出场，头顶光环；想象中的他们意气风发，踌躇满志。同他们坐在一起，才发现他们原来如此平凡如此普通，而他们的人生经历与精神空间，却又远非高度浓缩的颁奖词所能容纳，远非一个电视短片的文字脚本所能抵达。同在窖藏丰美的天宝洞前开了天眼一样，我无法抗拒来自洞穴深处的诱惑，因而三次到二坪小学采访，并由此写下此生里第一本书。那本取名《天梯之上》的小书两次被翻译成英文出版，对一个业余写作者来说，似乎已是过得去的收获。然而只有自己知道，我一直深感有愧于李桂林和陆建芬，有愧于他们的经历与付出，有愧于被他们成全也成全了他们的这片土地。

　　这么说有一堆无比结实的理由：一是我的文字到如今还很粗糙，那时则尤其稚嫩。二是就格局来说，我的书写实在不够深远开阔。具体来说，夫妇俩到二坪干什么来了？我当时的理解是教书来了。这当然没有错，而错也恰恰错在自以为没错。教书的目的是什么？他们没有讲，但不等于他们没有想过，也不等于我可以忽略。但我偏偏忽略了，眼睛只停留于事情表面。三是他们教书育人的实践，我是浮光掠影记下来了。但他们教过的学生后来怎么样了，这是同园丁栽下的树是不是开了花结了果一样值得关注的事，是同一颗子弹射出枪管的去向和落点一样扣人心弦的事，而我竟未着一字。还有第四，2020年，中国有一件全球瞩目的大事发生：决胜全面小康，决战脱贫攻坚。没有一个高潮会突如其来，这个宏大目标的确立，也有一个循序渐进的过程。我们当然可以从中华人民共和国成立伊始追溯来路，但是严格意义上讲，中国扶贫开发是在改革开放以后才正式提出并大规模实施。有专家指出，从那时起至进入新世纪，中国的扶贫开发大致经过了三个阶段：第一阶段是以体制改革推动扶贫阶段，时间跨度为1978—1985年。第二阶段为1986—1993年的大规模开发式扶贫阶段，中央政府成立专门扶贫工作机构，安排专项资金，制定专门的优惠政策，并对传统的救济式扶贫进行彻底改革，确定了开发式扶贫方针。第三阶段以1994年3月《国家八七扶贫攻坚计划》的公布实施为标志，一直持续到2000年底。

进入新世纪，扶贫工作被提到了前所未有的高度，具有里程碑意义的是2013年11月习近平总书记到湖南湘西考察时首次提出"精准扶贫"以及在2015年11月27日至28日召开的中央扶贫开发工作会议指出，消除贫困、改善民生、逐步实现共同富裕，是社会主义的本质要求，是中国共产党的重要使命；全面建成小康社会，是中国共产党对中国人民的庄严承诺。几乎与此同步，"治贫先治愚，扶贫先扶智"的思路一呼百应，成为扶贫战役的重要遵循。熟悉教育工作和扶贫工作的人知道，这句话乃是习近平总书记一前一后两次提出。先是"治贫先治愚"。2012年12月29日、30日，习近平总书记在河北省阜平县考察扶贫开发工作时发表讲话："要把下一代的教育工作做好，特别是要注重山区贫困地区下一代的成长。下一代要过上好生活，首先要有文化，这样将来他们的发展就完全不同。义务教育一定要搞好，让孩子们受到好的教育，不要让孩子们输在起跑线上。古人有'家贫子读书'的传统。把贫困地区的孩子培养出来，这才是根本的扶贫之策。"再是"扶贫先扶智"。2015年9月9日，习近平总书记在给"国培计划（2014）"北师大贵州研修班参训教师的回信中写道："让贫困地区的孩子们接受良好教育，是扶贫开发的重要任务，也是阻断贫困代际传递的重要途径。党和国家已经采取了一系列措施，推动贫困地区教育事业加快发展、教师队伍素质能力不断提高，让贫困地区每一个孩子都能接受良好教育，实现德智体美全面发展，成为社会有用之才。"

某一天，重温这一句话时，我突然有了一个重要发现，那就是，李桂林是1990年去的二坪村，陆建芬比他晚一年，他们投身并扎根的高山顶上弹丸之地，是中国贫困山区的最典型样本，他们在那里教书育人，就是在以教书育人的方式阻击代际贫困，为当地脱贫攻坚决战决胜培植火种、积蓄力量。也就是说，早在20多年前，他们就以个体力量，提前进入一个尚未到来的历史进程。这是多么了不起的事，多么了不起的人！尤其当你知道，李桂林最初上山并选择留下，就是因为这里难以想象、不忍直视的贫困；尤其当你知道，这个几乎所有青壮年都是李桂林陆建芬学生的村庄，于2019年底摘掉了贫困村帽子。必须承认，二坪村脱贫摘帽，是一个系统工程的作用，是多方力量的合集，是久久为功的例证，是体制优势的闪光。如果有一个功劳簿的话，一定写满了密密麻麻的名字。同样必须承认，密密麻麻的名字当中，李桂林和陆建芬该是排在最前面，因为他们是一片荒山的开拓者、一条道路的开掘者，也是一辆车的引擎、一团光的中心……

应该有一部《天梯之上》的续集，或者是"增强版""完整版"，不仅仅把李桂林和陆建芬的奋斗历程记录下来，还要把见证了他们青春、洒下了他们汗水的村庄描摹下来，把两位老师的学生、一座村庄的主人搬到纸上，留下一个历史的参照、时代的镜像。可我又对自己的想法保持怀疑。赫拉克利特已经说过，人不能两次踏进同一条河流。如若真的重蹈旧河，免不了接受一系列的质疑与诘问，比如来自别人的这是不是在跟风、蹭热度的腹诽，又或是来自自己的是不是有能力让作品回应外部的诘问。等我终于下了决心，安排出时间，鼓足了勇气，通过一个电话把内心里挣扎着的那一个自己揪到李桂林面前，他先以为我是酒后吐胡言，见我是真的要和自己过不去，不由哈哈笑了：是"温故而知新"的意思吗？

其实，关于过去，关于李桂林误打误撞来到二坪，再挖空心思把陆建芬拖上山来的过程，我要他们从头讲起，是想和当年的他们再次相逢，同他们一起回溯往事，进入时间的深处和他们的内心，进入他们同二坪村交织缠绕的30年，并在此间互作依托、互相改写、互为参照的命运。

心中的万语千言，我用一句话做了概括：这一次，不达目的，我不会走。

陆建芬说，来都来了，有什么办法。

李桂林问，你实在不走，我们走可以不？

第一章　去二坪

穹顶之下无新事。曾经的二坪
村，除了天空，一切都黯淡无光

巫师说：

所有的影子都不相同

说完他就咬住了烧红的铧口

——彝族诗人吉狄马加《影子》节录

从汉源县马托乡初级中学毕业，李桂林毫不犹豫回了万里村。村小正好要招一名"代民师"，他想试试。

　　那是1985年夏天。那时候，在当地，初中毕业生比煤油票还要紧缺。

　　哪怕前边有个"代"字，毕竟是当老师！在李桂林看来，天底下最好的职业也就是老师了——门一关就你一个人说了算，谁也不能有意见。当然这只是个玩笑，但玩笑里边，老实龙门阵的成分也是有的。因此，如愿以偿成为"代民师"那天，李桂林心里那个高兴，三个作文本也写不完。

　　李桂林是个死要面子的人，不论什么事都想做到最好，好到别人都做不到的程度。教书更是如此。工资高低先不去说，教学成绩绝不能拉稀摆带——学生分数就是老师的面子，何况他也不是不知道，面子和里子通常都裹在一起。他又不傻。

　　那时候李桂林就晓得弯道超车的道理了，虽然话不是这么说。嫌按部就班来得慢，他死磨硬缠让校长多给自己安排几堂课。课上完，逮着空当，他挖空心思同老资格的同事套近乎，要么争取上课时允许他旁听，要么让人家抖搂两句"经验之谈"。

　　"代民师"拿的是死工资，李桂林如此认真，不会是走火入魔了吧？提心吊胆捱到期末，校长眼都直了——李桂林教的学生拿了全学区第一。这可不是"撞天昏"（四川方言，碰运气之意），接下来的连续几年，李桂林所教的班，成绩在全学区不是第一也是第二。校长看出道道来了，李桂林想当老师，这个"老师"不是"民师"，前面还没有"代"字。

校长看破也说破，李桂林没有觉得难为情。人往高处走，不丢人。


1990 年 8 月里的一天，李桂林到乡上办事。已经走出乡政府大门，他又折了回来。那些天他有点闹肚子，水火不留情，得把"问题"解决好。李桂林从厕所出来，目光落在了一对彝族人打扮的母女身上。他进去时她们就在这儿，差不多十分钟过去了，她们还站在这儿。要说她们也想"解决问题"，乡政府厕所虽然简陋却也宽敞，用不着"轮蹲"；要说她们在等人，旱厕味道大得能把人抬出三里地，就不知道换个地方？

你们……有什么事？李桂林爱管闲事的毛病说犯就犯。

看看他，母女俩都是一脸茫然。李桂林很快反应过来，把同样问题重复了一次。这一次，他打起彝话。

没什么事。小姑娘脸上泛起红晕。

不便多问，李桂林拔腿要走。

我们就是想上茅房。中年妇女的话拍打着他的后背。

接下来的交谈让李桂林极为震撼：由于不识字，尽管厕所墙壁上"男""女"斗大，母女俩还是担心走错了地方。

你没读过书？李桂林忍不住问。看样子，姑娘已十四五岁。

读书？姑娘看了李桂林一眼，目光躲到一边。

这才知道，母女俩是从甘洛县乌史大桥乡二坪村来马托赶集的。二坪请不来，更留不住老师，村小已停办多年。二坪人很少出村，除了山高路险，另一个原因是他们同山下世界隔着一道语言的深涧。都是睁起眼睛的瞎子，长了舌头的哑巴，哪个不怕——这是姑娘母亲的原话。

过了很多年，想起姑娘母亲那天讲起的那件事，李桂林心里仍然说不出的难过。

二坪村有个老乡打到一只野猪，砍了半边下山换钱。卖完肉，饥肠辘辘的他走不动了，撞进一家饭馆。他不会汉话，老板不懂彝话，双方打手势猜起谜语。老板指指他的衣兜，让他把钱装好，不然要掉出来。老乡以为老板怕他没钱，掏出一张"大团结"。"大团结"那时是真的"大"，老板摆摆手，让他把钱先收好，吃完再说。老乡比画半天，"言"下之意，这么大张的钱还嫌小，我可等着找零！老板急了，你不开腔，我又不是你肚里蛔虫，咋晓得你想吃啥。老乡心里苦，红着眼圈又摸出几张钞票。老板彻底被搞糊涂了，转身去找隔了两间门店的彝族朋友做翻译。远远地，老板和朋友见那老乡手忙脚乱背上背篼往外跑，以为他顺了店里东西，拔腿追了上去。把人拦下却发现，事情从一开始就是误会。误会根源却是老乡不光不识字，还认不得钱，先以为老板要敲他竹杠，后来又以为是买肉的人骗了他，给了不顶用的票子。看老板找了人来，以为遇到"棒客"，他更怕了……

天底下竟然还有人认不得钱，李桂林无论如何不相信。但这个不相信只是不愿信而已，他知道，人家没必要骗他，就是骗，故事也编不了那么圆。告别母女俩，李桂林去了乌史大桥乡。就在前不久，乌史大桥乡派了人来，说李老师你书教得那么好，你在马托工资43元，要是肯到二坪，我们给60元。别说多给17元，就是再多17元也提不起李桂林的兴趣。李桂林在马托是"代民师"，要是去了二坪，身份就成了"代课老师"。"代民师"寒暑假工资照发，"代课老师"假期里却不说这头。"代民师"和"代课老师"更大不同是，如果有指标，前者有资格参

二坪是一个村，也是一个传说。传说里的二坪村，鸟也不能轻易飞得上去

加转正考试，后者则只有看热闹的份儿。换言之，若说"代民师"已矮人一头，当了"代课老师"，又要矮下半个肩膀。所以对方开的条件，李桂林一点儿都没往心里去。与母女俩的邂逅激起了他的好奇心，他想知道大凉山的版图上有一个怎样的二坪，也想知道一个地方何以落后闭塞到如此地步。

李桂林对二坪这个地名其实并不陌生。每天推开家门，横在眼帘的便是一道深深峡谷。谷底，大渡河像粉笔勾出的一条白线，抬起头来，对面山势陡峻，峥嵘崔嵬，云遮雾罩之间，人户星星点点。那里是二坪村，凉山州的二坪村，大人一次次讲，李桂林一次次想，如果架一座桥，走上30分钟也就成了"凉山好汉"。

听说李桂林不请自来，一个皮肤黝黑的男人兴冲冲迎了上去。李桂林知道找对了"庙门"：眼前站着的阿木铁哈是乌史大桥乡党委书记，兼任甘洛县苏雄区教育组组长。

阿木铁哈的热情换来的是李桂林的牢骚：二坪老百姓连茅房都认不到，连钱都认不得，你这领导怎么当的？！

阿木铁哈不急也不火，叫他有事慢慢说。李桂林便把刚才如何碰到母女俩以及女孩母亲讲的事从头到尾讲了一遍。讲完又是一个疑问句：啥年代了，怎么还是这个样子？

话不说不清，理不辩不明。阿木铁哈把李桂林请进办公室，递上一杯茶，家家都有一本难念的经，二坪这本有多难，李老师你有所不知。

水汽袅袅，像阿木铁哈的话语不疾不徐。甘洛县在凉山州最北端，大桥乡在甘洛县最北端，二坪村又在大桥乡最北端。这里算得上甘洛县最边远、最艰苦、最落后、最贫困的村子了，不通水、不通电、不通路、不通邮，全村百余户人家，算得上与世隔绝。悬崖峭壁上的木梯是村民进山出山唯一的路，上不沾天下不挨地，空着手走都能吓死个人。二坪村的老年人都是"睁眼瞎"，直到1968

年，县教育局花费2000块钱，修建了总面积不超过120平方米的2间教室、1间寝室。日子苦成黄连，如何留得住外地来的老师？学校建好，先后来过3个公办教师，却一个个削尖脑壳往外跑，学校不得已关了门，从1979年一直关到如今。

阿木铁哈讲到这里，李桂林心中的好奇变成了愤愤不平：这些老师——还是公办——咋就狠得下那个心！

阿木铁哈两手一摊：天要下雨，娘要嫁人。脚杆长在人家身上，我也没有办法。

没有办法就不能想办法了？！李桂林难以理解也无法苟同：说白了，还是你们不重视，认为读书不能当饭吃。

阿木铁哈急得站了起来：李老师，你这顶帽子实在是扣偏了。读书的确不能当饭吃，但是照我看，读书和吃饭一样，都是要命的事！

老母猪打架——光动嘴。这句话竟然从嘴里边跑出来了，李桂林自己都觉得吃惊。

阿木铁哈显然是受了刺激，脸上红一阵白一阵。等红和白都从脸上褪去，阿木铁哈重新坐了下来，看着李桂林说：李老师，我也给你讲个事吧，一个发生在二坪的事——

给苞谷薅草，呷呷勒学不敢马虎，若要马虎他就不会再下地来——这是"薅二草"了，苞谷地在5月里已被薅过一遍。苞谷叶片再肥厚些就成大刀了，带了细细齿刃，在手上、腿上不时剌蹭一下，又痛又痒。憋着股劲儿忙活半天，呷呷勒学伸个懒腰，顺带拿手抹掉额上的汗。这工夫，他抬头望了望天。云层后的太阳显见是想钻出来，似乎又欠着点决心，暑热却是该下来的半点儿都没客气。

这日子啥时候是个头啊——

这是一句随时可能从二坪人嘴里冒出来的话。最初，这句话后边是有一个问号的，像缀着一只耳朵，等着一个回答。然而，人们始终没有等来答案。

但是这一次，呷呷勒学听到远处传来了回音——木乃，木乃啊……

拖在"木乃"后面的声音像一支乱了阵形的队伍，杂沓混乱。彝族称老大为"阿木"，老二为"木乃"，依次往下，是"木基""木果""木牛"。这是男丁排行。女子是另一个序列，叫老大"阿衣"、老二"阿呷"、老三"阿支"、老四"阿各"、老五"阿牛"。声音是顺着一台台梯地爬上来的，来得远，路又颠簸，是队形混乱的原因之一。另一个原因是喊话的机几日哮喘严重，喉咙间像卡了痰，声音从痰里穿出来，力道上打了折扣。

怕那边急出个三长两短，呷呷勒学放下锄头，往梯地下方连跑带跳出老远一截才停住身子，高声问道，啥事，幺爸？

要注意，要注意！也不知疯了还是癫了，木基叶子提起斧头到处乱窜，看样子是要杀人！

"斧头"是一声惊雷，"杀人"是一道霹雳，呷呷勒学身子有如过电般抖了两下。3月里，木基叶子放过话，要是哪天不想活了，无论如何要拉几个人"垫背"！

拉人"垫背"，而且几个。他当时这么说，呷呷勒学只当是句酒话。村里男人哪天不喝酒？酒后的话要是能当真，那肚子不挨饿、米饭敞开吃这样的梦话也能当真。问题是往常天塌下来也不抬眼皮的幺爸今天慌成那样，实在很不正常。这个时间段，青壮年差不多都在地里干活，留在家的主要是老弱病残，要是木基叶子真的发疯乱来，那还了得！想到这里，光着双脚的呷呷勒学箭一般向寨子里射去。

书记、村长（现称村主任）、文书是跑不掉的，木基叶子说过这话。书记阿木什打和文书铁拉阿木住1组，村主任木呷举打住2组。既然住在2组的幺爸跑来报信，说明木基叶子是往村主任家去了。呷呷勒学的判断没有出错，离哈打阿莫家不足20米，站在两米多高的堡坎上，他看见木基叶子提着一把斧头，歇斯底里地往门板上砍，往门框上砸！

从门板与门框之间的空当，从土坯墙与茅屋顶的交接处，从茅草纤细、繁复的缝隙间，从恐慌惧怕的最深处，传来一阵阵尖叫、一声声啼哭。那不是一个人的声音，是一群人的声音。呷呷勒学听出来了，屋里的人不下十个，除了哈打阿莫，全是老人孩子……

快别发疯了，不然我对你不会客气！呷呷勒学冲木基叶子大吼一声。

木基叶子停下手上动作，慢慢转过头来。见是呷呷勒学，不耐烦地说了句，你算老几，爬远一点！

在二坪村，不把20岁的呷呷勒学放在眼中的人还真是难找。他是基干民兵，长着1.75米的个子。木基叶子冲他要横，却也并不完全是狗急跳墙。20岁对抗37岁，谁强谁弱，这个难说。但是个头上，木基叶子占了两厘米优势。比两厘米更大的底气，木基叶子是全村摔跤冠军。

明明是孟仲交接的夏日，明明云层比先前变得薄了，地气升腾也到了一天里最紧迫的时候，呷呷勒学仍是一阵战栗。他被木基叶子的眼神吓到了，被他满脸的血污吓到了。

我再说一遍，要是不想死，马上爬开，越远越好！木基叶子话音未落，一块石头便朝呷呷勒学飞了过来。幸亏石头没长眼睛，也可以说是长了眼睛，啪的一声后，呷呷勒学回头去看，一根拇指粗的苞谷秆应声倒地。

侧身躲过又一次袭击，呷呷勒学趁势斜坐在地上，顺手抓起两块石头，左右开弓扔了出去。其中一块失了准星，飞到哈打阿莫家茅屋顶，另一块只差一点就击中木基叶子左肩。

几个回合下来，谁也没占着便宜。木基叶子眼珠子骨碌一转，指着呷呷勒学，有本事你下来，看我不抽了你的筋、扒了你的皮！

激将法果然奏效。大吼一声，呷呷勒学纵身跳下两米多高的堡坎。

一丝狞笑从木基叶子嘴角爬到脸上，以迅雷不及掩耳之势，他抡起斧头向呷呷勒学猛地冲了过去！

木基叶子想要一招制胜。然而，正是他的心急给了呷呷勒学机会。地面凹凸不平，一个浅坑让他的身子不由自主晃了一下。猝不及防的动作变形让他的进攻从线路到时间都出现了偏差，呷呷勒学绕到他的身后，像铁丝箍住木桶般用力把他抱住。

斧头虽在手中，活动半径已被大大限制，木基叶子又气又急，发出了野兽般的咆哮。用脚踩，用头顶，用背拱，用手肘撞，眼见这一切都不奏效，他使出吃奶的劲儿，像只陀螺旋转起来，试图把粘在后背的对手甩掉。识破了木基叶子的计谋，呷呷勒学十指扣得更紧，像是涂了胶水，还打了铆钉。

这个时候，哈打阿莫找来一根麻绳，呷呷勒学16岁的弟弟木机巴叶也闻讯赶到现场。像对付一头过年猪那样，三个人合力把木基叶子捆了个结结实实。

说，你脸上的血哪儿来的！呷呷勒学和哈打阿莫声音重合在一起。

木基叶子的回答让人头皮发麻：哈哈哈哈哈哈哈……

撬开木基叶子的口，哈打阿莫想到一根钢钎。钢钎插在不远处的路边上，头一天有人用来拴过牛，一时没有取走。他和呷呷勒学商量，先把人拴稳当了再慢慢盘问。

一阵哭喊声由远而近传来。一个村庄的哀恸在穹顶下低回，一宗二坪人永远难以释怀的凶案，在村民们的哭诉中，在随后赶到的公安人员的勘验与调查中，渐渐现出轮廓。

这天早上，木基叶子、阿吉夫解两口子早早下了地。一起下地的还有来帮忙的瘸了腿的曲打阿木。午饭吃的是玉米馍，做馍用的面，是木基叶子家最后一点粮食。最后一坛酒也喝干了，坛子小得像升斗，而木基叶子的酒量大得像桶。吃完饭曲打阿木回了家，没隔一会儿，木基叶子和阿吉夫解争吵起来。争吵以阿吉夫解性命结束而结束。出门看到8岁的阿吉、5岁的阿衣、3岁的木呷，砰砰砰，3个孩子应声倒下。这一幕被阿克沙加看见了，她刚张嘴喊了一声，木基叶子手上钢筋又朝她追了上去……

打死5个人，伤了6个，木基叶子不光没有收手，还在心魔推搡下，向着"拉人垫背"，取了书记、村主任、文书性命的恶念迈开了双腿。木呷举打离得最近，木基叶子先去他家。正要出门下地的木呷举打见到杀气腾腾的木基叶子，才刚说了个"你"字，对方二话不说朝他扑了过来。见势不妙，木呷举打侧身躲过，夺门而逃。木基叶子不知何时把钢筋弄丢了，因而没有急着往外追，而是无头苍蝇般在屋里东翻西找。木呷举打趁机大喊几声"木基叶子要杀人，大家小心"，然后，钻进了一片苞谷地。木基叶子提着斧头追出来，没有看见木呷举打，却恰好看见好些人在往哈打阿莫家里跑，哈打阿莫在急切关门。

事情必须报告政府，必须有一个严肃庄重的交代。几个村干部商量后做出决定：哈打阿莫留下看守凶手，2组组长木乃日帝下山报案，其余村组干部组织村民料理后事。

二坪村没有公路没有桥，也没有骡马道。羊肠小道倒是有的，但走着走着就没了。脚印在悬崖边消失，山下的人要上来，山上的人要下去，必须经过一道悬崖。远看是一道悬崖，近看却是很多道，像原本码得齐整，被人不小心触碰，现出些许参差的一大摞书。300米落差的悬崖，人们是如何跨越的？往前说，一半是拼，一半是赌。所谓拼，当然是拼胆量、拼体力，靠着年轻力壮，踩着岩壁上的褶皱，抓着自岩缝生出的植物，来一场直上直下的冒险。所谓赌，则是赌的运气，运气好

大河、峡谷和路

可以全身而回，要是运气差了那么一点，是死是活，全看造化。后来有了被人称作"天梯"的木梯，搭在最紧要的几处巉岩。"路"往前走了一步，但日晒雨淋加上风吹雪打，木梯难免老化，难免危机四伏，踩到那个"点"上，后果可想而知。

　　木乃日帝下了天梯，过了天梯下的田坪村，就近去了乌斯河镇政府报案。从田坪下到山底，过吊桥到雪区，从雪区沿金乌公路上行8公里到乌斯河镇，再从乌斯河走附着在成昆铁路大渡河大桥上的人行便道过河，是二坪、田坪通往大桥乡政府的唯一通道。乌斯河镇政府工作人员起先还以为木乃日帝酒喝高了，见他急得两只脚都要在地上跺出坑来，又伸长鼻子嗅了嗅，确信他没有喝酒，不是胡言乱语，才拿钥匙打开锁住摇把子电话的木匣。电话打到汉源县政府，县政府打到雅安地区公安局，地区公安局再打到四川省公安厅，进而一层层打到凉山州、甘洛县，最后打到苏雄区派出所。距离遥远，山路崎岖，悬崖陡峭，天又下着瓢泼大雨，办案民警紧赶慢赶，到了案发现场，已是第二天凌晨5点……

　　没等公安人员在李桂林脑子中停留太久，阿木铁哈把时间拉回到了眼下：正因为远和险，二坪才留不住老师。正因为没有老师，村民才没有文化。又因为扁担粗的"1"都不认识，木基叶子才没有一点法制观念，把斧头当了王法……

　　什么时候的事？李桂林喃喃问道。

　　6月10号，到今天也就一个半月。

　　既然你也知道，更不能坐视不管。

　　我知道的不光这个。我还知道，没有文化是穷根，而一个人要是穷心慌了，什么事都干得出来——就像木基叶子，要是日子过得下去，也不会变成疯牛。阿木铁哈边说边摇头：难怪有这么一个成语，穷凶极恶。

　　李桂林的话直得像一根针：道理你懂得不少，实际又做了多少？

　　阿木铁哈苦着个脸：脑壳皮差不多都抠破了。

李桂林鼻孔里哼一声，说的比唱的好听！

阿木铁哈就有些激动了：李老师，你可不能这样说。我还派人找过你呢，不也照样请不动吗？不过今天你既然亲自找上门来，二坪娃娃就有书读了，我代表大桥乡党委政府欢迎你、感谢你！

李桂林原本只想给他上一课就抬脚走人，没想到阿木铁哈会拿自己的棍子戳自己的眼睛，更想不到他会挽个圈套让自己往里钻。李桂林忙不迭交了底：可以教书的大有人在，随便找一个不就行了？要不是我在马托那边走不开，答应你也等不到今天！

说得轻巧，抬根灯草！阿木铁哈也是急了：二坪几百人全是彝族，根本听不懂汉话。会打彝语会说汉话，又会识字教书的，随便找一个，以为这是拍苍蝇？

可我一个雅安人到你们凉山代课，这是八竿子也打不到一起的事！李桂林有意把话说得很硬。

一座山分不开一个天，一条河隔不断一家人。你我都是彝族人，如果有条件为同胞做一点事，同样都是教书，难道不是更有意义？阿木铁哈的声音上像是压着一个秤砣。

阿木铁哈的话让李桂林陷入了沉默。沉思良久后，他说：我想想办法，帮你找一个老师。

李桂林以为阿木铁哈听到这话脸会笑烂，怎料他眼皮也没往上抬一抬。知道阿木铁哈担心自己是空口说白话，李桂林打下包票：如果我找不来人，到时候上山的就是李桂林！


李桂林不是那种"说过风吹过的人"。承诺为二坪村找代课老师前，他在心里算过账。万里村彝汉杂居，会彝语的中学生少说有十多个，如果把范围扩大到小学生，一百号人只多不少。在上百人里找一个代课老师，李桂林相信，这比"抬根灯草"轻松多了。

李桂林后来才知道，这根"灯草"竟重于泰山，这句承诺是作茧自缚。

一连几天，李桂林早出晚归，把村里符合条件的人访了个遍。先是找识字的彝族人，可他们的问题如出一辙：你咋不去？难道你不是彝族人？要我去那个屙屎不生蛆的地方，不如直接叫我出家当和尚！无奈之下，只要识字的他都去找，可人家的话一个比一个说得难听。也有那么两个多说了两句，隐隐透露出那个意思，可一听说每月只有100元，又都三缄其口。李桂林不得已把视线放到村外，又把双腿挪到外乡。闭门羹吃了一碗又一碗，李桂林仍不甘心，发动亲戚朋友四处发布"寻人启事"，可折腾来折腾去，终是一无所获。

暑热正在退去，暑假就要结束。坐在自家小院核桃树下，李桂林却像坐在一个火盆子上。眼看就要开学，亲口应下的事八字还没一撇，他心里有一只猫在不停抓挠。

太阳落山时，一个身影出现在小院门口。来人阿木什打，受阿木铁哈指派找李桂林要人。

"新郎"娶亲来了，"新娘"还不知在哪儿。李桂林知道，这顶"大花轿"，只有自己上了。

听说李桂林要随阿木什打去二坪，刚刚还忙着为客人递烟上茶的父亲李洪云脸色一下垮了下来。他把李桂林叫到屋外，一句话亮明态度：不行，说上天去也不行。

但我已经答应人家了，总不能说话不算数。李桂林本想再说一句，你以为我愿意啊，当初没管住嘴巴，这会儿也后悔得要死。但这次他管住了嘴巴。

就说我不同意！李洪云想了想说。

我也不是三岁娃娃，拿你当挡箭牌，不合适。一边这么说，李桂林一边想，人再怎么窘迫，还是要给面子一个搁处。

豆芽长到天还是下饭菜，你活到100岁还是老子的儿！父亲的声音往高处抬得很快。

李桂林沉吟半晌，依了父亲：就按你的意思吧。不过以后要是有人说我们李家信用不好，这口黑锅你得自己背着。

李桂林使的是缓兵之计。第二天，黑咕隆咚中，他和阿木什打偷偷摸摸出了门。

陆建芬两天前去了娘家，李桂林知道，无论如何，必须给妻子打声招呼。从万里村到贾托村，先要翻过一道梁，再要越过一道沟，一走就是两个小时。越是靠近贾托村，李桂林越感到呼吸急促——从小到大，这是他第一次以逃跑的方式离家出走。

听说李桂林要去二坪代课，陆建芬急得眼泪潸潸。

只是去看看，不行我就回来。李桂林不敢多说，他怕说多了两条腿不听他的。

离开贾托时，李桂林没有回头。没有回头，李桂林仍感知得到，陆建芬木讷讷站着，两行泪流成了河。

从贾托走到乌斯河已是日上三竿。从乌斯河走到雪区，又是一个半小时。早就等在这里的几个二坪村村民等来了支书和老师，却没有等来老师的行李和开学必需的书本，眼里空得有如经过了一场浩劫。

只有走一步看一步了，他们和李桂林想到了一处。

一座颤颤巍巍的铁索桥横在大渡河上，不宽的桥面上稀稀拉拉铺着木板。透过木板缝隙，不想看也看得清楚，大渡河以一泻千里之势奔涌向前，像一万匹烈马在奋蹄疾驰。浪头抛得很高，比浪头更高的是河水发出的吼声。壮着胆子走到桥中央，李桂林双腿变得虚软起来——桥面缺了两块木板，空缺处看起来犬牙交错。

过了这座桥，接下来的路再怎么也要好走些。李桂林当时这样以为。他哪里知道，这还只是毛毛雨，称得上暴风骤雨的考验还在后面。

桥的尽头是山路起点。山是真陡，路是真窄，石子遍地的路面是真滑。力气用在了对付比老家难走三倍都不止的路上，从路上经过的时间于是成了一个模糊概念。走不出几步，李桂林就会停下来抹一把汗，趁机看一下潜伏在视线以外的村子是不是露出了头来。终于，看不见的前方传来几声鸡鸣、几声狗叫。李桂林兴奋起来，他问走在前面的铁拉阿木，这是要到了？

答话的却是阿木什打：快了快了。

李桂林心里踏实下来。要是再走不到，他是真的不想再往前走。

终于到得一个村庄。李桂林觉得它和自己想象里的似乎很像，又似乎不像。至于像在哪里，不像又在哪里，却又说不清道不明。走着走着，村子已被抛到身后，领路的阿木什打却一点没有停下来的意思。李桂林急了：这是要去哪里，这是怎么回事？

刚刚经过的是田坪村，二坪村就在前面，真的不远了。烈日暴晒下，阿木什打的脸红得发亮。

路越来越窄，山越爬越陡。走了大概又一个从桥头到田坪的距离，阿木什打转过身，冲李桂林讪笑：就在上面。

前面已没了路，只有一道断崖。紧挨断崖搭着一架木梯，几乎与地面垂直。木梯骨架是两根碗口粗的圆木，圆木上每隔二三十厘米砍出一个凹槽，凹槽里用铁丝绑着木棍，作为梯步。

黄鹤之飞尚不得，猿猱欲度愁攀缘。这哪是上山，简直就是上天！李桂林倒吸一口冷气，双脚像焊牢在了地上，想挪也挪不动，想提也提不起。悔意在他的心里翻滚起来，要是听了父亲的话，或者不无事生非找到大桥乡上，今天就不会吃这个苦受这个罪。

虽然后悔，李桂林心里仍是明白，除了上山已无路可走——就是在梯子上丢了命，也不能在众人前丢了脸！

前边两个人开路壮胆，后边两个人压阵看护。牙关一咬，李桂林上了木梯。梯子一下哆嗦起来，伴着吱吱呀呀的响声。

这道悬崖并不算高，木梯只有5步。爬过木梯，蹲下身子，李桂林忍不住回头去看。山下，大渡河对岸公路细得像一根麻绳，而刚才汹涌澎湃的大渡河，端庄得像一个淑女。这看似平静的场景却暗藏着握蛇骑虎的危险——来路隐于危崖，此刻歇脚之地高悬于河谷上方，让人很容易联想到绝地生存的岩羊。

一只老鹰掠过头顶，凉风打在脸上，只在刹那之间，已经慑魄掠魂。李桂林暗自庆幸：若非神经紧绷、高度戒备，不被那老鹰扑翻，也要被那疾风刮倒！

短暂休息后，李桂林被一行人簇拥着再次上路。一二十厘米宽的小路曲折迂回于悬崖之上，李桂林努力控制住心跳，将身子紧贴岩壁，手脚并用地一寸一寸往前移动。

又一道木梯横在前方。木梯以上，隔着一块巨石，是一架同样笔陡，却比之前高出两倍的天梯。

铁青着脸，李桂林冲阿木什打说：我不去了。

阿木什打没有看他，而是朝随行村民使个眼色：给我捆上！

还在雪区李桂林就看到铁拉阿木肩上搭着一捆麻绳，却万万没想到他们会来这么一手。不敢乱动又不甘就范，李桂林又急又气地冲阿木什打嚷了起来：还有没有王法！亏你还是党员，还是干部！

别的都没多说，阿木什打只摆摆手，放心，放心！

刚在这道木梯上升了两格，不知从哪里钻出来一阵大风。揪着衣服和头发撕扯也就罢了，连长在山崖上的那些草和树也都在鬼哭狼嚎，让人不禁怀疑，莫非整座山都要被这狂风劫掠而去。

李桂林身子筛糠般抖动。阿木什打见状，一边大声喊话，一边往上紧了紧手中绳子。绳子传递过来的力量，让李桂林镇定了一些。他将右手绕过木梯龙骨，握牢在了一根横档上，左手则死死抓住右手手腕，借以把自己和木梯锁在一起。只要不松手自己就不会被风卷走，不会掉下悬崖，这么想着，他确信自己是安全了，也是这个时候，他理解了他们把他拦腰捆住的真正用意。

接下来又爬过三道木梯，走过几段险道。刚刚感到路好走些，一道连天梯也无处生根的陡壁挡住去路。贴着陡壁，一根金刚藤软软垂落下来。不用说也知道，越过这段悬崖，只有靠两手抓住藤条往上拉，双脚踩着石头往下蹬。

过了这道坎，真的就不远了。见李桂林气呼呼杵在原地，阿木什打赔笑说道。心里是虚的，阿木什打说出来的话也是虚的。

过去？飞过去？！李桂林话里有不解，有气愤。

天梯都上得来，这里就过得去。阿木什打胸口往上挺了挺。

万万没想到李桂林会来这么一句：到此为止吧，咱们各走各的！

这么说的意思就是不上山了，要往回走了。阿木什打略作沉吟，变了语气：李老师，你老师都当得下来，总不能说变卦就变卦？

李桂林盯着自己的脚尖：我是说过上山，但没说上山教书。

你这是在狡辩！而且现在还在半路上……阿木什打似乎是下定了决心，非把李桂林拉上山去不可。

谁叫你们一而再再而三骗人。要说我不仁，也先是你们不义！嘴上说着话，李桂林心里响起另一个声音，坚决不吃那一套。

但是……你看看都啥时候了，回得去吗？何况这个路，你保证自己下得去？阿木什打眉头皱得比鼻子高。

那是我的事，不用你操心！石头就够硬了，也没有李桂林嘴硬。

再这样下去，天上太阳就没有耐心陪他们了。看看垂头丧气的李桂林，看看灰不溜秋的几个村民，看看天，看看身后的路和前方陡壁，阿木什打掐灭手中烟头，直直盯着李桂林：你以为我们二坪人那么没志气？现在我就明明白白告诉你，今天咋样把你接上来，明天就咋样把你送回去！

李桂林没再多说什么，他在心里发誓：不管你说的是真是假，过了今晚，不下山去我就不叫李桂林，改叫林桂李！

夜幕合拢前，李桂林远远地看见了二坪——这个他曾经心驰神往，如今却让人如蹈水火的地方。


热脸贴上冷屁股。描述初到二坪那一夜的情形，李桂林想到这样一个比方——相对于二坪人的"热脸"而言，自己当时就是"冷屁股"，僵冷、麻木，没有一丝热气。

村口黑压压站着一大群人。没有整齐划一的口号，没有激动人心的掌声，只有一张张或兴奋或羞怯或紧张的脸，只有一双双充满期待的眼睛。李桂林很难判断人群是不是因他聚拢，他唯一相信的是，过了今晚，他将从哪儿来回哪里去，同眼前这绝大多数的人一别两宽，后会无期。

但李桂林还是没管住自己的眼睛。他的目光从一张张脸上经过，反射回来忧伤。他想让目光停下来，不要一路走下去，因为每往前一步，他心里的忧伤都在往厚里堆积。然而他并没有说服自己的眼睛，并放弃了徒劳无功的努力。这是怎样凄凉的一个场景啊！男女老少近百号人，没一个身上衣着完整，更谈不上得体、洁净。老人们披着破旧毡子，或是脏得难辨其色的羊皮，毡子和羊皮并不能遮住每一个需要遮盖的地方。中年妇女们虽说多数能勉强遮盖，但披挂身上的不是尼龙口袋做的褂子，就是补丁重补丁、三寸不同色的破衣烂衫；男人们多数赤裸上身，裤子漏洞百出；孩子们大的背小的，不管男孩女孩，一个个半光着身子……

深山里的"坪"和高山上的"海"一样，大多小家碧玉。恰恰因为"迷你"，反而叫得大气，表达的是珍视，寄寓的是博大宽广的理想。几乎呈垂直抬升的大山，从海拔600米的雪区到2800米的山顶，只在海拔900米、1800米、2200米处有不大于30度的缓坡，被勉为其难当了平地，第一台叫田坪，上面两台分别叫二坪、三坪。田坪不大，但水源尚好，仿若沙漠里的绿洲。三坪风大，冬天里冰袭雪扰，已经几十年无人居住。二坪的3个自然村是从山上凸出的岩体，从空中俯瞰，像三个张得很开的脚丫。村里住着百来户人，1组30来户，2组20来户，3组户数大约是1组2组相加。在当地人的语境里，三坪是这座山的最高处。按理三坪往上600米才是山顶，但那里已是野兽出没的森林，不是人类实际控制的领地，被他们自动忽略掉了。三坪的人全部搬走后，人们再说高山顶上时，脑子里显现的便是二坪的景象：以木架为基础，编上篱笆，盖上茅草，一个个窝棚便是一户户人家。山风凄厉，从屋盖掠过，从篱笆穿过，听来如泣如诉、如怨如恕。不时有茅草被风卷起，在空中打着旋儿，似乎要夺路狂奔，似乎又无路可逃。

一根茅草在李桂林脸上终止了逃奔。也许是被细而尖利的茅草刺痛了吧，李桂林牙齿咬着嘴唇。阿木什打见状，像是对李桂林说，也像自言自语：二坪人吃了没文化的亏，这个亏，还不知要吃到哪年哪月！

李桂林想搭句腔的，忍了忍，终是没有张口。

晚饭安排在木呷举打家，除了接应李桂林上山的人，几个村组干部也都在场。火苗从火塘里蹿起很高，火塘边，一坛香味扑鼻的竿竿酒、几钵黄灿灿的坨坨肉，还有一大盆土豆炖鸡，无不传递着一个强烈信号：今夜，二坪人是以最高礼节欢迎李桂林。

李老师，你先来一折折！阿木什打扶着插在酒坛里的竹竿，向李桂林发出邀请。

我今天头晕，喝不得酒，你们尽兴！嘴上这么说，李桂林心里却很内疚。过了今夜他就走，话已说开了，人家仍如此热情，他脸上烧得慌。

见李桂林坐着不动，阿木什打问：李老师是路上受惊了吧？其实现在的路比原来好走多了。以前天梯那一段，我们全是抓着野葡萄藤子上下。直到1983年，乡上才组织修建了这7道天梯。

你是不知道，没修天梯前好些人一辈子没出过村，还有好些人在断岩上丢了命！比起当年，现在的路好走多了！木呷举打接话。

李桂林这时候该说一句话，咳嗽一声也算。大约屋子里的人都这样认为，包括李桂林。可他没有。他在心里一再提醒自己：上攻伐谋，他们这是在打感情牌，博取同情心。

话又说回来，这路连我们自己走都觉得恼火，李老师头一回上来就顺顺利利，已经很了不起。李老师喝上一折折，算是压压惊。阿木什打不知疲惫的热情好像与生俱来。

李桂林终于说话了：受惊说不上，受骗倒是真的！

李桂林有意把话说得难听。他怕自己一旦进入某种情绪里面，再跳出来就难了。他告诫自己，长痛不如短痛，倒不如把脸撕破，免得明天离开时藕断丝连，大家都难堪。

阿木书记是怕你一个人下不了山才坚持带你上来，不要好心当成驴肝肺！一直默默吸着旱烟的什打阿麻忽地站起身，愤愤然瞪了李桂林一眼。

不要张起嘴巴乱说话! 阿木什打对着什打阿麻吼了一声,把目光钉在自己脚尖上。

沉默,和寂寞的酒香一起,弥漫在整间屋子。唯有火苗不知疲倦地舔着舌头,释放着最初的温情。

过了不知多久,阿木什打重新打开话匣子:村里曾经来过几个老师,这个情况李老师你也晓得。因为条件差,待遇低,他们一个个人在心不在,一个娃娃也没教毕业过。将心比心,人家要走,我没话说。但他们有的人临走之前,居然连宁愿讨口要饭也不愿在二坪教书这样的话都说得出来,这还像老师说的话吗?! 二坪人虽然穷,但是不缺骨气!

阿木什打将一只鸡腿塞到李桂林手中,在屋里环视一圈,接着说道:今天接李老师上山的人,明天把李老师送到雪区。话毕,他用夜色一样深邃的目光盯着李桂林,就凭李老师能来这一趟,我们二坪人心里也很感谢。从现在起,我们只吃东西,不说别的。

到了这个份儿上,再不说点什么就太不像话了。可李桂林还没想好该怎么说,除了主人家和阿木什打、铁拉阿木,刚才坐了半屋子的人已纷纷起身离开……

当晚,李桂林被安排住在木呷举打家。借着煤油灯发出的微光,他拿眼睛找了找床。然而,屋子里只有一个木柜,几个坛坛罐罐。他相信这是光线不好的原因,他也相信,即使屋里点了两百瓦的电灯,也不可能有更大发现。就在这时,木呷举打从柜子里抱出几件东西,在重新关合的柜面上整理出一个铺位。一张山羊皮垫底,一床破棉被铺在上面,枕套里装的显然是荞壳——从枕头在木呷举打手上塌方似的变形中可以看得出来。指着柜子,木呷举打对李桂林说:老师早点歇着吧,明天还要赶路。

你们一家子睡哪里? 话一出口,李桂林就意识到这话问得实在愚蠢。木呷举打起身铺床时，他的老婆孩子已拉出两张竹席铺在地上。

木呷举打看看老婆孩子，又看看李桂林：我们平常都睡火塘边，习惯了。他说这话时，笑得很是勉强。

劳累一天，要在平时，不等脑袋挨着枕头李桂林就会将呼噜打得山响。可是那一夜，李桂林翻来覆去，辗转难眠。

李老师还没睡着？是木呷举打在问。

李桂林嗯了一声，心里边想，没四点也有三点了吧。

是不是睡不习惯？木呷举打心里的不安听得出来：也怪二坪条件太艰苦了。说来你也许不信，就你床上这些东西，还是东拼西凑来的——羊皮是书记家的，铺盖是所拉阿麻家的，枕头是什打阿麻家的。这些在村里就是好东西了——一开始，大家以为你短期内不会走……

木呷举打这一段话令李桂林百感交集。他自己也不清楚，让泪花在眼眶里涌动的，究竟是同情，是感动，还是别的什么。

李桂林没吭声，木呷举打的谈兴因此受到纵容。他的讲述和妻儿起伏不定的鼾声混在一起，同从白天的燥热中沉静下来的夜气混合在一起。

木呷举打来来往往、反反复复讲的都是这一个话题——恢复二坪小学，让村子里放牛放羊的娃娃，不再扁担粗的"1"都认不到一个，这是二坪人巴心巴肝想的事情。时至今日，李桂林仍然记得木呷举打说过的这一段话：只要学校重新开课，娃娃们就可以读书；读了书，就会说汉话，就会数钱、算账；等他们会说汉话会数钱会算账，就可以下山找"副业"了；只要能找"副业"，盐巴钱就有了，大米饭就有了，村里的女子，就不牵了线地往外嫁，村里就没有那么多光棍汉了……

临到天亮，李桂林才在木呷举打梦呓般的讲述中迷迷糊糊入睡。在梦里，他变成了一个小学生，独自坐在教室里，一遍遍朗读着"春天来了"的课文。

清晨，阳光普照下的二坪俨然一个童话世界。一座座茅草屋构筑起一个神秘王国，而那些活跃在枝头的喜鹊、松鼠、百灵和叫不出名字的小生命，似乎才是王国的主人。此情此景让李桂林心生感慨：二坪，多么需要这活泼的舞蹈、嘹亮的歌声！

信步走到3组，他又有新的发现。

一个个重达几吨几十吨的石头，或短或长，或躺或站，随意散布在路两侧、茅屋旁、地中间，以至于你不知道是房屋分布在石头中，还是石头分布在村落里。走着走着，仿佛进入了一个石头的迷宫。路边，一块巨石磁铁般吸住了李桂林的视线。这接近正方形的石头中间有一道"V"形裂口，一棵核桃树从石缝间探出身子，3米多高的躯体，挥舞着生命的热情。而在小路另一侧，一棵高矮相当的核桃树正以直刺苍穹之势，在巨石顶部迎风起舞！

生命竟可以如此顽强，如此执着，如此石破天惊，如此顶天立地！李桂林内心一阵震颤，一个熟悉的句子在脑子里冒了出来：人，只要有一种信念，有所追求，什么艰苦都能忍受，什么环境也都能适应。上中学时，丁玲这段话，曾经是他的座右铭。那个时候，为了不迟一分钟、不落一节课，李桂林常常起早贪黑。冬天里，走在放学路上天就黑了；有时候，早上稍稍起迟了一些，来不及哄一下肚子就赶去上学。后来在马托代课，就是凭着不给退缩找理由的意志，他才让学生成绩一次次放了"火箭"。记忆苏醒，李桂林心间涌起自责：李桂林呀李桂林，你真的是长人不长心！以前能做到的事情，现在咋就不能做到了？不通人情的树在如此恶劣的条件下都能活得精精神神，你一个五大三粗的男子汉，怎么好意思说来就来说走就走？

李桂林正被自己羞得脸红筋涨，阿木什打找了过来：李老师，管他吃好吃歹，去我家填填肚子，一会儿下山才有力气。

要不，你先带我去学校看看？李桂林看着阿木什打，目光没有躲闪。

去学校？！阿木什打以为耳朵出了问题。

去学校。李桂林以重复表示肯定。

说是学校，其实只是一片断壁残垣。几间低矮的土坯房，屋顶残缺不全，墙面坑坑洼洼，墙根处大洞连着小洞，洞口的土堆说得清楚，这里实际上已经被老鼠控制。不大的操场上杂草丛生、碎石遍地，牛和羊摆下的摊子随处可见。要不是阿木什打有言在先，谁又敢相信一所学校可以荒废成这般模样？

李桂林从教室前走到操场上，从操场上走到教室前。教室没上锁，李桂林抬手一推，吱呀一声，门开了。黑板是几块木板拼成，四个边没一个齐整的。老师的讲桌和学生的桌凳一样，造型笨拙，色泽陈旧，斜斜歪歪。他在讲桌边停了停，抬脚走向教室后排，每一步都走得很慢。透过窗格，阿木什打发现，当李桂林从覆着厚厚尘埃的桌凳旁经过，他的眼神里有一种和别人打量这些物什时不一样的东西。阿木什打说不出那究竟是什么样的一种东西，但他感觉得到，李老师好像对这些桌凳很熟悉，好像和它们交情很深。

学校停办后，慢慢就荒成了这样。迎着缓步走出教室的李桂林，阿木什打说，有一次下了大雨，泥石流把挡墙差点毁掉，哪天山洪又来，学校恐怕就成了废墟。冲个一干二净也好，眼不见心不烦！

真要冲得一干二净了，拿什么地方给娃娃上课？李桂林斜眼看他。

光有犁耙没有牛，犁耙还不是一个摆设。阿木什打说得有气无力。

假如又有牛了呢？李桂林慢吞吞问。

阿木什打苦笑一下，没有吱声。

来都来了，我不走了！李桂林把声音抬高八度。

说句实在的，李老师，你脑壳里头想的什么我心里有数。虽然李桂林看起来一脸认真，阿木什打仍然相信，这不过是一个玩笑，只不过李桂林开得比较认真。

李桂林盯着阿木什打，斩钉截铁地说：书记，请你记住了，从今天开始，我李桂林就是二坪村的人！

李桂林还是下山去了。临出发，他冲阿木什打甩下一句话：给我三天时间安排家里的事。三天后如果你在二坪村没看见李桂林，唯一的可能是这个世界上没了这个人。

回到家天已擦黑，父亲给他满上一杯酒，再给自己满上。早晓得你屁股没坐热就要往回走，父亲酒杯一端，得意地抬起头来。

你咋晓得的呢？李桂林盯着桌子。

就凭我是你老汉儿。那地方鬼都留不住，何况你娃娃……

万里村地势虽不及二坪险恶，却也不缺嶙峋危岩。自小在高山大岭间长大的娃娃一般都有一股桀骜不驯的野劲，到了七八岁，上山打草、爬树捉鸟的本事也都长了出来。李桂林却自小性情安静，和同龄人比读书比考试他不怯场，可要比"野"比"蛮"比"胆大"，他真是要"谦虚"得多。有那么一次，因为同学当众用很难听的话对着他说出个"胆小鬼"的意思，父亲还找对方家长交涉过。

父亲的自信就是从这里来的吧。李桂林没有助长它也没有打击它，而是和父亲碰了碰杯：回来收拾收拾，办好交接，我就正式上山了。

你再说一遍呢？！李洪云手一抖，杯中酒一半洒到了桌上。母亲常联珍闻声从厨房走了出来，陆建芬跟在她身后，手里抱着刚满一岁的儿子李威。

过几天我就上二坪去了。李桂林对着悬在半空的白炽灯说。

娃娃，你不是喝多了吧？常联珍担心地看了儿子一眼，又冲李洪云嚷道：少喝两口猫尿不行吗，你看这都说上酒话了！

我清醒得很。我已打定主意，到二坪教书。李桂林定定地看着母亲，尽量把每一个字都说得清清楚楚。就在母亲数落父亲的时候,他想明白了,这一关迟早要过,不如有话放在桌面上。自己干的又不是见不得人的事,用不着躲躲藏藏、偷偷摸摸。

娃娃,你吃得了那个苦吗?母亲拿衣角一遍又一遍地揩着手,就像手上有什么东西揩不下来一样。

其实,二坪村和万里村如同一个模子倒出来的,李桂林咧嘴一笑,说那里有多悬多险,一大半是吹牛不打草稿。你们想想,真要有那么夸张,我还上得去,我还下得来?再说,我最多在那里干上一两年,眨个眼的事!

没吃过猪肉,老子总见过猪跑。不要说一两年,你在那里撑上半个月,老子都说你有出息。李洪云说完,一口闷掉杯中酒,头也不回进了房间。

父亲的话在很大程度上表明了态度也安抚了母亲。母亲本来还想说点什么,嘴唇动了几下,转身出了堂屋。

只剩下陆建芬这一关了。李桂林用带了问询也带了不安的目光看她,怎料她的目光里也是问询也是不安:娃娃这么小,你狠得下心?!

李桂林埋下头:我……

陆建芬的话倒要畅快得多:啥都别说了。纵然一百个不愿意,我还是不伸手拦你。总不能让人说我们人是一家人,心是两条心,让你在人面前抬不起头来。

1990年9月7日,向万里村小提交辞职申请的第二天,从二坪村回到万里村的第三天,李桂林扛着铺盖卷又一次去了二坪。他只用一句话就说服了试图挽留他的村小领导:万里已经有一所学校,而二坪至今没有一个老师。

把一片废墟变成学校需要多长时间?李桂林给出的答案是23天。10月1日是国庆节,也是时隔10年,二坪小学迎来的第一个开学日。

李桂林在讲台上一站,就算全校教职员工都来了。他是校长,也是班主任,还是语文、数学、音乐、图画、历史、地理、体育7个科目的老师。

教室里坐着大大小小高高矮矮34个学生。最大的木牛劳以14岁，最小的阿木支也已超过9岁。

没有举行仪式，也没顾得上问候来看热闹的老乡，李桂林选择了直接开课。他知道二坪需要什么，不需要什么。

上课！李桂林发出口令。

没有人喊起立。除了面面相觑，孩子们没有任何反应。

李桂林这才回过神来，二坪村的娃娃根本就听不懂汉语。以前上课，对个别一道题讲了三五遍还出错的学生，情急之下，李桂林难免会冒出句"对牛弹琴"。然而这一刻，自己的话被学生当了耳边风，李桂林不仅不生气、不失落，内心反倒是涌起一股暖流来了。大街上的一盏灯只是一盏灯，背街小巷里的一盏灯却代表着所有光亮、整个世界。李桂林的眼眸渐渐变得明亮，变得通透，变得暖意融融。

大歇打——

大歇打——

起——立——

起——立——

高山之巅，白云生处，在一个以国家名义为之庆贺的节日里，在一曲以"起立"为序曲的旋律中，一所只有一名老师的"双语学校"，迎来了站在秋天门槛上的明媚春天。


都说万事开头难，事实上还没等到开学，难题就一道接着一道。教室是一回事，课桌是又一回事——单是破旧倒也罢了，可哪怕把缺胳膊少腿儿的桌凳加在一起，也不过20来套。23天时间，到哪里去找那么多桌子板凳？李桂林找到阿木什打：这个地方没法上课，村上能不能提供一间现成的教室，同时把桌凳配齐。阿木什打实话实说，除了原来的学校，二坪村就没有一间公房，没有一间空出来的屋。

李桂林心里紧了一下又松了一下：皮之不存，毛将焉附。既然如此，我趁机开溜也就有了借口。李桂林心里的风筝还没飞起来，阿木什打一把攥住了线头。他目光炯炯地盯住李桂林：办法倒有一个，就看你是不是诚心留下来。

李桂林红着脸，却也强作镇定：这……还用得着问……吗？

那就好办！阿木什打眉头舒展开来：虽然现成的教室没有，像样的桌凳也没有，不过我们有一样随时拿得出来、从来消耗不完的东西——力气。有人有力气，就没有干不成的事。

只是……等把教室修好，桌凳配齐，只怕是船都过了三滩。李桂林的脸上，表情复杂。

又不是怀胎生娃娃，要不了那么久！到了月底，百分之百把学校像模像样交给你。要是怕我空口说白话，你立个字据，我按拇指印！阿木什打认真起来样子十分可爱。

别看你说得干脆，实际上你也没底！李桂林也不怕惹火村支书。

我心头没底，还是你心头有鬼？！阿木什打意味深长地盯着李桂林。

李桂林脸又红了。

从整修学校提上日程到修缮工作全面启动只隔了一天。筑墙用的墙板和夯锤在操场集合，修葺屋顶的茅草和修补桌凳的木料堆成小山。村里壮劳力几乎都出动了，起土的起土，背运的背运，夯筑的夯筑。手艺人更没一个闲着，石匠采石，篾匠伐竹，木匠们则变戏法般让残缺不全的桌凳生出胳膊长出腿儿。全村人都动起来了，就连送饭到工地的老人孩子，也趁等着收拾碗筷的工夫递几块石头，抱几捆茅草。人们认真、投入、兴奋的样子，足以让一个不明就里的人以为，这是一个神秘的族群在以独特的方式欢度节日。

李桂林当然也没闲着。拿惯了教鞭的他陡然和石头泥巴打起交道，腰硬得像根木杆，手不争气地起了泡。怕人笑话，李桂林拿竹签一挑，泡就成了茧。不到十天，李桂林脸上像刷了一层黑漆，二坪小学也换了一副面孔。

学校有了，老师有了，学生花名册还是白纸一张。阿木什打继续带人清理操场，李桂林则抽出身来，一家一户摸底调查，"招兵买马"。不出三天，花名册上聚起34个娃。

见到李桂林和跟在身后的两匹骡子，乌史大桥乡中心小学校长阿木克都着实吃了一惊，而他的一席话，则让李桂林结结实实吓了一跳。校长吃惊的是李桂林居然真的领书来了。阿木铁哈给他说过，这学期，有个叫李桂林的汉源人要到二坪代课。阿木克都当时就想，要不是阿木铁哈在开玩笑，就是那个姓李的汉源人在开玩笑。公办教师都留不住，一个年轻后生，又是代课老师，还是外地人，疯了才去二坪。所以新学期订购教材，中心校压根儿就没把二坪小学计划在内。

没有教材，岂不是要读天书？李桂林冲阿木克都嚷了起来：二坪到底是不是你的"防区"？如果是，你这是丢了阵地！

阿木克都赔起笑脸：就算千错万错，也是木已成舟。不这样已经这样了，这学期你自己想想办法，下学期我保证一本不少。

除了打劫，还有啥办法？！李桂林气都喘不匀净了。

阿木克都眼睛像划着的火柴头发出亮光：打劫！对，就这么干！

阿木克都给了"打劫"不一样的注释：你之前不是在汉源教书吗？你可以去原来的学生中找找，他们用过的书或许还在。

书是二手的先不说，学生们手上的书是不是还在，这是一个未知数。然而，纵然有千般不甘万般为难，李桂林仍是明白，人间有多少路走着走着就断了，人到绝境，能有一座独木桥，能有一线生机，已经不失为一种幸运。至少，它让你凌空高蹈的念想，不至于在眨眼间一落千丈。想到这里，李桂林托人上山告诉阿木什打，10月1号，就是天上下刀子，二坪村也要响起读书声！

回家要经过四个村六个组。一路走一路问一路解释，李桂林就想知道，"打劫"旧书的办法到底行不行得通。验证的结果让人喜忧参半，喜的是不管认识不认识，不管大人孩子，只要他讲明来意，只要书还在，人家都会大大方方给他；忧的是山区人户分散，看起来近在眼前的一户人家，往往要爬坡上坎走半天才能走到。跑了路流了汗就能寻到书倒也还好，只是刚入学的娃娃都贪嘴，试刚考完就拿出书和收荒匠换钱买了冰棍。折腾一天下来，李桂林只找到五本《语文》、六本《数学》，其中四本还破旧不堪，有两本甚至没了封面。

李桂林还在路上天已黑成锅底。等他到了家，看着灰头土脸的丈夫，陆建芬既心疼又心酸。边刷锅煮面，陆建芬边对他说：你又不欠二坪的，为啥非要自讨苦吃？既然连课本都没有，不如将就有机可乘，一走了之！

走？学校都修好了，学生都报名了，往哪里走？李桂林说话的同时，没有停下手上动作。手上那本《语文》书，书角都成卷心菜了，他一遍遍用手指将翻卷着的书角往外梳理。

第二天天麻麻亮，斜挎一个背篼，揣着几个土豆，李桂林继续出门寻书。万里村、贾托村、大堡村、苏古村……马不停蹄，李桂林把邻近村寨走了个遍。"广撒网，多敛鱼"，这中间毕竟是逗号而非等号，回家数数，课本还有一半缺口。横下心，李桂林又把目光投向红花乡。那里远是远点，毕竟也有远的好处——收荒匠去得少，捉到"漏网之鱼"概率高。

二坪小学开学了！

a, o, e, i, u……读书声在教室里响起来了，从胆怯到不是那么胆怯，从不整齐到有那么一点儿整齐。读书声在教室里回荡一圈，从屋顶茅草的缝隙间，从没有玻璃的窗格里飘出教室，被金灿灿的阳光照亮，被喜鹊、斑鸠、画眉的啼鸣托举，同清澈明净的风结了伴，飞过村庄，飞越峡谷，然后折返，进入自己的耳朵和心间。听着这有如天籁的诵读，李桂林有一种想哭的冲动。这一切有如梦境，而这比梦境还容易让人生起不真实感的现实又如眼前晃动的一张张小脸那样活灵活现。

李桂林知道自己从哪里来，却不知道接下来会去向何方。他不知道自己在这条路上能走多远，就像一个摸黑走路的人，虽是误打误撞上了路，却不知道等在前方的会是什么，又有多少体力和信心可供支使。如果可能，如果可以回到时间的身后，他未必会选择退缩，但他至少可以重新想一想，这条路是不是非走不可，非走不可的理由又是什么。然而时间从来是条单行道，别说思考，连停顿的机会也没给李桂林。麻烦接踵而至，自己又没有三头六臂，李桂林必须集聚起所有力量，抖擞起全部精神。

新鲜劲一过，勒乃尔布、嘎日阿木对读书没了兴趣，三天两头请假旷课。阿木史哈学习积极性很高，却因为家里没人放牛，被父亲从教室揪到了牛背上。

二坪不通电，备课、批改作业只能在煤油灯下进行。煤油也是稀缺品，油尽灯枯是常有的事。没有煤油作业还得改，李桂林拿绳子将电筒悬在房梁上，当"探照灯"用。电池用完，他又改用柴油照明，鼻孔熏得快成矿洞。柴油也不是说有就有，只有一手拿竹篙，一手拿钢笔了。竹篙就是把竹子晒干，当火把用。竹篙烟大，气味呛鼻，不方便是肯定的，最大的麻烦却是拿得近了怕把自己点着，拿得远了眼前又朦朦胧胧。

事情一多，懒得做饭，李桂林常常蒸上一锅红苕管三天。有时候作业改完才记起肚子空着，却连煮面条的力气都没有了。躺在床上饿得睡不着，好不容易睡着了又被肚子咕咕叫醒。

......

扛得过去要扛，扛不过去也要扛。李桂林知道，若非如此，别人会看他的笑话。他丢不起那个人，也不愿意落魄到让自己看不起自己。人活着就是为吃苦来的，要是被苦反过来噎死了，死相也太过难看。这么想着日子似乎就对他友好起来，至少那些麻烦事糟心事，并不能占去他心里的所有位置。日子就这样过下去也还可以接受，至少多数娃娃很听话，至少老乡们对他的尊敬看得见摸得着，至少他改写了没有老师愿意留在二坪的历史。一个人能进入一段历史——至于是正史还是野史、是国史还是村史先别去管——这是多过瘾多带劲多能满足虚荣心的一件事啊！

把李桂林从自我沉醉抑或自我麻痹中拉扯出来的是第二年夏天，一个与一年前几乎相同的命题再次摆在面前——二坪村积压了不少适龄儿童，学校复课一年下来，之前没报名的孩子心动了，原来没长大的孩子长大了，必须增设一个班。他向乡政府申请增加一个老师，领导说，主意是个好主意，但找老师这事李老师你也清楚，不好整。李桂林问，就不能想想办法吗？领导说，有办法的话也等不到今天，甚至等不到去年。说到这里，领导眼睛一眨：二坪是个学校，你也就是没下文件的校长了。你是校长，这事情还是要劳你亲自想办法！

抓个"壮丁"去二坪，这事有多难，李桂林再清楚不过。正因这样，他觉得乡上领导"倒打一耙"太不仗义。他是想叫苦想喊冤想拿"公平"二字给领导好生说道说道的，话到喉咙又咽了回去。他知道，如果没有新老师来，积压的孩子就没有机会走进学校，对他们来讲，这才是不公平，最大的不公平。

脑子里的雷达一番扫描，李桂林搜索到两个初中同学。一个刚从师范校毕业，姓辛，老家在红花乡；另一个家住顺河乡，初中毕业后在家务农，姓邱。二人都是彝族，上山教书，语言上没有障碍。除了这点，李桂林想到他们，还因为之前和他们交情不错。他想，只要能说服其中一个，难题就可以迎刃而解。

老友相见，分外热情。然而话题上了轨道，两个同学见面时的亲热劲儿就都没了踪影。

在哪儿都是教书，我要一走，班上娃娃咋整？辛同学搓着手难为情地说。

桂林，恕我直言。就算我答应，家里头肯定也不同意。你总不希望我风平浪静一个家弄得鸡飞狗跳！邱同学的头摇得快从肩膀上栽下来。

李桂林心里塞得慌，铩羽而归，一路上，入眼的事物无不变得灰扑扑冷冰冰，都像怀着心事，或者被火辣辣的日头抽走了好看的颜色。眼中万物再次发出光彩是因为李桂林脑子里电光石火闪出一个念头——建芬，不还有建芬吗？！

把建芬搬上山，有戏，一定有戏！当年和我私奔都愿意，让她去二坪，她多半也会答应。想到这里，李桂林抬手给了自己一个耳刮子：背着娃娃找娃娃，你这智商还教书！

陆建芬和李桂林"私奔"，不仅确有其事，而且远近皆知。

初中时，比李桂林小一岁的陆建芬阴差阳错和他成了同班同学。李桂林长得帅气，成绩长期冒尖，而且会吹笛子，写得一手好字。木秀于林，风必"吹"之。那时节，在偏僻的农村中学，课桌上总有一条泾渭分明的"三八线"，男生和女生搭一句腔都可能被好事者津津有味摆上三天。有几次，有意无意间，隔着一个组的课桌，李桂林的目光邂逅了两道慌乱眼波。虽然只是不多的几次，虽然只在须臾之间，李桂林的青葱岁月，因了这带电的目光，已经不同以往。

不在一个村，毕业之后，两个人见面的时候就少了，拉上三句话的机会更是屈指可数。已是谈婚论嫁年龄，两家人的门槛都快被提亲者踏断了，两个人却如同订过攻守同盟，找借口一一回绝。要说他俩有过山盟海誓也说不上，三年里，他们偶尔搭上一句话，不是你的本子掉桌子下了，就是老师让我叫你过去。

除了缘分，两个人不约而同地相互欣赏，只能解释为心有灵犀。心有灵犀和心有所属之间到底隔着一段距离。1987年冬天，李桂林主动发起进攻，消灭这段距离。媒人摇着三寸巧舌，将李桂林如何仪表堂堂如何多才多艺如何古道热肠说了一大箩筐。千言万语建立起来的好感，因"万里村"三个字訇然坍塌，陆母婉言道：我家建芬的婚姻大事，过一两年再说不迟。

媒人悻悻走了，陆建芬躲在屋里，说啥也不出来吃饭。

我是为你好，万里村风大路陡地又瘦，穷得叮当响，我又不是后妈，咋舍得你去受罪。隔着房门，母亲和声说道。

别人能过的日子我也能过。陆建芬也不怕母亲说她原来心里早就有鬼。

母亲耐着性子讲道理：听说他家穷得洗脸架都没钱上漆，妈还会害你不成？

陆建芬吃了秤砣铁了心：穷人的娃娃早当家。正因为家里穷他才舍得吃苦，才能干出一番名堂。如果你们不答应，我以后就不嫁人。

母亲急得快哭了：啥子名堂？这话就叫没名堂！要说平时你也精精灵灵，这次脑子咋就不够用呢？到处都是青冈木，你非要吊死在一棵核桃树！

屋子里传出抽泣声：就算真是上吊，我也死得甘心。

一个"死"字吓得当妈的三魂丢了两魂。回过神来，母亲退了一步，也进了一步：若要由你，就得让他上门，不然，无论如何都不行！

第二天，有人带信给李桂林，说陆家同意女儿和他好，前提是如果成亲，他得"倒插门"。

当天晚上，李桂林来到陆家。他在路上打了腹稿，备下一堆好话。未来的丈母娘堵在门口，要他拿话来说，李桂林一着急，脱口的话暴露了中心思想：其他都好说，偏偏上门不行。我是家中老大，弟弟妹妹还小，我来了你家他们咋办？

这还在哪儿，就招呼不住了！陆母一想就来气：各家门各家户，你的家务事我管不着。这亲不说是最好不过，如果要说，就得依着我家定的规矩！

毫不费力，李桂林不光把天聊死，还把路也给直接堵死了。要说李桂林也是真的轴，服个软认个错，事情到这儿也不是就没了余地，可他竟然还敢提要求，话还说得没一点想当女婿的人该有的低顺谦恭：人是你家的，当然你说了算。这门亲事不提就是了，不过我有一个要求，要是不答应，别怪我胡搅蛮缠。

天底下竟然还有这号人，陆母惊得说不出话。李桂林没有给她说出"不"来留机会：无论如何让我见她一面，只说一句话，我立马走人！

陆母答应了，只当快刀斩乱麻。李桂林也不食言，进得屋中，只压低声音对陆建芬说了一句什么，就头也不回出了陆家的门。

三天后的那个晚上，陆建芬坐在窗前，心乱如麻。子夜时分，院墙外传来三声狗叫。她站起又坐下，坐下又站起，终于下定了决心，从柜子上拎起一包东西，轻手轻脚出了家门。

发出"狗叫"的其实是李桂林。这是那天他压低声音说给陆建芬的话：三天后，子夜时分，我在外面学三声狗叫，如果愿意，你就出来和我私奔！

私奔两个字惊得陆建芬眉心冒汗。这个词意味着背叛父母，意味着将一个少女的心事在村街上暴晒，意味着她的人生有可能进入一场历险。可思前想后，她还是和李桂林一起制造了这起在当时在当地骇人听闻的爆炸性新闻。

见到李桂林，陆建芬心里像揣着一只兔子。把心跳声听成了脚步声，她紧张地回头去看，身后却只有一片清凉月光。

这是要去哪里？努力按捺住紧张，陆建芬低声问道。

去我家。李桂林眼睛里装着一轮圆月。

我们走小路吧，免得碰到人。陆建芬心里的兔子一直在蹦蹦跳跳。

李桂林却是心安理得的样子：看见就看见！你有情我有意，犯了哪条王法？私奔又咋了，这是光明正大的私奔！

"私奔"竟然也光明正大！李桂林此话一出，陆建芬忍不住扑哧笑出了声。"冬天里的一把火"那时节正好在大山里燃烧，李桂林一路欢呼一路歌，用热情奔放的"熊熊火焰"赶走了任性的兔子，照亮了一个少女的心窝。

"私奔"话题引爆不久，李桂林又有惊人之举。这次更厉害，李桂林简直就是明火执仗"抢亲"。

彼时，李桂林在乌斯河石膏矿当会计。这天刚空下来，有人告诉他，陆建芬被娘家人"抢"走了。李桂林急出一头大汗，赶到陆家要人。陆母早已备好火药，李桂林的到来，正好点着引信：你这个脸皮比城墙倒拐厚十倍的家伙，我们陆家的人都被你丢尽了，你居然还敢过来！见过勇敢的，见过不要脸的，像你这种勇敢加不要脸的，我是头一回见！

人在屋檐下，李桂林照样不低头：我和建芬你情我愿，丢了谁的人！

这话不啻火上浇油，陆母哭得捶胸顿足：这是造了啥子孽，我的命才这么苦！陆家以后咋抬得起头来做人……

李桂林懵了，善于见招拆招的他拿这招没辙。好在很快镇定下来，眉头一皱，新的进攻路线又在他心底生成：男子汉大丈夫，服服软说说好话还不会么。转过思想上的弯，李桂林的话就山清水秀起来。话都是些好话，要站位有站位，要姿态有姿态，有设身处地，有将心比心。然而东弯西绕，似乎又都是冲着这句话而去：关得住一个人，但关不住一个人的心。建芬铁了心跟我过，我一定好好待她，不让她吃苦，不让岳母大人为她担心……

强扭的瓜不甜，借着巧劲摘下来的则是别有一番滋味。一场热热闹闹的婚礼让一对"胆大包天"之人把"月下私奔"变成了"月老做证"。

那一页毕竟是翻过去了。这一次，如何才能让陆建芬高高兴兴跟着自己走，李桂林颇费心思。

秋天的二坪漂亮得很，等到开学，我带你上山兜风。那晚熄灯之后，李桂林从侧面发起进攻。他想，只要把老婆请上山，只要留住她的人，就不愁留不住她的心。这和谈恋爱一个道理，步步为营，步步为赢。

你肚子里那点花花肠子我还不晓得？又有啥子馊主意，坦白从宽，抗拒从严。陆建芬在他肩膀上狠狠掐了一下。

汤圆才进锅就露了馅，李桂林只得交了底。

不去！陆建芬语气少有的生硬。

妻子的表态在意料之中，李桂林并不泄气。一年前她也曾苦口婆心劝他"回头是岸"，却不过说说而已，并没有死心塌地。相反，当他背回那些残书旧本，帮着他一页页修复、一本本整理、一捆捆码齐的，不是别人，是她是她还是她。想到这里，说出这句话，李桂林也就有了自信：晓得你是在逗我玩。

少来这套。我去了威儿咋整？陆建芬背过身子。

李桂林知道她要说到威儿，也知道说到威儿，事情离成就不远了：我们把威儿一起带上山不就行了？再过几年，他也在二坪读书，自己的娃娃自己教，不教出个状元来也要教出个探花！

天花差不多——天花乱坠的天花。陆建芬顶他一句。

李桂林竟也有接不上话的时候。陆建芬也懒得多说，在内心的战场上，展开了同另一个人的战争。那个人是她自己。

时间从床前流过，不发出一点声音。李桂林担心这样下去心底会不会蚀出洞来，如果两颗心都破了，又该拿什么去填补和修复。就在他想着是不是该收回自己的想法时，陆建芬用低微、迂缓又郑重其事的语气说：嫁鸡随鸡，嫁狗随狗，

"连裆裤"不穿已经穿了，我眼瞎，我认命！

你不是眼瞎，你是鼻梁上架望远镜——看得远。说到这里，李桂林像安了弹簧般跳将起来，也不管陆建芬看不看得到，煞有介事地单膝下跪：感谢老婆大人，又嫁给了我一次！

神经病！陆建芬嗔骂道。

神经病！这三个字从父亲口里钢弹般蹦出来，李桂林知道，这和妻子的意思全然是另一回事。

看你又黑又瘦，简直就是一只猴子。自个变猴子不说，还想把建芬也变成猴子，你安的到底是啥子心！李洪云的数落还在继续：再说威儿才两岁，你竟然也下得起心带他上山，你的心这样硬，难怪我家秤砣掉了，两年也没有找着！

我又没说过要带李威上山。李桂林嘴上这么说，心里却不由对父亲高看三分。他只说要带陆建芬上山而没有提到李威，是想把李威埋伏在名单之外，先把陆建芬的事说好，再来走这一步。自己才走半步父亲已看到两步，姜还是老的辣，这句话真是老辣。

威儿才两岁，你放得下他，他放得下他妈？娃儿不离娘，这样的道理还要老子教你？父亲心头的火焰山还在增高。

话已至此，李桂林顺水推舟：既然你那么担心威儿，我们把他一起带上山就是。

李洪云气得浑身发抖：我看你是脑壳越来越不够用了！万一娃娃在山上有个大病小痛咋整？上山的路又那样悬，要是有个闪失，我叫你李桂林一辈子捂着良心过日子！老子没本事，你上刀山下火海都管不着，但是，除非太阳从西边出来，否则，想把建芬和威儿带走，你是做白日梦！

第二章　阿木尔日

放学后，卡拉阿木、木乃尔哈兄弟就着家门前的条石做作业

谁打碎了蛮荒的古巢

彝山长出一对美丽的翅膀

——彝族诗人李骞《横空出世》节录

第二天一早，去3组。村道在校门口简练画出一个"Z"的同时抬举了自己的身高，所以人走在路上，和教室是差不多的高度。走出不远，路面猛地往下一栽，右侧山坡成了陡壁。路的下方是一道深壑，透过薄薄雾岚，能看见谷底的大渡河隐隐闪着白光。

　　道路底部是一条被当地人称作"阿普洛朵"的水沟。在我以往的采访中，这条水沟不止一次被人提起，我也不止一次从这里经过。而今，水沟上架了桥，桥成了公路的组成部分，很容易被人忽视。公路爬到高处也就到了3组，全村地势最平坦、最开阔的地方。前面不远，几缕炊烟斜斜地从砖房、木屋、篱笆房的缝隙间升起。四下安静，整座寨子像一个身披擦尔瓦的"老木苏"（彝族人把上了年纪的男人叫"老木苏"）闭眼享受太阳，嘴里吞云吐雾。

　　没有急于走向寨子。眼前有全村最易让人犯密集恐惧症的巨石，我因而曾私下里将其命名为"石头城"。在"城"里穿梭，我急切而又细致地寻找，却是一无所获。我找的是两块石头，也是一个时间的切片。第一次到二坪采访，李桂林说，两棵绝地逢生的树让他留了下来，让他的人生从此不同以往、不同他人。在李桂林的话的诱导下，我当时就专门寻找到了生于夹缝、立于石背的那两棵树，仰望它们的身姿，并在以后的若干年里，借以砥砺生命的韧性。然而，令人难以置信的事实是，裂缝的石头似是而非，从裂缝中生出的树，却怎么也没有找到。

石头和树是扩修道路时被炸掉了、砍掉了，除此之外，找不到别的解释。看在被加宽、被硬化的村道份上，这个时候，我应该感到高兴，事实上也是如此。然而，失落和遗憾还是不由分说地占据了我的心中一角。

迈步往前走，寨子里传来狗叫。先是一只，后是一群，高低连成一片。狗这么叫，说明外人来得稀疏——这一点，我是对比城市里混杂在饭后遛弯的人群里的犬只表现得出的结论。城里的狗，要不是遇到看着顺眼的同类想表个白或不顺眼的同类急于逞凶，一个个都和主人一样，城府很深的样子，懒得和谁打声招呼，张一下嘴都嫌枉费了精神。农村里的狗不计成本地叫，是在向主人学习热情。人的身体里都装着热情这东西，只是城里人需要支应的地方多，老板、客户、相好的，都得打点，故而节省着用；农村尤其边远山区，积累多支出少，挥霍起来不觉心疼。我是这么想的。

什哈阿麻的家在寨子入口处。院墙是石头砌的，刚好够着人的肩膀，高高隆起的龙门子看起来显得突兀。

勒老？如果不是站在门柱边的他此刻眯眼对着我笑，我根本不敢确定他是在和我说话。

冲他点点头，算是回应。这是我唯一能做的反应了，我不知道"勒老"这两个字是什么意思。

从龙门子向我走来，这个过程中，笑意从嘴角爬到他的脸上。眼前这个人让我感到亲切。他的笑是敲门砖，他的脸干干净净，他被人造绒围了一圈的棉帽和深蓝色外套、藏青色裤子也都干干净净。

吃饭了没？农村人习惯用这句话打招呼。回到农村，习惯就回到了我的身上。

迟老弟。他的回答看起来很用力。

吃了的。这回我像是听懂了。由这句话作中介，刚才那两个字，我一并意会过来：来了？

问他名字，他答，什哈阿麻。每念出一个字他都小心翼翼，像清点一沓钱，生怕出了差池。

我又问了他一些问题，无非不过家里几口人，都有谁在家，过年猪喂了几头之类。他的回答一半靠口，另一半是动作和表情的结合。我总算反应过来，看样子他60岁了，这个年龄的二坪人没念过书，而汉语，是村里有了学校和老师以后才有的新鲜事物。

你的汉语在哪儿学的？我问。

李老师。他答。

李老师只怕还没你大？

李老师教了学生，学生讲汉话，我们跟着学。说不好，说不好。

我不由来了兴致，和他开起玩笑：你虽不是李老师亲学生，起码也是叔伯学生。

他十指交叉在胸前摩挲：四爹四爹。

见我咧开嘴笑，什哈阿麻邀我到他家里说话。我本就是来找人说话的，他又这么热情，两只脚当下就替我做了主。

院子逼仄，硬化过的地面呈灰白色。院里空空如也，和砖房上开着门的这一面墙形成巨大反差。屋檐下，门楣正上方一直延伸到墙边横着一根木杆，挂满苞谷棒子。苞谷下方拉了一根铁丝，铁丝串起来的萝卜片看样子已经可以改口叫萝卜干。再往下就热闹了，像是在开颜色代表大会，赤橙黄绿青蓝紫。仍是糖葫芦般串起来的，只不过中间不是竹签而是尼龙绳，串在一起的也不是糖球而是衣服。门的另一边挂着一面镜子，这让我想到，五彩缤纷的这一面墙，整个就是一面镜子。犹记前段时间看到一篇文章，有人把书房比作一个人灵魂的居所，也有人干脆说，一个人的书房就是这个人的全部。其实他们讲的都是由表及里，都是透过现象看本质。我觉得他们讲得有道理，因而也就觉得我的判断不会出错。

这样想着我不免有些激动，为不费吹灰之力就站在了进入二坪人当下生活的入口而激动。没通公路以前，这里人迹罕至，这里的人全靠两只手在土里刨食，只要走进他们当中的某一家，相当于也就走进了另一家、每一家。即使到现在，我相信，用同样的方法勘测村里人的生活，得出的误差也不至于谬之千里——就像一场马拉松，发令枪打响后的头几分钟，选手间的距离不可能拉得很开。二坪村摆在明面上的变化是公路修通才有的，短短几年间，大家的生活水平落差不会很大。

进去才知道，我在院子里看到的砖房，只是进深约莫3米、宽5米的一间小屋。屋里没有开灯，昏昧光影里躺着一些农具。

对面开着一道门，门外该是别有洞天吧？

孰料是一间畜棚。和我以前在二坪看到过的所有畜棚一样，什哈阿麻家这一间同主人住处比邻而立。斜坡上平出来的两台地，主人占高处，牲畜在矮一两米的低处。除了堡坎这一面，畜棚用木板、木棍、石头稀牙漏缝（方言，原指齿间距离大，引申指房屋、家具等有缝）围起一人多高。隔着一米左右的通道是主人居所，一幢青瓦木屋。屋面缓缓斜下来，一直到畜棚棚顶，让人感觉，人和牲畜同处一个屋檐。畜棚从中间隔开，那边养猪，这边关着三头牛，一头疑惑地望着我，一头冲我打个响鼻，拿舌头卷了秸秆，慢条斯理地嚼，还有一头则完全无视我的存在。

木屋里摆着转角沙发，板壁边站着几组木柜，有高有低。液晶电视机置于矮柜上，一场晚会正在里面进行，歌声动听，舞姿曼妙，布景绮丽。灯光亮晃晃的，不是阳光，不输阳光。地面平整干净，柜面一尘不染，屋内井井有条……我以为屋子里是这样的。现实却是如此：进屋就是一团黑，摸黑走了两步，眼前突然繁星闪烁，耳朵里同时传来一声闷响。什哈阿麻一把抓住我的手臂：屋里太黑，梁又矮！

疼痛从额头渐渐散去，屋中场景像画面在胶片上慢慢显现。浸泡"胶片"的"药水"是悬挂在前方立柱上的一盏节能灯。灯光虚弱，加上屋里常年烟熏火燎，梁柱和铺在枋上的竹笆黑如锅底，贫薄的光线被吸食掉不少，有效覆盖的区域只有近前一隅。定睛看，这一块地面是三合土，地上小坑如拳，大坑如盆。东面板壁边立着一组齐腰高的木柜，柜子是原木色，微微有些变形，一扇门板不翼而飞。柜面上密密麻麻堆着锅碗瓢盆、瓶瓶罐罐。

木柜对面，板壁高过人头处开着碗大的孔。孔作采光用，二坪村2011年7月才通电，在此之前，晚上点竹篙或煤油灯，白天则由开在板壁上的孔洞借得来一束天光。从孔洞漫进来的光线如池里的水越积越多，这才注意到，一个身材瘦小的女人坐在火塘边，将缠了头帕的脑袋往右旋转65度，看着我，无声地笑。目光向着开着孔的板壁方向游动，一组木柜、一张沙发进入眼底。沙发看不出是红是黑，只能看出旧，看出破败。胡乱堆在上面的被子没叠，衣服也没叠，麻花状缠在一起，你中有我，我中有你。

客人还没落座就已转身，这让什哈阿麻十分尴尬。这一点我是从他明显不够坚定的劝阻中听出来的，他说，勒都勒老，还是……后面的话他用动作截断了。什哈阿麻拿手护在刚才给我的额头打过招呼的横梁下方，欠着身子，用另一只手提示我弯了腰缓慢通过。低着头弯着腰我也能够看见，他的脸红得像刚刚喝过一场大酒。

跨过木屋门槛，走过"L"形的走廊，穿过那间面包片一样的砖房，重新回到刚才站立的院子，整个过程里我一句话都没说，什哈阿麻也一样。那间木屋给我的刺激太大。与旧无关，文物都是老物件，这些东西要是老成文物倒还好些。与黑关系也不大，毕竟是通电了，浸染了整间屋的炭黑是日子，是烟火气，是生活的包浆，是凝固下来的火焰。地下的不平在我心里是坑，这坑也并非难以逾越，人的一生有多少窟窿还不都要填平补齐，这算个啥，不算个啥。但我还是难过，为屋里没一件像样的东西难过，为屋里的局促，以及别的什么难过。

是一个女人把我出窍的魂魄唤回来的。她是什哈阿麻的邻居，从院子外路过的她响亮地和什哈阿麻打着招呼。这一声喊也把什哈阿麻救了。他是从我脸上看到了什么，从我深广的沉默里听见了什么吧，起先也是石化在了院子。听到女人喊，他一边拿彝语招呼，一边用手势让她到院子里来。

勒老？她问。笑容绽放在黧黑的、落了几粒雀斑的脸上。

来了。我仓促答了一句，问她叫什么名字。

阿支子洛。她答。

之后就没话说了。三个人呈三角形站在那里，新一轮沉默很具稳定性。

打破僵局的是阿支子洛，她笑着对我说：我家离这儿不远，过去坐一会儿！

就是只为走出眼前僵局我也得跟她走，我冲什阿哈麻点了下头，算是道别。他右脚往前伸了一下又定住了：去老又勒屋头坐！

阿支子洛在前面带路。女人穿一件高腰棉衣，大朵大朵的牡丹开满了上半个身子。

岁月不饶人，又何尝饶过每一个过客。阿支子洛家的木屋主体略略倾斜，拿人比，是一个身材不算板正，但神气还未坍塌的老者。石头砌的基脚比周遭高出尺许，石头与石头间没有水泥，填充其间的是看得见的碎石和看不见的手艺。房子向着南方，东边屋檐下有个矮棚，棚顶压着两捆竹子和一些晒得看不出原色的藤藤蔓蔓。棚底下三五只鸡高一声矮一声、有一搭没一搭地叫着，孤零零的木屋和乱糟糟的院坝，因此更显出寂寥冷清。

到屋里坐，我给你做点吃的。阿支子洛脸上一大堆笑。

知道她还会客气几句，而这种客气在城里是客气，在这里更多是一种执着，我有意转移了话题：家里还有些什么人？

阿支子洛是19岁那年从黑马乡嫁上山来的，那之前她和后来结了婚把日子过到如今的阿木呷日只见了一面。阿木呷日常年在外打工，今年夏天摔断了腿，腿刚好又出了门去。大女儿阿衣列布在雅安读高二，成绩还行。小女儿阿呷子且在二坪小学读书，成绩也还可以。正因为她们读书用功，男人才拼了命去外面找钱，让她们能把书一直往下读。家中10亩地成了她一个人的"责任田"，种苞谷、豆子，也种荞子、花椒。除了种地，她还喂了5头牛2只羊。羊苗是省监狱管理局送的，脱贫攻坚，他们在帮他们。

不知怎么就说到她一个字都不认识。我很奇怪，指着她手上的移动电话，电话号码全靠记，记性也太好了！

本来只是一个疑似健忘症患者艳羡的感叹，她却听成了怀疑的意思，有些窘迫地说：号码还是存了不少，不过没有名字。我不该怀疑她说的话，实际上也没有，但我还是接过了她调到通话记录界面的手机。果然是一个单调枯索的阿拉伯数字世界。"王司机"是当中仅有的汉字，就像沙漠里的一棵光棍树。我眼前一亮：这个王司机是怎么跑进去的？不知是我的话还是表情引得她咧嘴笑了：是他自己打进去的。

她说的"打"是"输"的意思。她还真的是说出了这个字来：我这一辈子，是输在不识字了。她接着表扬李桂林和陆建芬，有了他们，两个娃娃才有书读，才不像我，一两百个号码全靠死记硬背。

娃娃读书，负担很重吧？我忽然想起这个。阿支子洛说眼下主要是大女儿开销大，书本费、各种教辅资料加上生活费、交通费，再怎么都要1万多。好在现在政策好，共产党组织脱贫攻坚，省监狱管理局给村里考上大学的娃娃每年资助4000元，考上高中的每年资助2000元，有他们帮衬，咬紧牙巴还扛得住。她接着又说，不管再难，只要娃娃肯用功，书还是要让她们一直读下去。远的不说，考上大学的不说，你看人家阿木尔日，和没好好读书的生活质量都不一样。

我没问她有什么不一样，但她知道，我其实想听她说说，到底有什么不一样。因为我站在那里，脚下没动，嘴上也没动。这些都是等的意思。她没有让我等下去，而是抬手一指，你看，人家修那么大一座砖房！

阿支子洛指着的砖房，主体被她家房子挡住了，只像潜入水中的鸟儿在水面上探出个头。如果在城市，这就是一个毫不起眼的存在。然而，这里是二坪，是竹笆房仍未绝迹、老木屋占了半壁河山的二坪。阿支子洛的话还在放大着我的惊奇：阿木尔日不光花30来万修了这座房子，还花20万彩礼讨了老婆，如今娃娃都生下来了，除了他自己努力，文化也帮了大忙！

吃午饭时，我提起什哈阿麻和阿支子洛，提起他们的房子，提起什哈阿麻家中陈设同我十年前在村中所见没有显而易见的改变。一定是我的神情太丧、语气太过沉重，陆建芬默默听完，竟然笑了：你来时看见新村了吧？二坪村104户人，每家每户在那里都分了房。你看见的是他们的过去和现在，等搬了新家，会是另一番光景。

李桂林接话说，脱贫攻坚，政府往二坪砸过来两三千万。

松了一口气，我想起一个问题：我昨天路过新村，家家都关门闭户，这是为何？

陆建芬答：房子没干透，人还没法住进去。

我又提到阿木尔日。李桂林停下筷子，这娃娃可惜了，要是条件好，多半能考上大学。他的脸上满是遗憾，就像没能读上大学的是他的儿子，或者就是他自己。陆建芬接着感叹，这娃娃天生就是读书的料，那时候李桂林教四至六年级，我教一至三年级，他第一册时两科都考了九十多。李桂林瞪她一眼，就像你好能干一样，我把他教到毕业，成绩最差的一次也没出前三。陆建芬怼他一句，那是人家脑壳好用，加上我基础打得好。李桂林说得一本正经：人家脑壳好用是真的，要不是被你耽搁一下，到我这里也不至于毕业考试时掉了几分……

夫妇俩的对话让我生起一种错觉：我不是在二坪村采访，而是在德云社听相声。


阿木尔日是8岁那年进的学校。头年9月，开学那天，阿木尔日第一次发现，他和天天一起玩的阿木尔布、阿木耶巴、克日阿木有了不一样的地方。他们挎着书包往学校去，他跟在身后走了一截，被父亲追上来一把拉住：他们是不听话才被关进去的，你比他们懂事，我才舍不得关你。我和你妈下地去了，你在家把弟弟妹妹照顾好，回来给你糖开水喝。

舌尖上的甜味消失并不比一只喜鹊从头顶掠过更慢。阿木尔布他们下午三四点钟就回来了，回来的时候比以前笑得爽朗，跑得比以前欢。起初他还有些好奇，怎么他们被关了大半天还乐呵呵的，看起来比喝了糖开水还开心？慢慢地，他发现自己的开心在变少而他们的在增多——难道他们斜挎肩上的布袋子里装的都是快乐，难道他们拿着印了花花绿绿图片的满是蚂蚁一样符号的被叫作"书"的东西，摇头晃脑念的那些"咒语"里藏着让人快乐的秘密？难道是他们一天天一点点偷走了自己的快乐？

木乃拉哈家老大的魂被不干不净的东西弄脏了。村子里慢慢有了议论。议论里的木乃拉哈是阿木尔日的父亲。这句话，父亲的耳朵听不到，但眼睛看到了。这些话要么明晃晃挂在左邻右舍脸上，要么在他们刻意掩藏的眼色里露出了一截子尾巴。木乃拉哈不得不做出回应，而他的回应方式是带阿木尔日去了一趟乌斯河。阿木尔日无数次闹着要下山看火车，满足了他的心愿，他的快乐就该回来了，被弄脏的魂就重新变得干净了。因为路陡山高，村子里的娃娃不到十二三岁几乎不可能有机会下山，木乃拉哈想，拥有了伙伴们没有的经历，阿木尔日的快乐，只怕比以前更多！哪知道，从山下回来，阿木尔日脸上的笑容不仅不见增多，反倒像是又有一部分遗失在了山下。

木乃拉哈不明白这到底是为什么，但他的儿子知道。一开始，听说父亲要带他下山，阿木尔日也很高兴，以至于鸡还没开叫就摇醒父亲指着从开在板壁的孔洞间挤进来的月光说天都亮了怎么还不起床。虽说天梯上被吓哭过三回，见到火车，见到火车奔跑，见到火车把窗户后面一张张模糊的脸带向远方，他又高兴得手舞足蹈。手舞足蹈的是他的心情，他的手和脚却是老实得不得了，是那种放在哪里都觉得不合适的老实。阿木尔日从来没见过那么多人，没听过那么奇怪的声音。火车的长相和他想象过一百回的都不一样，腿是圆的，也不往前伸，跑得却比马快，奇怪。火车叫声尖厉，发出声音时头还不向上昂，这也奇怪。山下人说的话也和他平常听到的不一样，这就更奇怪了。但是山下的人说的话里有一些字他星星点点地从阿木尔布他们那里听到过，比如"人"，比如"马"。这么说他们以后也可以和山下的人一样说话，那时候星星就不是星星，而是由无数星星连接起来的白天一样的光明。那时候自己嘴里冒出来的又是什么呢？一团乌云，一道闪电，一阵冰雹？想着想着阿木尔日伤伤心心哭了起来。他这一哭引来不少人围观，他们以为这娃娃不听话，挨了大人的打。父亲急得团团转，可他的着急一点没用，因为他嘴里没有用得上的星星。好容易比画清楚，阿木尔日喉咙里干得冒起了烟。父亲让他去旁边人户里讨水喝，才走两步阿木尔日就走不动了：他们的话我一句都听不懂，阿唉个董唉呷（我要喝水），人家能听懂吗？父亲鼓励他，你次母嘿（你就这样说）：水，水。父亲嘴里一共有几颗星星他并不清楚，可以确定的是，父亲是想借此锻炼自己，让他长大以后，至少可以在下山时不至于把自己活活渴死。父亲怂恿下，阿木尔日以走到崖边的勇气走了两步，然而，就是这时，阿木尔日发现，自己的嘴巴张不开了，再怎么用力也张不开。我这是成哑巴了吗？阿木尔日又一次急得号啕大哭。

阿木尔日并没有哑。只是村里人发现，自从下了一趟乌斯河，他的话比以前少了许多，如同脸上稀薄的笑容变得更加稀薄。

不过，有两句话，他每天非说不可。

学生上学去了。倚在门边的他，目送走一个个背影。

学生放学回了。站在路边的他，迎回来一张张笑脸。

木乃拉哈两口子为此吵了一架。母亲巴基说娃娃的心不在家里，他实在想读书，让他去吧。木乃拉哈说，你以为我没这么想过吗？但我们下地去了，木乃尔哈和阿衣什布哪个来管？巴基说你背一个我背一个，我们在哪里，他们在哪里。木乃拉哈说远都不说，地那么陡那么高，要是滚一个到岩下，你肠子悔青了又有什么用。巴基说就不知道拿绳子拴树上吗？木乃拉哈说亏你想得出来，自己的娃娃当牛放，你良心长到脚背上去了？巴基一听眼泪下来了声音上去了：阿木尔日再这样下去说不定就疯了傻了，你说我良心没长对地方，我看你根本就没长良心！巴基一哭一闹，木乃拉哈语气就软了许多：小的两个当牛放也就是了，但是钱呢？一学期再怎么也要几十元，肚子还吃不饱，买尿素的钱还不知在哪儿，你拿得出来学费，你就让他读书。

第二年暑假快结束时，母亲还真的把报名费塞到了阿木尔日手中。钱是拿一斤花椒、十多斤荞子和二十多斤大豆去山下换的。卖东西是父亲的意思，但在他的计划里，卖来的钱早已被分成两份，一份买粮食，一份买化肥。母亲顺着他的意思下了山，回来却变了说法。她说粮食不是问题，多往锅里舀半瓢水，或者把裤带再紧一紧。那时候村里人吃的都是苞谷饭，条件好些的，会往苞谷里抓一把米。阿木尔日家的人认不得"米"字，家里的锅和碗也难得见一次米。上顿苞谷糊糊，清得能看见人影，下午苞谷糁子，长了脚般满嘴钻，吃得人赌咒发誓。赌咒发誓完了又生出悔意，悔不该得罪了苞谷，搞得还在7月中旬粮仓已要见底，而九十月间才能采摘的苞谷这会儿还是"光'秆'司令"。别说借，就是拿着钱，在村子里也很难买到吃的。就说头年，找了几家都没"匀"到粮食，还在路上，巴基就忍不住落了泪。这一来，跟在身后的娃娃也跟着哭，把天色都哭浑了。再不管管会出人命，村支书木乃日帝从自家口粮里挤出100斤苞谷。所以巴基说粮食不是问题，对木乃拉哈还是对自己，都不过是一种安慰。至于尿素，她是这么对男人说的：勤快就是化肥，早半小时出工是3斤，晚半小时收工又是3斤！

父亲终于不吭声了。不吭声就是同意了。阿木尔日的快乐回来了，连本带利地回来了。

第一学期期末考试，阿木尔日语文考了92分，数学考了98分。父亲不知道这个分是高是低，母亲也不知道这个成绩是好是坏。当阿木尔日羞答答说出这是全班第一，两口子高兴得做出了一个逢年过节才可能做出的决定：今天煮饭时往苞谷里抓两把米！

三兄妹高兴得原地转圈，最激动的当然还是阿木尔日。父亲母亲已经变相告诉他，读书的路还没有断。在此之前他心里一直不踏实，他觉得读书这个机会就像课间活动时抓在手里的皮球，指不定啥时候会被人一把夺走。自己家的条件，要说是全村第二那肯定是没有第一了。当然是倒着数的。说懒，那是天懒——有时候，老天爷一连两个月不下一滴雨。爷爷奶奶早不在了，土地划到户时，只有父亲一个人的户口。地薄得像纸，天一懒，人再勤快也是白勤快。这也是父亲母亲为什么两年前冒死在册硗泽俄磨那个地方开出4亩地来的原因。冒死开地，这个说法听起来夸张。去现场看看就知道，实在恰如其分。实际上那地方一般人空着手都不敢去，因为路太险了，险得都不叫路，是在竖立的大石板上弯弯曲曲画出来的一条线，窄得让人心紧，陡得让人眼花。从二坪到册硗泽俄磨，直线距离只有七八里路，但弯弯拐拐绕下来，15里有多无少。把这15里路走完，"大石板"上才有了巴掌大块的平地。地就是由这些"巴掌"变出来的，东一块西一块，高一绺低一绺。从这地方往前看是大渡河对岸的雅安地区（今雅安市）汉源县古路村斑鸠嘴，往左，隔着老昌沟，那片山下就是乐山地区（今乐山市）金口河区道林子。地开出来，种子下了地，人却回不来。满山都是猴子，没人看守，这一季就废了。父亲往往一个人在棚子里住上十多天才回家一次，晚上见着一面，待第二天早上阿木尔日睁开眼，已见不到父亲人影。秋天该是喜悦的，一家人却高兴不起来。地像满天星，有的差不多沉到谷底，要绕两千米才能把路由竖走平，背几十斤粮食回家，路上就要耗掉三四个小时。这还是大人轻装上阵，要是带了弟弟妹妹，路会凭空长出来一截。所以，被扣在家里带娃或者跟随父母下地，这样的事在阿木尔日的梦里已不止一次发生。父亲母亲挖到天麻般的兴奋让他吃下定心丸：只要成绩好，这个书就读得稳当。

哪知天变得快，没有父亲主意变得快。大米香还在阿木尔日记忆里飘着呢，父亲对他说，书就读到这里了，你是老大，老大是要"顶竿竿"的。"顶竿竿"，就是一旦天塌下来，你得撑起一片天。阿木尔日的天塌下来了，他眼里噙着泪，试图改变父亲的决定：只要让我读书，我保证以后更专心，考试不丢分。父亲闭

盼望

上眼睛想了好一会儿，也没想到一个合适借口，索性照直里说：真要读书，弟弟也该读了，手心手背都是肉。这时候，母亲把话抢过去，你说的我也同意，老大有书读，老二不是后妈生，也要有书读。父亲一听来了气，你的耳朵在扇蚊子还是眼睛长到头顶上了？两个都读，哪来这笔支出！母亲说，几十块钱，挤挤也就出来了。父亲说，你以为这是挤眼睛？就是奶水，身上没有，再怎么挤还不是白费力气。母亲说生得起养得起，娃娃想读书，了他一个心愿。父亲好像突然不认识母亲了似的，瞪大眼睛说，我还想天天有肉吃呢，谁了我一个心愿。母亲不跟他扯，放低了声音说，我们已经睁着眼睛瞎了几十年，要是娃娃长大了也是瞎的，当初就不该生他们。父亲气得拿烟杆指着母亲，上山下崖，哪一块石头我不认得？要说瞎的，我看你就是瞎的！是龙上天，是蛇钻洞，就是把身上的肉割给它吃了，蛇也变不成龙。母亲不知啥时候流起了泪：我也没指望他们成龙上天，但就是一条蛇，也不能一直蜷在洞里。烟锅里的火快熄了，父亲心里的还在熊熊燃烧：我看你是老母猪往崖下跳——想得轻松，要想按你说的也可以，除非找根针来，把一家人的嘴巴缝上！

……

父亲母亲围着火塘争吵时，阿木尔日一直在旁边默默流泪。他们终于吵累了，又或者是把对方都当成了牛而自己失去了弹琴的耐心，你把头扭向一方，我把头扭向另外一方。父亲的表情让他失望，母亲的表情又让他生起希望。失望和希望在他的身体里扭打起来，让他小小的身体忍不住一阵颤抖。他是不想说这句话的，但他还是说了出来：让我去读书吧。我可以背着妹妹上学，等放学回来，喂猪、做饭、洗碗我全部包干。星期天和假期里，我跟你们一起下地干活。只要让我读书，要我干啥都可以，怎样的苦我都吃得下来！

这句话把父亲母亲都吓了一跳。他们没想到9岁的儿子能说出这样老气的话。仿佛是商量好了一样，父亲母亲先前如"八"字散开的目光缓缓会合到了那张稚气未脱的脸上。

屁还不晓得臭，你晓得苦是啥味道？父亲说。

屁再臭也没有粪臭，就是让我背粪下地我也不怕。阿木尔日昂着个头。

但是木乃尔哈呢？两个人去读书，这个家根本供不起。水牛黄牛都是牛，我们当大人的，总不能心不平！父亲提到了弟弟，他的话像一张网，一下子捞走了所有声音。屋子里静极了，静得像清早醒来的校园，静得像放学以后的教室。

万般静默中，阿木尔日听到了河在咆哮，在一泻千里地奔涌。河有两条，一条在左，一条在右。他的脸颊，是石走雷奔的河床。那个时候的他还不知道什么是心痛，但他居然理解了绝望。一条路走到悬崖边，再不能往前一步，失望到底了，希望不见了，这就是绝望。他是多么渴望这条路能往前延伸，他喜欢路上那些花，那些草，那些花草散发的味道。但是不能了，路断了，他得往回走了，这一走就再也没有机会回头了。想到这里他看见了父亲的眼睛。父亲的眼睛，此刻正大睁在他的心上。父亲的嘴巴没有说服他，但眼睛做到了。阿木尔日想好了，如果只有一个机会，那就让弟弟去学校。

先从网眼里挣扎出来的是母亲的声音：两个都去读，大不了少吃半边肉。

阿木尔日觉得母亲说了一句昏话。少吃半边肉，意思是拿这半边猪肉换钱。可自己家哪年不是只勉强喂得起一头猪，哪头猪不是光长架子不长肉？别人家的猪可以养上两三百斤，可自己家人的粮食还不够，哪有猪的份儿。你拿草哄它，它也哄人，光长一身骨头。这一来两个星期才吃得上一回肉，还仅仅是有那么个意思，一家人肠子已枯得快要生锈。妈妈的话让阿木尔日的脸颊差点又变成河床，我不读了，让弟弟读。

也不知道木乃尔哈什么时候进了屋，哥哥话音刚落，就听他说，要读一起读，哥哥不去，我也不去！

太阳从西边出来了。父亲接下来的动作，在以后的很多年里，是不断在阿木尔日脑海里闪回的慢镜头。将烟锅填满，拿火钳从火塘里夹炭点上，他将烟雾一点点从鼻腔里呼出，才拿目光看看自己，看看弟弟，再落在母亲脸上：交了学费就没有新衣新鞋了，如果愿意，你们实在要读，我也拦不住！

我愿意！

我也愿意！

阿木尔日如愿回到学校，弟弟跟在他的身后。雨过天晴，空气清冽甘甜，阿木尔日感觉吸进鼻孔的风都是从蜂桶里吹过来的。树叶当衣穿也欢喜，泉水当酒喝也舒畅。这句彝族谚语，他以前听大人们说过。那时他觉得这是骗人的话，现在不同，他在心里想，后面其实可以再加上一句：把大地当鞋穿也乐意。他真是这么想的，事实也是如此，光着脚去上学，他并不感到有多委屈。这么说是因为，他仅有的一双胶鞋（也许这也是他至今记得这双鞋子的出厂编号为56241的原因）的左边那只坏了，鞋帮同鞋底几乎就要断了交情，像一只怪兽龇牙咧嘴。光脚走在布满石子的小路上，阿木尔日照样健步如飞——不飞起来也不行啊，木乃尔哈和别的学生早都去学校了，他把牛喂了猪也喂了才走得成，慢下来的半拍不抢回来就得迟到。快到学校了，他才把拎在手上的鞋放到地上，将脚伸进去，再拿布条或麻线，像包扎伤口那样一圈圈捆上。

阿木尔日轻手轻脚进教室，怕"伤口"绽线是一方面，更重要的，他怕有人看见了他不想让人看见的地方。下了课，阿木尔日假装肚子痛，趴桌上不出去。放学他也最后走，借口是回了家没有时间写作业。可是，比这重要不知多少倍的秘密到最后都要水落石出，何况他的。开学没几天，阿木尔日闹肚子，没等回到教室里，木乃克布的眼睛落在了他的脚上。发现就发现了吧，他还放声大笑，声音比三坪高。过了一个晚上，阿木尔日心里的气也没顺得上来。次日上学，他早早出门，把木乃克布拦在路上打了一架。木乃克布高他三个年级、半个脑袋，可是那天，他愣把人鼻血打了出来。血把阿木尔日吓着了，他撒腿跑到三坪，一直躲到天黑。

小学6年里，阿木尔日只缺了3天课，"单挑"木乃克布是头一次。第二次是三年级时的某一天，母亲去山下卖花豆，他看母亲背被压成一张弓，怕她在天梯上把自己发射出去，不由分说匀了20来斤到自己背上。再有一次是外婆去世。阿木尔日喜欢学校，喜欢读书。全班早读的时候，声音撞在墙上，又从墙上弹进耳朵，就像母亲给他挠痒痒。写字也有无尽乐趣，横平竖直，左撇右捺，一笔一画靠在一起，像一家人围坐火塘边上。书本在他眼里是一个广阔无边的世界，上面有他见过的山和树，也有他没见过的湖和海；有他见过的火车，也有他没见过的飞机，还有北京、长城、天安门。虽然这些离他都很遥远，远到不知到底有多远，但他知道，至少，他和"水"没有距离了，再下山时不会挨渴了。正是知道自己不会挨渴让他更加如饥似渴起来，因为除了"水"，他还想要苹果。也是让他变成"哑巴"的那次下山，他看见一个摊位前放着一盆苹果。看见有人啃苹果他才知道那东西可以吃，奇怪的是，并不知道苹果是什么滋味的他，竟馋得伸出了手，从摊位上拿起一个就跑，只是没跑出两步就被一只铁钳般的手从后面死死抓住。那只手是父亲的手。那只是一只苹果，可真的只是一只苹果吗？老师说了，知识改变命运。命运是什么？阿木尔日日思夜想后得出一个结论，命运是一个背篼！每个人背上都有一个背篼，只是有的空有的满，有的装着洋芋有的装着苹果。阿木尔日希望在他长大后的某一天，自己的背篼里也能拿出苹果来，即使个头不那么大，颜色不那么抢眼。

在阿木尔日童年里所有的得到中，最让他感到快乐和满足的就是教室和课本了。在这郁郁苍苍的知识的山冈上，如果要指出一棵树，一棵长到了他的灵魂里，长成了他的骨头的树，阿木尔日会毫不犹豫地说：少壮不努力，老大徒伤悲。这句话引起他的注意，起先是因为他是家中老大，他觉得这句话说的就是自己。后来明白它同样管着老二老三，管着别的娃娃，晓悟了藏在话里的深意，他更喜欢了。他的喜欢是从一而终的喜欢，是用行动言说不是挂在嘴上。学校放学，阿木尔日放下书包，转身就出了门。自家的地靠近毛不耳，大人出门时带着弟弟妹妹，回来时背上背着东西，弟弟妹妹自己走不回来，他得去接。放学已经三四点，打空手走过去快要五点。回来时，大人背着百十斤，他看着弟弟，背着妹妹，走不出十步就气喘吁吁。往往是半路上天就黑了，一家人打着竹篙小心翼翼往回走，到家已七八点钟。草草吃过东西，阿木尔日终于可以做作业了。在他小学四年级以前，家里买不起煤油也买不起柴油，照明靠点竹篙。竹篙亮度不大烟子大，一到竹子节巴处火也节巴。一番折腾下来，能在11点前做完作业，阿木尔日这天就算收了早工。成绩没有辜负他的努力，小学6年里，阿木尔日成绩最差的一次也是全班第三。那是一次半期考试，其他时候，阿木尔日不是第一就是第二，多数第一。要是以为成绩数一数二，阿木尔日的学业就拴了保险绳，那可是低估了生活的戏剧性了。第七册开学前，父亲阴着一张脸给他说话。父亲的话到现在他还记得：一只无底的金杯，不如有底的木碗。祖先这么讲没有错，我照着他们讲也就没有错。你读的那些书，说到底变不成化肥变不成钱。就是能变件衣裳我也让你接着读，但是两年都没给你们弟兄两个买鞋缝衣裳了，家里盐巴都快吃不上了，让你往下读，人家会说我偷奸要滑……

娃娃读书怎么和偷奸要滑扯到了一起，阿木尔日再清楚不过。这两年自己穿的衣服鞋子，没几样不是老师给的。有双胶鞋是陆老师穿过的，鞋帮上开了个口，她仔细缝好才拿过来。衣服原来的主人是李威，李老师递给他时，有洗衣粉淡淡的香味，让他怀疑里面驻扎了一个春天。见他屁股都露着半边，李老师又拿出一条裤子让他换上。穿上裤子道了谢，还没走出两步，阿木尔日摔了一个狗啃泥——李威比他高，拖在地上的裤脚被鞋踩了，疼痛落在他的身上。陆老师闻声赶来，拿目光量了量，一剪刀下去，不多一分不差一毫。陆老师这么好，阿木尔日对她还是有些意见：我不就摔了一跤，手上破了点皮吗，她不该骂李老师不长眼睛。李老师不长眼睛怎么会看出父亲存心不让他读书了？李老师不光眼神好，心也很好。知道父亲不让阿木尔日再到学校，他专门来家里对父亲说，不让阿木尔日读书，迟早你会后悔。父亲说迟早都有这一天，长痛不如短痛。李老师说迟是迟早是早长是长短是短，就像苞谷，早收一天迟收一天产量都不一样。低下头来，父亲说了实话：就算咬紧牙关，我家也最多能供得起一个娃娃读书。老二成绩不如老大好，读书也不如他专心，但是下地干活，老大腰杆总要硬些。已经走出院子，李桂林又折了回来：山上有竹子，你去砍些做成扫帚，反正学校用得着，买别人的是买，买你的也是买。父亲眼睛亮了一下又暗了下去：学校一年也用不了几把扫帚。李桂林应该是早就想好了这句话：书杂费实在不够先欠着，有了再说！

书要读，猴子也要看。暑假里，或者周末，十二三岁的阿木尔日成了"全日制农民"。种在地里的苞谷、洋芋必须有人看着，不然猴子天天都跳丰收舞。看猴子不辛苦，不管再猴多势众，尽管只是一张娃娃脸，阿木尔日吼一声，它们还是有所忌惮。但那地方通常就他一个人，吃的无非是烤苞谷煮土豆，睡在窝棚或者岩腔里，一晚上冻醒两三回。一住就是好几天，遇上别的孩子，不是冻哭吓哭也要寂寞哭了，阿木尔日却从没在大人跟前皱过眉头。他知道，要是不把大人腾出来种地，一家人就得饿肚子。肚子饿着还读什么书？书都不能读了，日子过着还有啥味道？猴子一天要来几回，每次吓跑它们，阿木尔日从小农民变成小学

绝壁上的流星岩如今，已人去岩空。阿木尔日当能就在这一带看猴子

生。作业写完又读书，读给自己听，读给大山听，心情一好也读给猴子听——只不过读给猴子听时，他有意换了腔调，让它们觉得自己虽然个头不大，人老成。

阿木尔日的老成是装出来的，遇到不怕人的黑猴那次，他吓得尿了裤子。生活才是不尿裤子的狠角色。那天，父亲对他说，只能这样了，读不起了，反正小学已经毕业。


长满花和草，萦绕着花草气味的道路又到了断崖边，这一次，阿木尔日肩上的书包真的变成了背篼。背篼沉甸甸，可里面只有苞谷，只有洋芋，只有荞子和花豆。令阿木尔日感到奇怪的是，他闻到了苹果香。这香味从脑子里飘出来，飘到悬崖边，飘到悬崖下，飘到他没去过的地方。这香味不知怎么就成了路，召唤着他往外面跑。远飞的雄鹰见得多，他想起李老师说过的话了。14岁的阿木尔日把背篼换了编织袋，编织袋里塞了被子衣服，去雪区附近深溪沟电站工地找活干。不懂技术，他从杂工做起，搬石头背水泥，流的汗比别人多，拿的钱比别人少。他把挣来的钱交给父亲，让他送妹妹读书。谁知妹妹见二哥对读书提不起兴趣，自己也没有兴趣。父亲没有多劝，他说劝也多余，不如不劝。阿木尔日说，水牛黄牛都是牛，我和弟弟读过书，妹妹也该读书。抢着作答的是妹妹：爸爸妈妈没读过书还不是照样当爸爸妈妈！妹妹的反应一点儿都没有让父亲难过，反而换回了他的开心。父亲自以为把他的开心藏得很好，又或许他觉得哪怕露出来一点儿马脚也无所谓——女娃子迟早是人家的人，二坪有几个当大人的不这样想？父亲轻描淡写一句话让阿木尔日对妹妹充满爱怜。她本来就瘦得起阵大风都会被刮走，父亲这句话让他觉得，妹妹在父亲心中，比他看到的还轻。

阿木尔日心里的难过很快就被无以言表的兴奋攻占了。幸福来得太突然，村支书来家里说，国家抓"普九"，娃娃读完小学，得接着去普雄读初中。父亲听不懂几句汉话，但耳朵和"酒"字很熟，没一次听到它不是两眼放光。这次例外，只见他红眉毛绿眼睛说，饭都没得吃，还吃啥子"酒"？更何况，喝了"补酒"去读书，还不成了酒疯子？村支书哭笑不得，耐着性子把"普九"是啥意思说了个大致明白才又说，你家去不去我管不着，但派出所管得着。这一来父亲不敢嘴硬了，他对眼巴巴望着他的阿木尔日说，你实在要读我也不拦，但读书的钱我拿不出来，你得自己想办法。

考到大山外面去的梦阿木尔日是做过的，虽然他从来不曾对别人说起，甚至这个念头在脑子里闪现时，他也会心虚脸红。不过后来，他连脸红的机会也不再有了，年少的他，以为这就是一个必须接受的"事实"——山里人喂猪，城里人吃肉；山里人读小学，城里人读大学。但他还是喜欢坐在教室里，喜欢和书本、文具、老师共处。通向大山以外，通向繁华和荣耀的大路他不再去想，但是小路，能走的还是要走。这两年在外打工，工钱从十几元到二十几元到三四十元，他却感觉不到快乐。雪区、乌斯河、长河坝，他的脚步只在山下打转转，只能在山下打转转。人走不出大山，也走不进别人的世界，因为这些都需要文化帮忙。自己说的话别人常常听不懂，就像别人说的话自己很少能听懂，这说明自己很缺文化。举例来说，有人问，你吃多了吧？他摸摸肚子，还可以添半碗。又有机会学文化，他求之不得。

满心欢喜的阿木尔日坐进教室不到半个月，好日子到了头——饭票没了。说节约，没有人比阿木尔日更节约。一周下来，他一顿肉也没吃过。往返雪区乌斯河，车费他也没花过一分——摩托车有两个轮子，他在心里想，两只脚也是两个轮子。在普雄和乌斯河间穿梭，火车必须得坐，但是坐了4趟，他只买过一回票。另外3次，一次是蒙混过关，另外两次，他偷偷爬进了货车车厢。弹尽粮绝，阿木尔日卷铺盖回了家。从父亲脸上看不出高兴还是不高兴，他说，"普九"

嘛，就是普通话读9天嘛，你都读了这么久，划得来了……

人最可怕的不是陷入绝境，而是对无可回避的绝境心存侥幸。如果先还只是认清了现实，阿木尔日现在已接受了它。陆老师说过，天无绝人之路。李老师还说，有志者事竟成。"志"有大小之分，不跟别人争大的，认领一份小的总可以？让弟弟接着读书，读到他不想读为止。治好爸爸的病，让他在说到妹妹读书这件事时不犯头痛。这些都够小，小到在城里人眼中都不是事。最大的事也就是修房子了。阿木尔日在心中悄悄画了图纸：砖房，两层，风刮不进去，雨靠边稍息。

磷矿、煤矿、铅锌矿，杂工、泥工、架子工，只要有活，阿木尔日不挑不拣。挣到的钱说不上多，弟弟妹妹读书够了。然而，小他3岁的弟弟不等小学毕业就不去学校，就算打出家门，一拐弯就进了森林，不到天黑不出来。妹妹则一步也没跨进过学校门槛。阿木尔日诓她哄她，她说二哥都说了，念书比挖地费劲，我宁愿扛锄头挖地。阿木尔日要父亲给妹妹一点颜色看，父亲说，你还是先把自己扣子系好要紧——不把彩礼钱存够，老婆都讨不回来。

阿木日尔一心一意攒钱。讨老婆下一步再说，他惦记着铺在心里的那张图纸。贵州、重庆、湖北、广东、新疆、黑龙江……阿木尔日跑遍半个中国。去黑龙江那次，因为包工头催得急，他一狠心坐了飞机。手指在手机屏幕上点点划划票就搞定了，飞在空中，他觉得自己肩上长了翅膀。翅膀是老师给的，是在学校里慢慢长出来的，虽然那时稚嫩，这时也不丰满，但毕竟有了，不是有和没有的不同，是单薄和雄壮的不同。想起老师他就想起了二坪想起了家，想起修建两层砖房的宏伟蓝图。

2017年12月6日，阿木尔日新家动工了，楼上楼下180多个平方。花掉的钱有12万是借来的。父亲一开始被这个数字吓得睡不着觉，他后悔当初没拴住儿子的脚，让他到处跑，跑到心比天高。他甚至觉得让儿子读书是一个错误——不读书，水都讨不来喝，他还敢到处跑吗，还会把心放得这么野吗？阿木尔日知道这不是心的问题，是眼界问题。一个人见得多了眼界自然就宽了，电视上说"心有多大，世界就有多大"，掉个头来说好像更合适。因此他也不急着跟父亲辩解，日子长着嘴呢，由他来说。果然，房子修好才一年，阿木尔日将借款还了一半。比这还让父亲长精神的是，阿木尔日带回来一个女朋友。儿子已29岁，依照二坪的标准，已经是点不着火的老光棍。父亲不光失眠症不治而愈，还接连几个晚上在梦里笑醒：白白胖胖的乖孙子，伸手要他抱哩！

阿木尔日和陈母则在"快手"上认识。阿木尔日下手快，认识才不久，便哄女朋友，千里姻缘一线牵，我们是"无线"结缘，无限有缘。陈母则是雷波人，雷波和甘洛一样是彝区，男方提亲，得拿彩礼说话。一通电话让陈母则流了泪：家里说，彩礼再少少不过20万。阿木尔日说，钱向我要，你哭个啥？陈母则的泪一刻不停往下淌：他们要的是你的钱，我要的是你的人，你拿不出钱，我就得不到你这个人。这一说阿木尔日就笑开了：办法总会有，有我在你怕个啥？陈母则说不能偷也不能抢，能有啥办法？要结婚就要拿彩礼，这是不知多少年的老规矩。为什么？为什么万年的石头都能破，就不能破了这些不合理？眼见陈母则双肩颤动，哭出的话都成了高坡矮坎，阿木尔日反倒平静下来。他说锁住奴隶手脚的镣铐都能砸开，这些陋习也一定能够破除，你又何必着急。陈母则嗔怒着打他一下：不知高低莫爬坡，不知深浅莫过河。高低深浅都知道了，你打算怎么办。庄严的神色在阿木尔日脸上升起来了：世间最重要的是人，是人的心，因为其他都买得到，唯独心买不到。


我对阿木尔日的采访在他家老房子里进行。他在，陈母则在，他的父亲母亲也都在。有风从外面钻进屋，有人拨弄火塘，有人起身走动，烟雾都会变换方向，时不时让你咳嗽，让你流泪，让你难过。也许是主人都有"抗体"，而我没有的缘故，我从进屋后就不断变换位置，但烟雾总是跟着我撵。就在我快要招架不住的时候，阿木尔日站起身，走吧，带你看看我的房子。

阿木尔日的房子就在老屋正对面，中间只隔着两三米宽一条过道。我被满墙瓷砖和气派的闪着铜质光泽的铝合金双开门震撼到了——同父母灰暗的屋面、低矮的门楣相比，这简直就是另一个时代。我不免暗暗指责起自己有眼无珠来，刚才怎么就没留意到这别具一格的存在呢？在二坪，在3组，这幢外墙闪闪发光、内里宽敞明亮的楼房，简直就是鹤立鸡群的存在。首先是因为体量和身高。寨子里一半是木屋，两层楼的砖房除了他家只有两幢，却都瘦小一些，都是"素颜"。此外就是散落在木房中间的土坯房、竹笆房和什哈阿麻家那样的平房。不光气质更胜一筹，阿木尔日家的视野也得天独厚。西面是气势磅礴的三坪，面向东方，山地一台台低下去，然后突然收住脚，在一道悬崖前临风而立。悬崖的高和陡映在对面绝壁上，是天险，也是奇观。我不由自主夸赞起来了：这风水好得不得了，要山有山要水有水要风得风要雨得雨；这风光美得不一般，大渡河峡谷国家地质公园就在大门口；这实力不简单，这么大一座房子，担不担心晚上起夜会迷了路……

怎么也想不到阿木尔日会这么说。

他是以淡淡的，带了不舍和留恋的语气说的这话：政府建了新村，大家都要搬过去，这座房子，马上就要拆了！

秋天里

她可以放心地追随一条河流

就像每滴水珠

把自己

全部交付给这日日夜夜沉默

又奔涌不息的大河

——彝族诗人鲁娟《追随一条河流》节录

父亲挡在面前，找老师这道坎就还没有过去。转眼就要开学了，李桂林急得眉毛胡子都能点着。

这天晚上，李桂林翻来覆去，迟迟无法入睡。二坪一年，让他对二坪和二坪人，甚至对教书这个职业有了全新认识。二坪娃娃读书用功，对书也特别爱护。一次，李桂林发现木牛劳以晨读时，每次都只念到翻开的这一页的最后一行，就又从头念起，也不管一句话读没读得完整。李桂林问他原因，他说，我把这页念熟了再翻下一页，书不容易坏。第一学期结束，好些个孩子把课本还了回来，他们说，有了这些书，老师开学时就不用再发愁。孩子的淳朴触动人心，老乡的诚恳感人肺腑。这一年间，不管是不是有娃娃在学校，只要家里有稀罕东西，无论哪一家哪一户，总要给李桂林送一点来。遇上杀猪宰羊，李桂林则是不可缺席的贵客。起初，李桂林以为人家上门来请也就是个礼节，面子上的事。改作业也好，头痛也好，肚子不舒服也好，要推脱，找个理由还不容易。可老乡们说的话像是商量好了一样，你要不来，我们就等，等到明天天亮也要等。李桂林就明白了，二坪人没有把他当外人。至于他们干吗非要把他留下来也是明摆着的。二坪太穷了，二坪人穷怕了，他们不想再这样穷下去，或者至少，不能让子子孙孙和他们一样一穷二白，一穷到底。他们虽然没有文化，但越来越明白一个道理：只有文化这个他们没有的东西能把他们和外面的距离缩短，只有文化才能像毕摩驱走了邪魔，像阳光融化了积雪，像明月廓清了屋顶，像清风吹散了云雾，像天梯抚平了绝壁，让他们一成不变的生活发生改变。他们眼中的李桂林因此就不是一个外人，也不只是一个老师了。他是他们对未来的寄托，他汇聚了分散在毕摩、太阳、明月、清风、天梯上的能量，他似乎就是温暖、光明、希望与通向美好的道路本身。

李桂林不敢与村民眼睛里的那一个自己对视，因为被拔高和虚饰后的自己已然不再像更不再是自己。正因如此，他更加看清了他们的窘迫，看见了二坪的穷困，看见了一所更像学校的学校对他们和二坪的重要性。想到这些，想到眼见就要泡汤的扩招计划，想到还有那么多本该坐进教室的孩子手上拿的不是书本而是锄头镰刀，是追着羊群满山跑的羊鞭，李桂林感到心在被锄挖被刀割，心间涌起的放过别人也饶过自己的念头，在被那些小手扬起的鞭梢一次次抽打。

你先别急，我有一个办法，陆建芬扯扯被角。这些天，看见李桂林心事重重，她也寝食难安。

你莫非想说，再来一次私奔？李桂林眼前的天亮了一点。

威儿不要了？亏你想得出来！陆建芬拿手指摸索着杵他脑袋一下。

除此之外，还有啥办法？李桂林接着说，真要有办法，也等不到这时候了。

有一个人肯定行！陆建芬嘴里的话脆生生的。

哪个？李桂林迫不及待。

我爹！陆建芬掷地有声。

他都50岁的人了，亏你说得出来！再说，他在贾托小学教书教得好好的，就算他干，学校和学生也不得干！李桂林若是个茄子，此刻是被霜给打了。

陆建芬又好气又好笑：看你这脑壳，如今都不会转弯了——我是说让他做你爹工作，肯定能行！

死马当成活马医，事到如今，也只有如此了。第二天天一亮，李桂林带着老婆孩子去贾托村搬救兵。

无事不登三宝殿，还是夫妻双双把家还！见了李桂林，陆兴全一个哈哈，打得意味深长。

李桂林听出话里有什么不对，这才猛然想起，成天里东奔西走，一整个暑假，还没向岳父大人报到。

前些天鬼事多，加上建芬说二老身体比扁担还硬，也就没急着过来。李桂林找话搪塞的同时提醒自己：老爷子心里燃着一堆火，今天再说这事，定是火上浇油，还是把嘴巴关紧的好。

李桂林没来得及把改了的主意说给陆建芬听，她说出来的话，也就直直地顺着来时的路在走：实在找不到老师，二坪还有几十个娃娃上不了学，所以开学时，我要和他一起上去。

陆建芬开门见山，李桂林心里反倒舒坦了些。他想起那句老话来了：舍得一身剐，敢把皇帝拉下马。

陆兴全脸色一点儿都不好看：要说你离开陆家也没几年，咋出门时精精灵灵，一回来就神神道道？

这不是骂女儿，是绕着弯地骂自个儿！李桂林脸上像是架着一盆火。陆建芬却管不了那么多，同父亲打起嘴仗：我说威儿外公，我不就是跟着他去教书吗？教书神神道道，那你岂不是神神道道几十年了？！

父亲一直拿自小听话又勤快的陆建芬当掌上明珠看，就连那次闹得沸沸扬扬的"私奔"，也不过蜻蜓点水说了她几句。这里面当然有父亲思想解放开明的原因，有父亲其实也看上了李桂林耿直且上进的原因，父亲对她的宠爱、信任和理解却在这里面控着股的。记得父亲有一次像是生气更像是得意地说过，你没拿我当爹，当了出气筒！这是她和父亲之间的默契，也是父女俩彼此默认的相处方式：交锋中的和谐，对立中的统一。所以，虽则在心底爱戴父亲，也正因对父亲敬重有加，陆建芬对他的进攻才常常有恃无恐。

父亲没有因为她的冒犯而恼怒，却也一点儿没有放弃防守的意思：我教书就在家门口，而且我是正式老师。代课老师可以和公办老师相提并论？

还正式，还老师，你这觉悟，连代课老师都不如！陆建芬心里的气有一半是替李桂林出的：学生好与不好靠成绩说话，老师称不称职，区分的标准也不是正式不正式，而是书教得好还是不好！

陆兴全张了张嘴，又合上了。过了几秒钟，他侧脸问李桂林：就不能找找其他人？

我也找过，要是找得到，也不必请你老人家出山了。有陆建芬唱黑脸，李桂林唱红脸就够了。

我？你要我去二坪教书？！陆兴全拿手指着自己脑袋，眼睛瞪得圆圆的，嘴巴张得大大的。

快别自作多情了！陆建芬接话说，是我，我去二坪教书。刚才不是说得一清二楚吗？唉，还正式老师呢！

翅膀硬了，管不住了。你要去哪去哪，反正一盆水泼了出去，跟我关系也不大。陆兴全如释重负的样子。

陆建芬却是得寸进尺：光你表态还不行，你得跟他爸表个态，顺带让他爸也跟着表个态！

在家里还是一副苦瓜脸，到了亲家那里，陆兴全却像变了个人：建芬是我女儿，你们心软，我的心也不硬。不过，强扭的瓜不甜，强留的瓜也不香。既然他们铁了心，不如让他们去。年轻人嘛，不见棺材不落泪。

亲家会这么说，李洪云没有想到。可尽管亲家这么说了，他仍是闷着声懒得答应。不答应却也不能奔陆建芬说，虽然儿媳平日里一口一个爹，说到底，眼面前这个才是亲生的。亲爹都应下了，自己反对就是不开窍。在脑中把事情前前后后方方面面梳理一遍，李洪云还是揪起了一个小辫子来：建芬去得去不得，依你说的为准。但威儿才一岁多，无论如何不能去！

李洪云不让李威走，其实也就是不想陆建芬跟着李桂林去受罪。更进一层说，他是想借儿媳的手把儿子后腿拖住。李威不去陆建芬自然也就不能去，儿不离娘嘛。

哪知亲家话头也搁在了李威身上：让威儿跟着他们上山，一家人在一起，好歹有个照应。李洪云正想还嘴，陆兴全又开腔了：二坪那些娃娃也实在可怜，去吧去吧，让他们去吧。

别人的娃娃是娃娃，我家的娃娃也是娃娃。凭啥为了别人的娃娃，一定要苦了我家娃娃？李洪云想不明白，怎么也想不明白。

说到底，那些也都是彝族娃娃。将心比心，他们更可怜、更不容易。陆兴全顿了一下，后面的话就跟了上来：没文化的亏，你又不是没吃过。

亲家此话一出，李洪云低下头去，只将一个烟嘴呷得吧嗒作响。李桂林就知道，这句话击中了他的要害。说起来，年轻时，李洪云还是有过那么一点儿前途光明的迹象。别看他只当过生产队队长、民兵连连长、贫协主席，在村子里头，好歹也是几人之下几百人之上，也是有脸有身份的人儿。在他的人生履历中，有一笔尤其不能略过：公社曾推荐他出任武装部部长。这事真要成了，李洪云腰杆也可以打得直直的了，拿工资吃公粮，骑着马挎着枪，要多提劲有多提劲。结

童年

果呢，还没等到开始，事情就已结束，而且是李洪云自己缴械投降。他是咋想的？听听他怎么说：当干部要学文件要懂政策，我大字不识一个，当不下来！

知父莫若子。果然，父亲叹口气摇摇头，将就（方言，由着之意）你们，管不了啦！

几天后，背着妻子当年的陪嫁——一口枣红色大木箱子，李桂林再次踏上了前往二坪的路。陆建芬背着李威跟在后面。还没走到田坪，陆建芬已是脚绞脚。"秋老虎"这时候还跑出来逞能，火辣辣的太阳晒得人脸发红头发晕，汗水沿着鼻梁流成小河，眼泪不由自主在陆建芬眼眶里打起转转。先哭出声来的是后背上的儿子。不满两岁的娃娃懂个啥，不光哭，他双手双脚还一刻不停地乱抓乱蹬，陆建芬的大腿被他蹬得青一块紫一块，脖子上还留下三道指印。

阿木什打、铁拉阿木迎面走了过来，要不然母子俩的这一条路说不定到这里就已走到尽头。陆建芬至今不记得那天是怎么爬上山的，以后每遇闲暇，当往事涌上心头，她总觉得自己是做了一个虚无缥缈的梦。她有时甚至怀疑自己是不是真的背着儿子走过了那段一生中走过的最长的路，唯一确信的是，从攀上第一道天梯，她只有一个念头：我不能掉下去，因为儿子在背上，他不能掉下去！

暮色抵达二坪时，他们还走在路上。空城计唱过三回，人就不知道饿了。进了村，踩着月光走到木乃日帝家，竿竿酒坨坨肉释放的气味，瞬间唤醒了蜷伏在身体各个角落的小兽。真正让陆建芬满身疲惫抖落一地的却是铁拉阿木的一句话。这时候名副其实的"晚饭"已进入尾声，二坪村的村组干部都在用他们笨拙但出乎本心的言语，再次表达对二坪小学新老师的欢迎。从郑重的神色上看得出来，铁拉阿木这一句话经过了认真酝酿。哪知话一出口，除了陆建芬一脸绯红，屋里人无不笑得前仰后合。铁拉阿木说：这下李老师肯定不会走了，你们三娘母都在一起了嘛……

是时候各回各家了。除了两间教室和一间垮得不成样子的厨房，学校没有多余房间。李桂林头年上山时，恰好学校附近的苟基阿木一家搬到山下去了，村上协调他腾出一间偏房，作为老师住处。来到屋前，陆建芬身上起了凉意。月亮高高挂在天上，她看清楚了，门没有上锁，门板与门框间塞得进一个拳头，将两者勉强拉扯在一起的是一根铁丝。

屋里更为寒酸。李桂林拿火柴点燃木桌上的煤油灯，这张木桌便成了映入眼帘的第一件家具。没有抽屉的条桌上摆着3个土碗，胡乱放着两个玻璃瓶，一个装油，一个装盐。第二件也是最后一件家具是床。同桌子一样，床没漆过，却不是原木颜色。暗黑、灰黑、青黑、墨黑不规则覆在表面，是时间蘸着火塘里升起的烟雾、屋顶上洒落的尘垢一笔笔抹上去无疑。如果不是上面有一床棉絮一个枕头，陆建芬并不确定这是一张床——她从未见过长着石腿的床。厨具就更寒碜了。屋中间，三块石头支起的灶上放着一口铁锅，铁锅只长着一只耳朵。石头大小不同，锅于是歪斜着，铁锈就要从锅底漫出来的样子。墙脚鼠洞密布，高高耸起的土堆沿墙角摆了一溜，是一种无声又强硬的宣示：这里是我们的领地……

触景生情，陆建芬热泪长淌。就在那一刻，她看到了一年来丈夫受过的苦，也看到了她将要面对的生活。

她是想把老鼠垒起的小山推平才睡觉的，但李桂林一句话就打消了她的念头。李桂林说，骨头都散架了，明天再说吧！真要收拾干净才睡觉，这一晚头就别想挨床。这天早上4点就出门了，16个小时的长途跋涉又是她从没经历过的，他这一说，陆建芬眼皮也变得沉重起来。乱成一团的棉絮又脏又破，根本就睡不下去。好在是有备而来，陆建芬决意将旧的撤下，换上新的。怎知手刚伸过去，一只老鼠跳了出来，踩上她的手背。陆建芬一声尖叫把老鼠赶得没了影踪，可它制造的紧张空气并未由此变得松弛。叫声惊醒了背上的李威，小家伙正嫌折腾一天还不能好好睡觉，便把哭闹变成了讨债，旧账新账，他以为这一哭可以全部讨回。他一哭陆建芬也不能自抑地哭出了声，母子俩此起彼伏的哭声让一豆灯影无所适从地摇来晃去。

当年陆家不愿把女儿许给李家，有一个没挑明的原因是李桂林大男子主义太重。重到什么程度？重活累活无可指摘，但是家务事，李洪云扫帚倒了也不去扶。遗传这码事怪得很，父子俩可以不挂相，但是性格脾气，当儿的和当爹的往往是一个型号。要在山下，有陆建芬在，李桂林才不会铺床叠被。但是这会儿，他不铺床，哭声就会继续，他的惭愧就无处安身。虽是喝了酒，酒醉心明白，他知道若非自己，母子俩不会在这里哭哭啼啼。更魔幻的一幕发生了，他才拉了一下棉絮，四五只半大不小的老鼠从里边钻了出来，夺路逃奔。偏有一只也不慌也不逃，滴溜溜转的小黑眼睛照直里说，咱就不走，你想怎样？一股无名火蹿到李桂林头顶，他脱下一只鞋朝它扔了过去。那家伙这才识了好歹下了床，三下两下跳到墙脚，进了洞中。母子俩的哭声抬得更高也拖得更长了，比二坪的山高，比走过的路长……

天终归是要亮的，对于一个被睡眠遗弃的人来说，这是一种近乎解脱的恩赐。面对一屋子泥堆、灰尘与无以言表的凌乱破败，陆建芬不知该如何下手。李桂林是被落在屁股上的重重一巴掌从梦里拖回现实的。没什么想不通的，他知道自己欠着老婆孩子。欠下的债总是要还，如果挨揍能顶债，他求之不得！揉揉眼，李桂林嬉皮笑脸拉住陆建芬的手拿嘴噗噗地吹：痛不痛？陆建芬眼里噙着泪：不痛！李桂林重新趴在床上，把屁股往上一抬：那你接着打，打舒服为止！陆建芬没由得骂他一句：贱皮子！三个字吐出两个，自己却没忍住笑了。这一来李桂林变了画风：一哭一笑，黄狗儿飙尿！说我贱，乌鸦笑猪黑，自己不觉得。陆建芬脸黑了下来，手落了下去。啪！这一声是更响亮了。见陆建芬拿嘴吹自己的手，李桂林得了天大好处似的笑出了声，人却不敢再赖在床上，而是翻身下地，鞋也没穿就要夺门而去。陆建芬从背后喊住他：要出洋相也穿伸抖（方言，穿得整洁之意）了出去，穿个"火炮儿"就往外跑，也不怕膰了老师的皮。李桂林的表演恰到好处地进入尾声，只见他一边作举手投降状，一边涎着个脸说：我要不要脸没什么，但校花的花，不能是脸花的花。我去打水，你收拾收拾，你儿一睁眼就得要吃的！

没什么好收拾的，因为屋里要什么没什么。墙脚土堆得还回洞里，可力气没少往里边填，第一个洞还大张着嘴。无底洞挖在墙根，看样子已成空心萝卜，要是不想办法填结实，房屋安全会成问题。这时候李桂林背着一桶水回来了，陆建芬正在气头上，去了这么久，莫非你是新打了一口井？李桂林本不想如实说，见怨气在她话音里缭绕，怕惹出新乱子来，只有实言道：吃水得两百米外去背，不远，但陡。我们2组算是好的，1组背水要走上千米，3组比1组又要远四五百米。比远更恼火的是秋收后猪牛羊都是敞放，屎屎尿尿都往水塘里拉。他的话惹恼了陆建芬：你这就是蒙着眼睛哄鼻子，自欺欺人。你咋就不跟好的比、跟原来比呢？我家原来，自来水接到了院子里。李桂林赔笑说，原来的话就不说了，现在……差不多该洗脸做饭了吧？

围着屋子走了一圈，陆建芬没找到要找的地方。李桂林的声音拐过墙脚传过来：教室后面。

学校建在2组最高处。陆建芬从苟基阿木家往上走，爬过一道坎，来到教室后面。山坡在向下行走的过程中，被一道堡坎拦了下来。堡坎与教室间距不到两米，就是这个距离，在李桂林的语意里，在陆建芬的理解中，成了一个厕所。陆建芬的理解从刺鼻的气味中来，从在身边乱窜的绿头蝇嘤嘤嗡嗡的轰炸中来，从眼前秒汕的土坑里来。土坑上放着长短不一的两块木板，但陆建芬怎么可能蹲得下去？脏可以闭眼，臭可以捂鼻，但是一左一右有墙和堡坎遮挡，一前一后却像锯了节的竹管……这里是原始社会吗？你是想把我变成野人？！折回身，冲李桂林说出这两句话，陆建芬眼圈红了。李桂林正蹲门口刷牙，见她那个样子，一时也手足无措。就那样僵着也不是办法，李桂林直起身子：衣莫若新，人莫若故，茅室（方言，厕所之意）莫若通风，习惯成自然！

你习惯得了，我习惯不了！你是野生的，不代表我也是野生的。陆建芬哽咽起来。

学校平时也没人来，除了天知地知，只有你知我知。李桂林以为这话很幽默，以为幽默可以驱虫除臭，可以遮人眼目。

陆建芬啜泣着道出担心：今天这样都不说了，以后……老师学生在一起，男的男，女的女……

李桂林拍起胸口：这个你放心，我们讲科学。下课前老师有的是时间，下课后先女生再男生，有人"值班"。

陆建芬嘤嘤声小了一些：两头也要有个遮挡，哪怕就是一扇柴门，一道竹笆。

照办照办，坚决照办！李桂林的态表得半点儿都不含糊。

短短几分钟，陆建芬还是出了一身大汗。这汗一半是紧捂口鼻的结果，一半是紧绷神经的作用。担心污水浊泥脏了鞋子，陆建芬屏住呼吸往里走时，感觉像走梅花桩。两块木板随意搭在坑上，既薄又窄。已经够惊心了，堡坎上方，一个上百吨的石头后面，窸窸窣窣的声音时断时续。陆建芬起身也不是不起身也不是，壮着胆子抬起头，一个影子晃了一下，不见了。也是这时，她听到远远传来咩咩的呼唤，紧接着，是一阵清脆的嘚嘚声。原来是一只羊子在那儿露了一头，她可以长出一口气了。可她哪敢——嘴一张，或者捏住鼻子的手一松，还不被无法无天的臭味掀茅坑里去！

踮脚从茅室出来，借住的茅屋里传来哭声。知道是李威睡醒了要吃的，陆建芬三步并作两步往回走。

问米在哪里，李桂林抠了抠头，没吱声。又问面呢？李桂林还是抠头。孩子哭得厉害，李桂林却成了哑巴，陆建芬心里的火再也压不住：你是聋了吗？娃娃黄胆都哭出来了！

没有米，也没有面。李桂林终于开了口。

陆建芬睁大眼盯着他，像盯着一个刚刚现出原形的骗子：你在山下怎么说的？山上有吃有喝，有酒有肉，烧火柴也一捆一捆堆在门口，可是……她的目光落在只差往上冒冷气的灶上，用比石头还冰冷的语气说，这屋就是一个破庙子，你就是一尊泥菩萨！

这句带了倒钩的话，精确而决绝地刺中了李桂林。要说痛，李桂林心里也痛。儿子一上山就挨饿，当爹的心也是肉长的。比儿子哭声尖锐的却是妻子眼里的空和话里的冷。说起来，他对陆建芬说过的话也不全是假的。当初，村干部和村民商定，背着东西上山太艰苦也太危险，每个学生家庭每年给老师提供6斤大米、10斤洋芋，外带一捆柴火，让老师安安全全上来、安安心心留下。实际执行时却有些走样。柴火并不是一捆一捆送来，而是学生们每天上学时顺手捎上一根。没有规定送肉，但是杀了年猪，村民们都会送一块过来。有的猪养得壮些，送来的肉有六七斤。有的人家肉少人多，照样要从牙缝里腾出来一两斤。村民们重情重义，他不能没心没肺。一旦听说哪一家青黄不接，李桂林出手从来不会迟疑。上学期放假时他的余粮就是这样抛撒（方言，浪费之意）掉的——同胡子家快揭不开锅了，下山前，他把屋里能吃的东西全给了他。知道李桂林手散（方言，大方之意）起来不管后路，村支书有言在先，吃的不够尽管开口，要是让你挨了饿，事情传出去，二坪人脊梁骨会被戳成三截。李桂林也爱打肿脸充胖子：我又没长几个肚皮，那么多粮食咋不够吃？在山下，他给陆建芬讲起自己在二坪的生活也是真真假假假假真真，而那些真的对立面，被他打扮成了招人喜爱的小姑娘。

说出实情后，李桂林心里反而好受了一些。见儿子从被窝里支起半个身子看着她，又见李桂林借了谷子还了糠般不自在，陆建芬心就软了下来。要是反应快，李桂林这会儿出门找四邻借点米面，也就找到台阶下了，可陆建芬没发话，他愣是不知道挪脚。吃惊之外，陆建芬心底生起自责：自己才刚上山就浑身不舒服满心不高兴，可他来山上一年，吃了多少苦遭了多少罪，却从来没有说起。就是说起，也是把苦说成甜，把黑说成白，这样颠倒黑白，还不是为了让家人放心？会怪的怪自己，不会怪的怪别人。只怪自己当初不顾父母反对放他来二坪，更不该放狗撵羊地跟上山。可是怪别人没有用，怪自己难道就有用？吃一堑长一智，明智之举是悬崖勒马，而不是一条路走到黑。陆建芬相信自己想好了也决定了，他要炼成钢还是烧成灰她管不着，但这个火坑她不能跳——就算只是为了儿子她也不能跳。

想着这些的时候，陆建芬垂挂着泪珠的睫毛下方，是幽邃冷寂的一泓深潭。李桂林看见自己了。那潭水曾经也出现在自己眼底，让自己透心凉，让自己感到恐惧，想到出逃。他知道自己该说什么该做什么了。他需要他们，因为他们是自己的亲人。也正因如此，他不能害了他们。

还是回去吧，这里不适合你们。我先去找点吃的，吃完就送你们走。说这句话时，李桂林看着陆建芬，语气平稳，目光笃定。刚才的他不是这样的，刚才的他像一个贼，手里拿着别人的东西，而失主就在眼前。

从李桂林硬岩一样的目光里，陆建芬看出他说的不是气话，也不是假话。她心里于是有了一丝欣慰：这个可怜的人，好歹是没有一根筋地将自己的可怜转嫁妻儿。

在陆建芬构成复杂的目光中，李桂林转身往门外走去。然而，不知怎么，他突然就停住了脚步，把没来得及被门框和土墙遮住的半个背影留给了从屋里追出去的视线。他是反悔了吗？他是要转过身来，用一句话推翻刚才那一句吗？他为什么不转过身来，而是像被人点着了穴道？要是他的人和话都转过身来，我又该说什么？问题太过绵密，陆建芬脑子里一时有些缺氧。即便如此她还是觉出了不对劲来，外面发生什么了？外面一定发生了什么！好奇心把她从屋中一步一步推出门去。

和李桂林一样，陆建芬雕塑一般被"定"在了原地。"定"住他们的是几个村民，和躲闪在他们身后的几个孩子。包括站在最前面的阿木什打，没一个大人打着空手，有人肩上扛着一捆柴，有人背篓里装了洋芋，有人手腕挎着竹篮，篮子里装着苞谷，有人提着一看就是被荞面填得鼓鼓囊囊的布袋……最打眼的是一个看起来十一二岁、头发乱成一团的姑娘，左手拿着一根木柴，右手捏着3片蒜叶。的确如此，不是3株，而是从1株蒜苗上掐下的3片叶片——村里牲畜敞放，极少种植蔬菜，每一棵菜每一根葱大家都当灵芝、虫草看待。

别说陆建芬，就连李桂林也是眼被晃花了心被搞乱了：大家这是怎么了？

阿木什打说，人是铁饭是钢，给你们送点吃的来。

李桂林脸带愧色，昨天就跟你们添麻烦了。

阿木什打笑了：要说添麻烦，也是二坪村给你们添麻烦。说到"你们"时，他的眼睛落在了陆建芬脸上。

陆建芬不知道怎么说才好，慌乱中吐出三个"哪里"。

李桂林地熟人熟，这时候脑子里的弯转得也快，他摆摆手说，粮食和柴家里都还有。大家心意我们领了，不过东西先拿回去，有需要时我晓得开口！

村支书身后，有村民说话了：李老师这是什么话。你拿我们当自家人，我们就可以把你当外人？一家人不说两家话，既然来，我们就是诚心诚意，不是虚情假意。

李桂林还要推辞，阿木什打拿手势截住了他：要是就你一个人，我还真想看看打肿的脸可以胖多久。陆老师刚刚上山，李威又那么小，大家是看娘儿俩来的。阿木什打话音一落，大家不由分说把东西往地上一放就要闪人。村支书一把拉住十一二岁的小姑娘，阿衣，你明天就要来学校了，不喊人不许走。

姐姐老师，哥哥老师。羞羞答答的、吞吞吐吐的，同时也是热热乎乎的、清清楚楚的，阿衣以布张口叫道。

陆建芬身子抖了一下。"姐姐"是自己经常喊也经常被人喊的，而被人喊"老师"，于她是第一次。她冲着"老师"而来，老师和姐姐一样，也都不是新词，按说并不值得大惊小怪。但是不一样，真的不一样。你喊别人老师和别人喊你老师不一样，你冲着"老师"这个职业去和"老师"这个声音冲着你来，这是和你把手电光射出去与手电光向你射过来一样的同与不同。更重要的是这"老师"和以前听过的喊过的老师还都不一样，是"姐姐老师"，是亲戚里的老师，老师里的亲戚，如果亲情如金，师者如玉，"姐姐老师"就是玉裹金、金镶玉。将她心间雨幕哗地撕开的却是一道闪电——姑娘怯怯的、软软的目光怎么就成了闪电呢，就成了自己见过的最炽热夺目的光芒呢？陆建芬想要躲开那道闪电，实际上那道鞭子般的光束早已消失，可它还是像在雨幕间撕开的裂缝一般印在心底。汇成溪流的雨水冲刷着她的心壁，摇撼着她刚刚生成的意念与决心……

陆建芬还没回过神来，阿木什打、那些村民以及叫她"姐姐老师"的阿衣以布，已转身离去。他们的背影从眼中变得模糊，直至成为空白，她才勉强回过神来。

走了？她问。

走了。他答。

你啥时候走？见她仍愣在原地，他用话轻轻摇她一下。

做饭，娃娃饿了。她卷起袖子。

吃完饭陆建芬就要离开学校了，这个本来只有一个老师的学校，将继续成为一个老师的学校。火光从火塘里出发，不断扩张地盘，快要将整间屋子占领。与此相反，李桂林心里的天暗了下来。一场雪在那里纷纷扬扬地下着，任性又凌乱。

荞饼烙好，陆建芬扯下一块，连吹几口才递给李威。看着儿子狼吞虎咽吃完，又扯了一块更大的给他，陆建芬削了两颗土豆，煮了一锅汤。盛汤的碗是李桂林刚刚洗过递来，看着大小和颜色各不相同，碗边却无一例外有如锯齿的三个碗，陆建芬问李桂林：哪里捡的？也不把眼睛睁大点！

李桂林抠抠头：老乡们以前送的。

你不是说山上啥都有吗？陆建芬心里又起了气。

这些话李桂林以前没说，现在本来也没想说。但是再强词夺理，这个场就没法收了。把冒着热气的汤碗往火塘边一放，李桂林十指交错放在膝盖上，让涌到嘴边的话稍做停留，徐缓吐了出来：山上是什么状况，我最先也没想到。说个最现实的，连这间床也是我找石头砌成床脚。再说个现实的，你现在坐的这根板凳还是我从教室里搬来。我一个人怎么都能对付，别人可以蹲着吃饭我也可以，何况我还有一把改作业用的椅子。说到吃饭，一人吃饱全家不饿，我可以比村里人吃得更简单。比如煮洋芋，我一顿吃五个，下锅时就是二三十个，这样一两天甚至两三天的伙食都有了，省柴又省时。老鼠猖狂，经常跟我抢陈饭，我就把吃剩的东西拿锅盖盖住，锅盖上压块石头。没占到便宜，它们也会报复，桌上的碗被掀到地上，头个月摔一个，下个月又是一个。本来就只有两个碗，还是刚来时村支书送的。这一来成了问题，总不能天天吃烙饼，顿顿烤洋芋，连粥也不吃一顿，汤也不喝一口？要说二坪人是真的好，家里杀了鸡煮了肉总要来请，你要实在没去，脾气犟的非得盛一碗来，话还说得滴水不漏：坏掉倒掉是你的事，千万不要伤了我的脸！有时是真忘了，有时是假装忘了，这才攒下这几个碗。至于筷子，山上到处是竹子，拿刀一砍一剖一划拉就是一大把……

只顾自己说得痛快，李桂林竟没看见，陆建芬又滴滴答答掉起了泪。待他发现，说过的话已和掉在地上的泪一样，再也回不去了。李桂林的惭愧和自责比刚才又深了一层，要不是心里伸出来一只手拉着，他说不定就抽了自己一个嘴巴。转念一想他又觉得说了也好，纸包不住火，该来的迟早要来。即使以前说了假话，或者没有全部说真话又怎样，要杀要剐我也认了，但是我心不亏，我坐得端行得也正。反正你也要下山去了，给你说这些，就是想让你走得心安理得、了无挂碍。以前能过，以后我也能过。卸了思想包袱，断了痴心妄想，没准过得还要轻松些……

李桂林的眼睛一点点由浑浊变得清亮。看着盯着门外发呆的妻子，他尽量把话说得柔和一些：收拾一下，我送你和威儿回家。

陆建芬慢慢把目光收回来，钉在他脸上：我好久说过要回去？

李桂林犯起糊涂：你……不走了？！

我好久说的不走了？陆建芬语气淡然。

李桂林不由得晃晃脑袋，以确认自己听力——或是智力——未出故障：你到底是走，还是不走？

在他问号的生根处，时间像是卡住了，好一会儿才挣扎出来。不光坐姿，就连语音，陆建芬也和先前一模一样：走，但不是今天。

李桂林愈发糊涂了：不会是昨天酒喝多了吧？啥时候动身，能不能来句实在的？！

陆建芬的表情没有一个词语可以对应：我的确是喝多了你的迷魂汤，要不然，直升机也别想把我们娘儿俩拉上来。你要我来句实在的，那我现在就告诉你，哪天想走我哪天走。

这天儿没法再往下聊，李桂林起身去了屋外。不到半分钟他又回来了，手上多出一把笤帚。屋里到处是蜘蛛网，头天进屋时，陆建芬就被撞了一脸网丝一鼻子灰。要说李桂林的眼力见儿陆建芬还是满意的。见他拿着笤帚清网除灰，一会儿套蝉般屏住呼吸，一会儿猴子般跳起摸高，她既心酸又心疼。李桂林个头不算矮，苟基阿木家的房子也不高，但笤帚是光秃秃的半残品，门后墙角一张网，他试了几下也没够着。李桂林一次比一次跳得高，蜘蛛网终于被清剿掉了，但地面坑坑洼洼，他着地时重心失衡，一屁股坐在地上，痛得哎哟一声。

陆建芬眼里又噙满了泪。不过这次，她的泪是笑的表情。

拍拍屁股李桂林又忙着回填鼠洞。被掏空的墙根很难填满填结实，他能做的是将土回填后拿木棍往里杵，用石头把洞口夯实。他这么做的时候，李威在另一个墙洞前，学着他的动作，玩得呼儿嗨哟。心事重重的李桂林心事更重了。少年不识愁滋味，可少年总会成人，长大后他会怎样看待父亲和父亲的选择，以及父亲在儿子还不能自主选择自己的人生时，提前规定了他的命运？将李桂林思维打断的是李威不小心扬到他身上的一把土。也是这时，他劝解自己，也安慰自己，他们是要走的，今天不走不代表明天不走，明天不走也不代表后天、大后天也不走，更不能代表自己一天不走他们也一天不走。走了也好，走了才好！虎毒不食子，凭什么我自讨苦吃，还要拉亲人垫背？

纷扬的心事尘埃落定，李桂林停下手上动作，想把心里话讲给陆建芬听。不曾想到的是，陆建芬早已收拾好碗筷，将身子俯在床前，缝合着被老鼠撕成碎片的棉絮。棉絮四分五裂，陆建芬是将其夹在才带上山的被面和被里之间，一针一线缝合。陆建芬安静的背影和她穿针引线时的无声无息让李桂林意识到，风暴已经远去，而此刻的地阔天宽与风平浪静间，新的风暴也许正在生成——这，会不会是她爆发前的沉默、无声中的指控、体恤式的惩罚？

一点一点，陆建芬缝合了破碎的棉絮，也缝合了自己一度千疮百孔的内心。感觉到屋里有什么异样，她向后看了一眼。当目光和李桂林的撞在一起，当她读出了丈夫眼里的自责、怜惜与忧虑，当她心中的柔软、明亮、宽阔从目光输入他的内心，风暴发生了。他让她离开，而她选择留下。反转不期而至，意志不可阻挡——至少彼此读取到的信息，对方立场都是不可更改、不容置疑的。这一天、这一刻，这无比寂静的时光里，他们又一次看清了自己也看清了对方，又一次在不约而同间想起"月夜私奔"的往事，并因当初的选择和现在的勇敢，流下滚烫的泪水。

背道而驰的两个答案，正确的只有一个。还在蜜月里，生活中遇到矛盾怎么处理，两个人就约法三章：男主外女主内，大庭广众下听李桂林的，只要回家把门一关，做主的就该是陆建芬。这一回，李桂林觉得自己是吃准了，和家隔着一条河，这件事得按他的意思办。陆建芬根本不吃这一套，她指指屋顶说这里也不是大庭也没有广众，屋里的事我说了算。李桂林威胁说，现在找个借口走，大家都能理解，往后骑虎难下，只怕就走不脱了。陆建芬说都怪当初眼瞎跟了你，都怪当初不该说那句话，嫁鸡随鸡，嫁狗随狗。李桂林急了，光为威儿你也少说些没用的。陆建芬话就不好听了起来，她指着李桂林鼻尖说，狗咬吕洞宾不识好人心，要不是看你过得像个讨饭的，你拿根绳子捆我的腿，我卸了腿也要回家去！李桂林不吱声了，这么多年，他没见陆建芬发过这么大火，要是火上浇油，大火浇了龙王庙，罪魁祸首还是自己。他相信陆建芬要不了多久还是会走，至于多久是多久他管不了，至于到时候自己是哭是笑他不知道。

　　同学们好！

　　姐姐老师好！

　　第一次上课，孩子们的声音并不齐整，所以当他们参差不齐地喊出"姐姐老师"时，陆建芬的眼眶又一次湿润了。她是29名新生的老师，也是29个孩子的姐姐。天底下再没一个姐姐有这么多弟弟妹妹，这么说来，自己是多么幸福，多么责任重大。而这些学生，这些恭恭敬敬站在面前的孩子，从他们破破烂烂的衣服、用布片折叠而成或拿塑料袋代替的"书包"上，从他们枯草般蓬乱的头发和仿佛生下来就没有洗过的手上脸上，她看见了他们教室以外的时光，看见了他们的家和生活。一个人的一生中，按照自己的意志做出的选择会有很多，偏偏出身从来由不得自己。相比出生在山下的孩子，命运对他们实在不公。除了从书本中

二坪人家，二坪娃

得到的快乐不输给大山以外的，多数资源对他们来说都是遥不可及。偏是这样，学校、老师和课本对他们来讲，就是最大的公平和最好的礼物，这是他们唯一可能摆脱命运束缚的力量，这是承载他们穿透重山阻隔，与大山以外的世界平起平坐的方舟。一想到自己也是赐予他们力量和方舟的人，陆建芬觉得自己突然之间长了个儿。她相信自己不会走了，无论如何都不会走了。之前是因为李桂林，但是现在，她不再是为了他。至少不再只是为了他。

第一堂课刚刚上完，几个男生迫不及待冲出教室，面对墙根褪下裤子。等陆建芬回过神来，几个小家伙已心情舒畅地搂起裤子。上山前，教了半辈子书的父亲给她讲过，老师职责四个字，教书育人。教书不就是育人吗？心里本来就乱，父亲的话每一句她都当成多余。偏偏那天父亲话多得不得了，陆建芬懒得听又不好多说，恨不能找个借口立马溜走。眼前一幕让她似有所悟：教书和育人你中有我、我中有你，同时也并驾齐驱、并肩而立，开辟第二课堂，改变陋习陈规，这个老师才当得合格。

几个孩子被陆建芬叫住了：你们都是小学生了。学生要讲文明，解手要进厕所。

厕所？解手？文明？学生望着老师，眼里装满问号。

下一堂课结束，陆建芬走到阿衣以布座位前，冲她浅浅一笑，跟我来一下。老师要单独和自己说话，阿衣以布紧张又兴奋，忐忑又激动。是嫌自己读书声音太小了吗？嗓子突然就张不开，以前从没这样过，阿衣以布也感到奇怪。是嫌自己好几次把手伸进头发里挠痒痒吗？我也想忍一忍，可头皮真的太痒了。应该不是的，都不是的。看老师的脸和眼睛就知道了，她的脸像春天里的三坪开着小花，她的眼波像画眉的叫声清澈明朗。跟在陆建芬身后进了屋，她才知道，老师这是要给她"开小灶"。

陆建芬往盛了半盆清水的搪瓷盆子中倒进热水，拿食指测了水温，把洗脸帕揉了几把，笑眯眯对阿衣以布说，你这脸怕是几天没洗过了。姑娘还没反应过来，一股热气就扑到了脸上，紧接着，一只大手隔着毛巾在她脸上摩挲起来。从出生到现在，阿衣以布就没认真洗过一把脸，就连流了汗沾了灰，要么浇点水抹一抹，要么撩起衣角擦一把。村里其他人——包括大人——也是这样，对他们来说，肚子空着会死人，脸再脏也要不了命。脸上痛得阿衣以布直想躲闪，可老师的另一手压在后脑勺上，姑娘不由得叫了一声。

痛？陆建芬松开手，笑呵呵地看着她。

嗯。阿衣以布点点头，眼泪差点滚出眼眶。

老师刚才下手重了，现在轻一点。再次动手前，陆建芬说：阿衣这么漂亮，把脸洗干净就更漂亮了。冬天的雪地多好看呀，好看是因为干净，粪蛋蛋落到雪地上，可就不好看了。

老师分明收敛了力量，可阿衣以布还是觉着疼。但是想想白皑皑的雪和臭烘烘的牛粪，她忍住了，没有晃动脑袋，没有再叫出声。洗完脸，陆建芬将一面镶了绿色塑料边框的镜子塞到她手中，看看我们的小仙女，比书上图片还好看。见镜子里的脸干净得像下了一夜大雪的屋顶，漂亮得像刚刚泛红的覆盆子，阿衣以布咧嘴笑了，镜子里的人也跟着笑。

笑着笑着，阿衣以布突然又哎哟一声。原来，陆建芬找来一把梳子，正给她梳头呢。头发很久没梳过，也很久没洗过了，条条绺绺黏在一起，梳子行进艰难，扯得头皮生疼。不比哎哟迟半秒，陆建芬手上一个哆嗦，身子也一个哆嗦。引起哆嗦的不是阿衣的哎哟，而是出其不意撒在她眼睛里的一撮"面粉"！面粉打引号，说明它并不是真的面粉，只是像面粉般白得晃眼。"面粉"也不是真的撒进了她的眼睛，实际上，那是一堆蛋，虱子下在阿衣以布发丝根部的细细密密白白生生的蛋！

放学后，陆建芬灌了阿衣以布一台酒。这台酒不是灌在阿衣口中，而是灌在头上。灌过酒，陆建芬又拿一个塑料袋将她的头蒙了起来，足足30分钟。阿衣以布是真的昏了头了，她不明白为什么大人都说小孩不能喝酒，老师非要让她喝，而且不是用嘴。她的疑问把陆建芬逗笑了：这酒不是给你喝的，是给虱子喝的。虱子藏在头发里，就像野兔躲在森林里。酒喝多了它们就醉倒了，这时候才能斩草除根。洗完头，阿衣以布感觉脖子上比原来轻了十多斤，梳子再在头顶行走时

老师的灯光

也不觉得痛了。不仅不痛，她还觉出了舒服和留恋，像春风拂过树梢，像明月穿过白云。阿衣以布也有担心，她问老师，同学们知道了，会不会嫌弃她。她说的"嫌弃"是嫉妒的意思，陆建芬心里清楚，而她的回答，阿衣以布也听得明白：除了你，班上还有十一个仙女，老师会给每个仙女洗头梳头。你不累吗？阿衣心疼起了老师。孩子的懂事让陆建芬心里一热：你回去就给妈妈说，每周要给阿衣洗头，每天要给阿衣梳头，经常要给阿衣洗澡，这是老师布置的家庭作业。

陆建芬和阿衣手牵手走出来时，操场上，咔嚓声正响个不停。李桂林兼职理发师已整整一年。头一年来山上时，李桂林发现村里男人个个顶着"天菩萨"。"天菩萨"虽是山上男人"专利"，却因年龄不同有着造型上的区别。婚前男子多是在头顶前侧蓄一撮长发，彝语称"如比"。结婚后在头顶蓄了辫子，改称"如且"。这是原始崇拜的产物，李桂林知道不能横加干涉。但学生得有学生样，他从山下买了推子，要给他们推成平头。这一来有毕摩不干了，找了村主任找支书，说"天菩萨"是男魂住处，谁也不能碰。村支书和村主任对李桂林一向言听计从，但是这次，他们站在毕摩和村民一边，任李桂林口水说干也不为所动。也是逼急了，李桂林问阿木什打和木乃日帝，毛主席语录你们没背过吗？毛主席说，打扫干净屋子再请客人。学校也要打扫干净，而且标准更高。村干部和毕摩都不说话了，李桂林却是给自己找了不少麻烦，因为所有平头都是他一手搞定。

阿衣以布高高兴兴离开学校了，这天最后一个小平头阿木什哈离开学校了。陆建芬找来扫把帮着李桂林打扫战场。妻子360度转身，给李桂林以如梦如幻之感。无比熟悉的妻子变得如此陌生，而这陌生不是让两个人距离变远而是变得更近，这究竟是怎么了？

见李桂林站在原地发呆，陆建芬拿手在他面前晃了晃："天菩萨"没了，你的魂也掉了？

李桂林没有理会陆建芬的调皮，倒是脸上严肃又增加了几分：有个词叫积重难返，还有个词叫水深火热。日复一日年复一年地留在二坪，真的有价值，真的有意义？

陆建芬觉得他一定是吃错了药：以前，包括昨天，你不是还觉得天底下没哪个地方比二坪更让人动心，没哪个职业有教书正经？

从来没有一个学生回答他的问题时用了这么长时间思考，李桂林用比倒伏的小草还低比爬行的乌龟还慢的语气说：以前是以前，现在是现在。以前是一个人，现在是一家人。

他的严肃感染了她，从她嘴里说出来的话听起来却铮铮有声：每个人的力量其实都小得可怜，但滴水可以穿石，铁杵可以成针。人不论在哪里都只能活一次，在被人需要的地方认真活着，就是价值，就有意义。

陆建芬的话解开了李桂林思想上的疙瘩，也让他心里一下子涌起千言万语。当他张开口，陆建芬明白无误听到一句话：妈妈——我饿了。此话一出两个人不由都愣住了。回过神来，才发现李威可怜兮兮望着他们，手上捧着空碗。

学校没有围墙，闲来无事的村民和没到学龄的孩子时不时长驱直入。不光他们来，他们放养的牛羊也跟着来。大人们高声交谈，小孩子打打闹闹，成群的牛羊更是百无禁忌，牛哞哞唱着，羊咩咩哼着，俨然把教室里的师生当了观众，把这处空旷场地当了露天舞台。外面动静惹得学生人在曹营心在汉，老师用在牵制他们注意力上的精力，并不比用在讲课上的少多少。牛羊随心所欲卸下的"包袱"也让人大伤脑筋。便团还可以拿粪夹捡走，臭烘烘的尿液却四处漫流，让人找个下脚的地方都不容易。

李桂林说外人不会来学校，这不是骗人的鬼话吗？上山第一次如厕紧张得如同做贼，还是在李桂林保证绝对安全的前提下。那天放学后，陆建芬嘟着嘴对李桂林说，再是乡村小学也不该没个遮拦，再是公共厕所也不该四面漏光。

李桂林竟嘿嘿笑了，看来你不能教数学。除了前后，只有上下左右，左右有墙有堡坎，下面地球比瓜圆，六减三怎么得出了四？

他的玩笑话惹恼了陆建芬：人活一张脸，树活一张皮，脸都不要了，跟满山跑的牛和羊还有啥区别！

李桂林不再嬉皮笑脸，而是挺直了腰杆说，我也不是达官贵人，你也不是大家闺秀，条件如此，入乡随俗，能将就就将就一下。你看到茅坑旁边的小石头没？那些不是石头，是娃娃们的手纸！娃娃都能将就，大人怎么就不能吃一点儿苦？前些天还说价值说意义，谈人生谈理想，官没当过一天，喊口号倒有一套！

这番话入情入理又义正词严，陆建芬再找话说就是胡搅蛮缠了，李桂林这么认为。哪想陆建芬脚往地上一跺，手往腰上一叉，声泪俱下一番话挟风带雨扑向李桂林：说我不吃苦，你李桂林说的还是人话吗？我背着娃娃爬天梯，人不像人鬼不像鬼爬上来是吃不得苦？我上顿苞谷下顿洋芋，汤里有点油星子，想到你操心的事多娃娃要长身体都舀给你们两爷子了是吃不得苦？说喊口号你李桂林就更是说的诳话。课我没比你少上一节，作业我没比你少改一页，怎么就成喊口号了？你要是个有良心的，摸着自个的狼心狗肺想一想，你吃的哪顿饭不是我做的穿的哪一件衣裳不是我洗的？你再称点棉花到我班上纺（访）一纺（访），看学生娃娃说我对他们怎么样？要是喊口号就有吃有穿，你张开你的公鸭嗓子喊一喊，看看究竟老天爷会给你端饭来吃，还是地王菩萨会给你洗衣裳！

就像面条遇水后变得虚软，李桂林挺直的腰杆在陆建芬的数落中一寸寸坍塌。让李桂林发虚发软的不是女人的眼泪，也不是她排山倒海的气势。李桂林从来服软不服硬，硬是权势，是威压，是打击，是要挟；软的指向，一个"正"字而已。"正"是正直、正道、正义、正确。哪个男人不是死要面子？但没有"正"

字垫底，死要面子就是死不要脸。低下头来，虽然难为情，李桂林却是真心诚意。只见他走到陆建芬面前，将两只手按在她的肩上，红着个脸说：算我说错了。

回应他的是双肩抽搐，是双拳捶打。

李桂林进一步端正态度，不是算，我就是错了。

抽搐不再剧烈，捶打节奏变缓。

都说了，我错了，我悔过。李桂林把《抓壮丁》的经典台词都用上了。

那，你要在过道两边编上篱笆。

编，明天就编！

学校周围也要编。

编，编！

围起一道篱笆，算是和闲杂人等、和动物世界划清了势力范围。虽则富有穿透力的歌声还是要时不时自远处传来，对于课堂的影响毕竟是可以忽略不计了。更为重要的是，课间活动再不担心踩"地雷"，不用为找个落脚之地伤脑筋。

体育课，李桂林和陆建芬带着学生做老鹰抓小鸡的游戏，正在兴头上，天空下起雨来。雨越下越大，大家躲进屋檐。李桂林将身子靠着一根檐柱，眯了眼假寐片刻。就是这时，他发现身子抖了一下，接着又抖了一下。睁开眼睛，才发现他所倚靠的檐柱下方，挡墙基脚空虚，土石出现松动。

一旦挡墙坍塌、檐柱倾倒，后果不堪设想。危险，快跑！李桂林大喊一声，随后死死搂住檐柱，用了全力往上抬举。如果挡墙真的塌陷，这蚍蜉撼树式的努力根本无济于事。但是大脑短路了也好，病急乱投医也好，李桂林没想那么多，他只想着这个时候应该有所行动，哪怕只是让学生意识到危险来临。孩子们被吓坏了，顾不得大雨倾盆，也顾不得遍地泥泞，争先恐后冲进雨幕。要说陆建芬心理素质还真不错，不光没跑，还冲进雨中找来几块石头，塞到基脚下面。

虽然有惊无险，李桂林仍是犯起心病。当初修复学校，不过是头痛医头脚痛医脚，治标不治本。书要继续教下去，学校就不能垮，挡墙就不能垮。李桂林和陆建芬商定，自力更生打一场保卫战，把挡墙重新砌过。"劳动"就这样填上了"课程表"，成了每天多出来的最后一课。周末则是夫妇俩"自学"时间，"自学"内容是在没有一袋水泥一块砖的条件下，利用师生平日里搬捡回的石头垒砌挡墙。两年过去了，均高1.5米、总长40多米的挡墙拔地而起，而托起挡墙的两双大手，也由细皮嫩肉变得老茧丛生。

第四章　阿木读布

祖祖辈辈的蜗居，是阿木读布
想要冲破的藩篱

那些刚刚从睡眠中醒来的人

被巨大的热情鼓舞

——彝族诗人沙马《过酒拉地坡》节录

阿木尔日说要带我去看一幢两层半的砖房，昨天在他家三楼露台上看到的另两座"高层建筑"之一。走着走着他却把我带到一座木屋旁边。这家伙变得也太快了，我不由心生狐疑。他该是看出了我的心事，不声不响地笑笑，看看砖房，再看看木屋。

答案定是藏在屋子里了。跟在他身后进屋，像是从清早来到晚上。我们同火塘渐渐接近，从暗处浮现出来一看就是父子的两个人，一个五十多岁，一个二十上下。看见生人，他俩从凳子上站起来，理理衣服下摆，将身子闪到一边，让我们往里边坐。

阿木尔日将我介绍给他们，然后将父子俩向我做了介绍：呷呷布哈，阿木子布。刚才那座砖房，差不多就是我们三个人修起来的。

阿木子布不好意思地笑了，转身走向屋角。呷呷布哈脸上平静得多，从地上拿起一包烟，掏出一支递给我。我摆手致谢：还没学会！

我也没学会。吸了一口烟，呷呷布哈将烟雾徐徐吐出来，为上一句话做了解释：阿木尔日懂技术，他是顶梁柱。我和阿木子布打下手，当徒弟都怕不合格。

这当口，阿木子布递过来一听啤酒：不会连这个也没学会吧！

屋里人全都笑了。我说，这个会，但眼皮才睁开，怕被它粘上了。大家又笑。收住笑我问呷呷布哈：为什么空着砖房来住木屋？

阿木尔日为啥半路改主意带我进屋来，这时候有了答案：房子是我们修的，但主人不是我们！

这句听起来有点费力的话，因了阿木尔日一番话帮衬，我才听出个眉目：砖房主人是阿木读布。呷呷布哈是他的三叔，堂弟阿木子布小他一岁。阿木读布很少在家，他的房子，由三叔牵头拉扯起来。

说是听出了个眉目，实际上我更糊涂了：阿木读布为啥很少在家？既然很少在家，为何要修这么大一座房子？修房子到底不是过家家，当爹当妈的都没伸手，为何倒是三叔拿了大头？

呷呷布哈赶苍蝇般拿手扇开烟雾，展开了他的述说。

那是2012年冬天，还没有等来第一场雪，45岁的家中长兄所日木乃两手一摊，放弃了这个世界。这一天迟早要来，呷呷布哈知道。就是一棵树也需要营养，需要水，但是大哥不吃不喝已五十来天。说不吃不喝有些夸张，进食少是真的，像猫一样，舔舔闻闻就去了一顿。酒倒没少喝，抱着坛子是一顿，抱着瓶子是一天。坛子里是哑酒，瓶子里是白酒，怎么能把人喝糊涂了怎么喝。喝到一个月后就真糊涂了，明明是晚上，他说这太阳怎么晃得人睁不开眼？明明门口影子都没一个，他偏一遍遍念叨：阿姐木什回来了。所日木乃以前也喝酒，但不是每天喝，也不会喝到烂醉。见他中了酒毒，血都拉了出来，呷呷布哈再想规劝时，就像想拿绳子拴住一头疯牛，已经力所不逮。

12岁的阿木读布成了孤儿。原本他有三个姐姐，可最小的一个也大他十岁，早都嫁到外村。看着阿木读布哭成泪人儿，呷呷布哈把他搂进怀里：娃娃别哭，妈妈走了，爸爸走了，但你还有幺爸。从今往后，有幺爸一口吃的就有你一口吃的，弟弟有一件穿的，就有你一件穿的。呷呷布哈劝阿木读布不要哭，可劝着劝着自己也泣不成声：我的嫂子你不该，要走也不该带上我的哥哥，这么好一个娃娃，你们怎么舍得当个羊崽子撇下……

自打从布依村嫁过来，将近20年里，就没人见阿姐木什和所日木乃吵过三回嘴，所以村里干部或是家族长者给年轻夫妻劝架，张口头一句通常是你看人家所日木乃和阿姐木什，结婚那么多年，越过越像亲戚。两口子好得像一个人，除了性情相投，还有一个相守多年的约定：别让人看了笑话。等着看他们笑话的是阿姐木什娘家人。他们说二坪屙屎不生蛆，所日木乃自己都弄不饱，跟着他还不上顿喝汤，下顿喝水。脊梁直的人就是这样，你越瞧不起我，我越要头颅高扬，叫你仰视，叫你从脖颈处一直酸到心眼里。所日木乃对阿姐木什体贴入微，不光村里年轻媳妇儿们眼红，好像也引发了老天爷的嫉妒心。老天爷的嫉妒心引发了阿姐木什的头痛。前后请了十多个毕摩，病也治了，福也祈了，阿姐木什一直不见好转。到了这一步，就只有听天由命了。换个说法，只有等着老天收她走了。可所日木乃不。他和女婿背着阿姐木什下天梯去了石棉、汉源、甘洛。病根终于在雅安被医生找着了，然而没有钱，病又拖得太久，最后还是没能把人留住。

没有阿姐木什的日子，所日木乃只过了58天。当所日木乃的遗体被抬上九层柴堆，呷呷布哈在心里说，要去你就去吧，阿姐木什在兹兹普乌等你。那是祖先居住的地方，是彝人死后灵魂的归宿地，死掉的人在那里重逢。那里屋后有山，羊群自由自在；屋前有坝，中间有人畜住处，牢固又美观。高兴去你就去吧，这人间不值得你留恋。从今天开始，阿木读布就是我的孩子。

呷呷布哈和哥哥的家隔着两百来米，他让阿木读布来家里住。将孩子扔在空荡荡的老屋里，他不放心。这之前，他跟阿木子布打招呼：你比哥哥小一岁，以前该他让着你，不过从今往后，你凡事都要让着他，要是你们吵嘴打架，我第一个让你吃家伙。可是好话说尽，阿木读布都舍不得离开自己的家。呷呷布哈只得打发阿木子布每天给他送饭，晚上则住过去，陪他说话解闷。这样过了十多天，阿木读布终于答应到么爸家住。这还是李桂林和陆建芬登门做工作的结果。李老师说，爸爸妈妈只是去了别的地方。在别的地方他们也会看着你，你过得不开心他们也会不开心，你的学习成绩下降了，他们一样会着急。陆老师说，么爸也是爸爸，堂弟也是兄弟。老师以前讲过知恩图报，你和他们一起住，让么爸少操心，也是知恩图报。李老师把话接过来，你么爸给我说了，只要你肯读书，读到哪里他都支持。你要用成绩回报他，让他觉得没有白流汗、没有白疼你。

　　阿木读布也争气，第一学期就考第一的他，成绩长期稳居全班前两位，就连头天发烧的那次期末考试也没出前五。在同学心里，他这第二相当于第一，因为压着他的那一个是从田坪村转来的留级生。小学毕业，阿木读布考上甘洛县民族中学实验班，没有人对此感到意外。然而意外还是来了。初一下学期开学时，阿木读布说什么也不肯再去学校。呷呷布哈把一辈子的话都说完了也没把他说通，直到么爸急红了眼，他才讲了实话。原来，高年级学生欺负新生，简直没完没了。阿木读布这样的"外地生"最受气，张口嘲笑，动手挑衅，一言不合，就有一堆东西飞过来，纸团、笔帽、拖鞋。他们还偷他的生活费。周日带过去100块钱，没两天就被偷去一多半，也不管你藏在枕头中还是书包里。就连打散后塞在鞋底的20块钱也被他们发现了，假装做游戏，半偷半抢，一分没给他剩。阿木读布绞尽脑汁才想出一个办法，把钱寄存在初二年级一个女生那里。那个女生是当地人，也是远房亲戚，他们不敢惹她。惹不起藿麻惹蒿蒿，偷不到钱，他们就动手打他，耳光都使上了。挨了打，阿木读布找班主任反映。几个泼皮老实了三分钟，可老师前脚一走，他们的拳打脚踢更是变本加厉……

2009年夏，二坪村的
一个窝棚

告别校园，阿木读布跟着幺爸种了两年地。这当中，呷呷布哈发现，阿木读布心思不在这里。"这里"是地，也是他寄住的自己的家。呷呷布哈起初也很自责，以为是哪里怠慢了侄儿，让他觉得这个家不是他的家。后来有一天，阿木读布对他说，就是亲生父子也要分家，既然总有一天要搬出去住，倒不如现在就做打算。呷呷布哈一听眼泪就下来了，穷人的孩子早当家，但孩子醒事（方言，懂事之意）这么早，大哥多有福气，又是多没福气！然而大哥留下的老房子是父亲年轻时候修建，本就老得厉害，空了几年下来，瓦都掉了一多半，怎么住人？阿木读布一句话吓了他一跳：我不住那个房子，我要重新修一个，砖的。这娃娃心比天高啊！呷呷布哈心理活动还没来得及全面展开就听阿木读布又来了这么一句：要修就修两层，一层堆粮食，一层住人！

呷呷布哈不想往他头上泼冷水，但是转念一想，地上的羊儿够不着天上的月亮，要是想得多了，脑子会出问题。这和一条牛要往岩下跳是一样的，你不把它往后拉，牛还以为自己会驾簸箕云。呷呷布哈觉得自己有责任把娃娃从睡梦里拖出来：修房子嘛慢慢来，等我腾出手了，组织人手弄些木头，修得宽宽大大。至于砖房，最好先别想那么远，这里是二坪，到底比不了山下。

山下的人是人，山上的人就不是人？阿木读布眼圈红了。

当然不是这么说，不过牛和羊天生都是一条命，但是羊想长得有牛高，可不可能？呷呷尔哈不知道今天这是怎么了，娃娃以前没这么犟过。

牛是牛，羊是羊，人是人。阿木读布眼睛盯着外面。

呷呷布哈僵硬的脸松弛下来：这么想就对了嘛，各人过各人的日子，没必要和别人比高低。

阿木读布对呷呷布哈向来言听计从。幺爸对他好，比有的亲生父亲对娃娃还要好，大家都这么说，他也这样认为。就不说和堂弟堂妹吵架耍性子时幺爸总向着他了，也不说但凡重活累活，幺爸尽量不让他干，就凭两年里两次生病，幺爸掏钱时毫不手软，阿木读布都想把"幺爸"前那个"幺"字像粘在洋芋上的黄泥巴一样抹掉。第一次是父亲去世的第三年，阿木读布在拉尔沟放牛时不慎滚下悬崖，锁骨摔裂，在石棉县中医院花掉14000多元。隔了一年，大腿内侧生疮，在甘洛治疗，又花了5000多元。幺爸的钱来得有如滚石上山，去得却如落花流水，每当想到这里，阿木读布看向幺爸的目光都柔软有如棉花糖。呷呷布哈知道孩子乖顺，又生就一副连只蚂蚁也让着三分的脾性，便以为话说到这里，阿木读布即使还有一些不理解，也不会再找话说。哪知孩子竟然跟他顶起了嘴：这也不是跟别人比。但人还是要有理想，没有理想，奋斗就没有动力。

呷呷布哈盯着他，眼睛一动不动。他以为这样能把这句话的意思听得明白一些。事实上他还是如坠云里雾里——理想、奋斗、动力，这些词语，第一次和他的耳朵打交道。

他的表情让阿木读布明白过来了他的不明白。也是这时，他猛然意识到，虽然离开学校已经两年，从老师那里得到的很多东西还一直跟随着他，就像天上的太阳，尽管雨天被云层遮挡，晚上被夜幕覆盖，但它一直都在，而且在无休无止地散发光和热。如果一个人没有了理想，那就是天空没有了太阳；如果一个人离开了奋斗，那就是太阳折断了光芒。这样看来，珍惜并善待这些得到就是必要的，实现有一天住进两层楼的砖房的目标并为之努力奋斗就是必要的。而奋斗要从现在做起，从表露自己的决心、改变幺爸的看法做起。

从来没有这样直接和坚定过，阿木读布说：我知道房子不是说修就修，但知道要做什么，比起不知道要做什么来总要好出许多。这和种地一样，只有知道该下什么种子，地才不会空在那里。

呷呷布哈摇摇头：地谁都会种，但修砖房如果容易，二坪为啥差不多都是木房？

但是如果没有人试着去做，荞子永远变不成馍！

就是火烧馍，也要有面才能做。买根钉子都要钱，两层楼的砖房，用钱才堆得出来。

钱还不都是人找的。

钱也不是粪疙瘩，遍地都是。

哪里有钱我就哪里去找。

你知道哪里有吗？

矿山上就有。

矿山是你待的地方吗？

有人待的地方我就能待！

……

再争下去就有点不像话了，呷呷布哈想，再怎么说自己也是长辈，长辈要有长辈的样，倒不如就此打住，给娃娃一个台阶下。不吃亏的娃娃长不大，更何况，三分钟热情一过，他说不定就把这事忘没影了。借口要去山上看羊子，呷呷布哈出了门。在此之前，他对阿木读布说，敢想是对的，男子汉迟早要担起一个家，给奶吃奶，给水喝水，那是刚下地的牛崽子。

哪知他前前后后说的一席话，阿木读布就听进去了这一句。幺爸出门不一会儿，阿木读布也扛着蛇皮口袋出了门。在他把几件衣服一床被子往口袋里使劲塞时婶婶簸箩子慌了神，可当家的不在，阿木读布又犟得几头牛都拉不住，簸箩子的眼泪牵了线的往下掉。她朝这会儿也不知在哪里的呷呷布哈一顿数落：要怪就怪你不该乱说话。别人知道是怎么回事倒还好，要是不知道，还说我们当叔叔婶婶的心比石头硬。娃娃那么小，要是真的去了矿山上，要是在矿山上有个好歹……

阿木读布去了离乡政府不远的矿山上。三姐夫木基尔朵在那个磷矿打工，一天能挣200多块。力气能生钱，钱能生出房子，姐夫脚下这条路，是阿木读布眼里的金光大道。没想到阿木读布会撵过来，姐夫冷冷看他一眼，你十六不到，还差几亩地粮食没有吃。阿木读布想得简单，他对姐夫说，你跟矿上管事的说我已满十八不就得了？姐夫说，上工地要买保险，买保险要身份证，你说十八就十八、八十就八十？阿木读布狡黠一笑，我有办法把自己搞到十九岁。他的话姐夫并未当真，只是在心里哂笑，还说这家伙老实，嘴上的毛还没长齐，吹大牛倒有一套。哪料没过两天，阿木读布将一张身份证塞到姐夫手中，眉飞色舞说，看看吧，比十八还多一岁！姐夫一看傻了眼：这明明是同村阿木热什的身份证，这小子唱的哪一出？

没错，这张身份证是阿木读布花200元向阿木热什"借"的。姐夫两个眉头蹙到一起：你俩长得一点都不挂相，要想主管相信，除非人家眼瞎。姐夫实言相告，是希望阿木读布收回想法，矿山上又险又累，不是一个孩子该来的地方。可阿木读布赖在他的铺上就不走，说要是你不帮我想办法，我就让你睡个觉都翻不了身。

看来不尝尝铁锈是什么味道，他真不晓得锅儿是铁打的。这么想着，姐夫买了两条烟两瓶酒，央主管睁只眼闭只眼，给他打个配合，给小屁孩上上一课。主管和姐夫交情不错，真就往下垂了眼皮。

阿木读布干上了选矿的活。矿石开采出来，有用的矿物和无用的脉石鱼龙混杂，就像刚刚脱粒的稻谷和稻叶裹在一起。阿木读布在矿场初选，就是将混在矿中的脉石挑拣出来，正如将稻叶从稻谷中清除出去，让"队伍"变得纯洁。选矿的人少，除了阿木读布只有王嬢，一个来自汉源富乡的中年妇女。矿石由拖拉机从矿洞里拉出来，少的时候一天三十多车，多的时候一天七八十车。以少胜多，除了从一早干到擦黑，没有别的办法。8磅的水瓶，一天要喝干两回。厚厚的手套，两天要磨烂一双。脉石有大有小，小的如杯如碗如球，每弯腰抓起来抬手抛出去一块，阿木读布就想，我这是捡球呢运球呢投球呢。这是精神麻痹法，若非如此，一天把腰身弯折又打直一两万回，人不疯掉才怪。这一招却不是时时都有用——有的石头重一百多斤，别说阿木读布的小身板，就是手臂比他大腿粗的王嬢一个人也动它不得。这时候就得两个人联手作战，你拉我推，你掀我抬，眼珠子都要从阿木读布眼眶里挣脱出来。王嬢心疼他，说我的娃比你大我都舍不得让他吃这样的苦。阿木读布说，想想一天有一百多元，也就不觉得累了。王嬢说钱一辈子挣不完，娃娃你还小，要是累出痨病，后悔就来不及了。阿木读布说这些都是手上活路，累不死也累不坏，攒够修房的钱我就走。一天出工十二三个小时，他们一分钟都不能坐着。不是不能，是不敢。就连说这番话的工夫也是，直腰聊几句，他们的眼睛也要时时瞟着一旁。选好的矿石通过索道往山下运，索道隆隆作响，淹没了拖拉机的突突声。拖拉机卸矿是倒车过来，拖拉机手看不见他们，他们听不见动静，要是跑得慢了点，人会被活埋。

这么干了一年多，阿木读布又缠着姐夫带他进矿洞。姐夫看他一眼，笑得比哭难看：里面挣钱是要多些，但你还没凿岩机高，是机子抱你，还是你抱机子？阿木读布说，我不抱凿岩机，我想开拖拉机。姐夫就是干这个的，阿木读布觉得把方向盘搂在怀里很拉风。姐夫磨不过他，晚上偷偷把他带进矿洞。没一个月他就把手艺练出来了，姐夫又找主管疏通，主管又当一次"耷眼皮"，阿木读布进了运输班。运输班是"兄弟班"，要么在洞里装矿，要么往洞外运矿。慢慢地，阿木读布明白了姐夫为啥当初死活不让他到里面来。矿洞里暗无天日，闷热难当。这都不说，矿石是靠凿岩机打洞填炮，再由引爆的炸药从山体上撕扯下来，炮声一响，飞沙走石。正如雨水不会在雷声收敛后马上止息，矿洞里无时不是危机四伏，难怪工友说，我们都已被埋了一半。装矿不是好活，运矿也不是好活。矿洞里路面坑坑洼洼，抖得人要散架。最先跑的那几趟，阿木读布时不时地回头去看——他总怀疑自己被抖成了"散装货"，担心哪块骨头不小心遗失在了半路上。听他这么说，姐夫心里一阵狂喜——我把你撵不回去，你总要把自己撵回去。然而等了两个多月，阿木读布也没说出那个"走"字。这一来姐夫也不由对他刮目相看，你这家伙，人小心不小。阿木读布说，吃得苦中苦，方为人上人。姐夫问他这句话哪里捡来的，他说学校里，李老师那儿。姐夫说话是这么说的，我们卖劳力，最多也就混个有吃有穿，人上人永远是别人。闷了半晌，阿木读布说，人往高处走，要是原地踏步，永远都在低处。房子还有个高低之分——吃得苦住高房子，吃不得苦住矮房子。

木基尔朵拿他没辙，呷呷布哈却坐不住了。头天矿洞塌方，埋了两个人，好不容易挖出来，一个没了气，一个砸断手和脚，肋骨折了七匹。丢了命的那个是布依村的，消息传来，呷呷布哈脊背发凉。快到天亮他还没睡着，等到迷糊过去，却梦见矿壁上长出了牙齿。被吓醒后他再也睡不着了，一骨碌从床上爬起来，打着电筒出了门。

看见么爸，刚刚钻出工棚的阿木读布使劲把眼睛揉了几下。随时被么爸挂在心尖，这份幸福不是谁都可以体会。但是要自己卷铺盖回家，这是要让他修房造屋的梦想半途而废。来到矿上一年多，阿木读布存下3万多元。他在心里算过，一年3万，10年就是30万，等干上10年，建房连同装修买家具的钱就都攒够了。要是就这样回去，相当于把刚刚砌好的墙脚一脚踹翻。不是他不信任土地，不是他对土地没有感情，而是二坪人吃过的苦，从来就得不到土地爷的承认。就说么爸家吧，要说下地干活，没一个不是好手，没一个偷懒惜力。然而一家人不还是挤在木房子里吗？一天接一天、上顿连下顿的，不还是满嘴钻的苞谷面吗？幺爸家是这样，二坪村有几家又不是这样的？

阿木读布决定不跟幺爸走，因为他不愿意让幺爸的今天成为自己的明天。打定主意，他在话里没留一点余地：我干得好好的，为什么要回去？

无论如何都要跟我走。这里虽说能挣几个钱，活太重，你还小，时间长了身体吃不消。

我开拖拉机，吃的是手艺饭。

拖拉机尽往洞里钻，洞里太危险。

一回生二回熟，里面的路我闭着眼睛都能走。

遇到塌方呢，就像昨天……

昨天出事的是另一个矿洞。

要是万一……不说万一了，无论如何你要跟我回去！呷呷布哈一把揪住阿木读布衣领，就像从天而降的老鹰抓住一只小鸡。阿木读布想要挣脱控制，呷呷布哈一急，拦腰把他抱住。

叔侄俩这一闹，引得工棚里钻出来几个人。冲在最前头的是木基尔朵。见到呷呷布哈，所来何事，他心里已明了八分。劝退工友，把叔侄俩分开，木基尔朵对呷呷布哈说，鬼娃娃啥都好，就是太犟。转头他又对阿木读布说，如果不是心疼你，幺爸也不可能半夜三更、天远地远跑过来。非要修啥砖房嘛，木房子几百年都住得谁都住得，就你高贵，说住不得就住不得。

吃了那么多年苞谷饭，你不还是想吃大米饭？虽是低着个头，红着个脸，阿木读布还是迎面把姐夫的话抵了回去。

这是两回事！木基尔朵嘴角动了几下，僵在那里。他是想对"两回事"做一番比较的，嘴边却没有合适的词。

阿木读布这时候抬起头来，每一个字都说得铿锵有力：我无论如何要把房子修起来，砖的，两层！

刚才去抓去抱阿木读布，虽是情急之下，呷呷布哈心里也是愧疚不已。这几年重话都没说过孩子一句，刚才那两个动作说起来却是以大欺小。这么一想他就觉得心亏，觉着亏欠孩子的账上又多出一笔——一个半大孩子在矿山上赌了一年多命，千不该万不该都是大人不该，自己不该。有的债欠了可以不急着还，但是欠着阿木读布的，他觉得一天都不能拖，因为每拖一天，都有找不到债主的风险。呷呷布哈对自己说：娃娃没爹没妈，也没有别的想法。修砖房是他最想做的一件事，是不是亲幺爸，就看你接下来表现如何。

这里真不是你待的地方，修房子的事，我们慢慢来，一起想办法。呷呷布哈对阿木读布的第二轮进攻温柔开场。

你说的是推口话。阿木读布也不怕幺爸难为情。

呷呷布哈没有否认也没有承认：半年的羊子不着肉，两年的核桃不挂果，这个事情不能急。

但总要把羊子赶上山，把核桃种下地。阿木读布目光呈发散状，好像里面有一大片山，有一大块地。

呷呷布哈头一次感觉到了侄儿的厉害。这个厉害看不见摸不着找寻不到来路，但是感受得到。是在他沉郁的语气里、冲淡的眼神里还是在执拗的性子里，呷呷布哈说不清楚。但他知道，就像成年的树干扳不弯，侄儿的想法已不可改变。他也知道，猎人往老林里钻得越深，离不可预知的危险也就越近，让阿木读布停止追逐猎物，唯一可行的办法是让他得到猎物。

回家吧，回家建房！拼了这条老命，幺爸也帮你把房子建起来。呷呷布哈的话掷地有声。

阿木读布眼睛亮了一下又黯淡下来：我手上只有3万多，修房造屋，只够零头。

不够的我来想办法。呷呷布哈提高声调，把说过的话重复一遍：我来想办法！

木基尔朵和阿木读布不约而同对视一眼。他们不是信不过呷呷布哈。这个人从来不说大话也不说谎话，甚至很多时候，别人问一句，他的回答只有半句。但是说过的话，呷呷布哈又比任何人都要认真，难怪有人说，他连哈欠都是想好才打。但是他们还是不由得怀疑起他刚刚说的这一句话，怀疑他是不是真的说了这一句话。他有这个实力吗？他哪里来这个实力？！

所日木乃过世时，所收礼金办完丧事只剩一万多元，还不够阿木读布两次住院。在二坪，一个老实种地的人，说要修一幢砖房，就仿佛一个拿着竹竿的人，说要把天上月亮戳落到地上。以尽可能委婉的语言，木基尔朵说出了自己的顾虑。大山里，弯弯拐拐都在路上，人的肠子比扁担还直。习惯了直来直去的呷呷布哈听了，一五一十说出所思所想：修房子无非三件事——地基，建材，人工。地基是现成的，我屋后几十米就有一块地。娃娃从拉尔沟野搬过来我也放心，人在眼皮下，有个什么事情也喊得答应。建房所需木头，老房子拆下来，没被虫蛀的可以接着用，不够的部分请几个人去山上找，不花钱。钢筋、水泥和砖，不是已经有3万多吗……

这点钱不够一半材料款。尤其是砖，从山下盘上来，豆腐成了肉价钱……阿木读布没有接着往下说。显然知道他省略的话里有什么，他的担心又是什么，呷呷布哈说：山下的砖买不起，山上的总可以试一下。我调查过了，砖，及及阿卡有1200匹，呷呷陆斤有1100匹，克日阿木有800匹。这几家都是买了水泥和制砖机自己打砖，打着打着又都改了想法。

阿木读布眼前一亮：买到一匹是一匹。不够的砖我自己动手，一天打100匹，一年少说也有3万匹。

你先还急吼吼的，现在又不慌了。不够的直接从山下买，人不吃亏又节约时间。呷呷布哈看来是盘算过了。

到处都要钱，钱又只有那么点……还是让我留在矿上吧，我保证钱一挣够马上就撤！倔强和坚定重新回到一个16岁孩子的脸上。

矿洞里有钱，矿洞里要命，我不能让你只要钱不要命！一着急，一直没说透的话就从呷呷布哈嘴里冒了出来。话说出来他又后悔得不得了，什么命不命的，他才多大？呷呷布哈想找几句话盖住从嘴里蹿出来的那几句，可他本来就不是一个会说话的人，加上心急，想找的句子就更是躲得远远的。

反正我不会走，无论如何不会走！阿木读布接着又说，除非房子修起来，砖的，两层！

这样争下去没有结果，但越是如此，呷呷布哈越是下定决心，不能让阿木读布没完没了留在矿上。矿上年年——其实也等不到"年年"，只是说"月月"似乎又有些夸张——都在出事，人在矿上，事情就可能找到你头上。其他人他管不了，但阿木读布他一定要管，必须要管。大哥不在了，自己就成了大哥，或者说，大哥的责任就转化给了自己。阿木读布只是一个青沟子娃儿（方言，乳臭未干之意），要是有个三长两短，他没法跟不在世的大哥交代，也没法跟自己交代。只是让他回去，靠动嘴做不到，靠动手也不行。他必须要做出一个决定来。他真的做出了这个决定，没和家人商量，也没问自己是不是同意。他的决定是让阿木读布再在矿上留一年，而他转身回家。留给孩子的时间也是留给自己的时间，让一座两层砖房长出地面的时间。

在呷呷布哈说出自己的决定以后，从阿木读布脸上，却没有看到他以为可以看到的高兴。相反，孩子脸上的愁云似乎是更浓更厚了。

沉闷良久，孩子说话了：3万多块修房子，这是只能背30斤的人，却要背100斤。

呷呷布哈以牙还牙：你在矿上挣钱，才是背30斤的身体，使出了背300斤的力气！

呷呷布哈和阿木读布的论战谁也说不服谁，木基尔朵也不知该让在谁的一边，索性当了隐身人。是阿木读布刚刚这一句话把他从沉默的一角拉回了现场。幺爸心好，对小舅子视若己出，他不是不知道。但是一年修两层砖房，钱又只有那么一点，他说出了自己的担心：幺爸，这相当于只有一把面，却要蒸一锅馍！

呷呷布哈是不是在说胡话，听听他怎么说就知道了：如果阿木读布没意见，木基尔朵，你来当我们的见证人。如果我到时候把房子修好了，说上天去，阿木读布也不可以再在矿上！

呷呷布哈真的一个人回去，扯开了修房造屋的架势。听说呷呷布哈要买砖给阿木读布修房子，及及阿卡、呷呷陆斤、克日阿木满口答应。建房用得到木头的地方仍然很多，上山伐木，凡是呷呷布哈开口，村里人没谁有一句推口话。这两件事给呷呷布哈增添了动力也增添了信心，趁热打铁，他卖掉两头牛，把卖得的钱一分不剩放进建房款。让他感到棘手的是工匠难找。砌砖房不比搭牛棚，一天没有两百多，大师傅正眼都不会给你一个。外面工匠走俏，而在二坪村，除了阿木尔日，没第二个人玩得转砖刀。但阿木尔日的主意不是说打就能打，人家在山下修房子，因为手艺好，活又干得瓷实，请他的人听说都排起了队……想着想着呷呷布哈眉毛胡子就愁在了一块儿。

呷呷布哈的烦心事传到了阿木尔日耳朵里。这天，阿木尔日回到二坪，头一件事就是来找呷呷布哈商量建房。感动归感动，该说的呷呷布哈还是说了出来：

火塘是通向回忆的路；它也通向梦想

阿木读布有3.2万元，加上我卖牛的1.5万元，最多能买回来一半材料。接下的材料款还要另外想办法，你的工钱，恐怕要往后拖。阿木尔日说，你可以帮他，我也可以。至于工钱，多给少给，早给迟给，无所谓。呷呷布哈一听眼眶就湿了：我跟你不一样，你还没成家。呷呷布哈还想说什么已经来不及了，阿木尔日咧嘴一笑，留下一个背影。

巢穴里的蚂蚁经历的一秒钟，挪到热锅上去，时间会拉长一百倍不止。阿木读布的房子从动工到竣工用了接近一年，这个时间在呷呷布哈那里，却要长出无数倍来。他的焦虑来自人情欠账、体力透支，也来自资金缺口。水泥、钢筋运到学校门口，要用骡马一包包运过来，靠人力一根根扛过来。砍木头用了100多个工，运送这些东西、两次现浇屋顶，用工又有两三百个。这些都是人情，他得在以后的日子里慢慢偿还。更多时候，工地上只有三个人。他和阿木子布为阿木尔日打下手，具体说，就是调沙灰、递砖头，就是承包下所有粗活重活。从早干到黑，大人身体都在变着法子提意见，阿木子布才16岁，时日一长，他真担心儿子承受不起。他心疼的还有妻子和女儿，四个人的农活交给两个人做，意味着他以前伸直腰杆喊声累的工夫，她们要喊出来两三声。建房款是更让他操心的事。阿木读布前前后后交给他5万元，买门窗花掉八千五，买石灰水泥花掉二万四，剩下的，一半钢筋都没买齐。还要买砖，买铁钉铁丝、各种零碎。每次现浇要请几十个人，虽然不开工资，烟酒菜饭还不都要花钱。窟窿不是一般大，呷呷布哈前前后后贴进去七八万……

为阿木读布起房造屋，不管是呷呷布哈的讲述，还是阿木子布时不时的补白，都是超乎想象的平静、无与伦比的惊心。平静是父子俩的平静，尤其表现在呷呷布哈冲和的脸色和舒缓的语气里，敛藏在他一忽儿一口老烟、一忽儿一口油茶的节奏里。而这正是让我惊心的地方，都说站着说话不腰疼，他却是一直坐着的一个。

面对近在眼前的故事主角，我忍无可忍地发出了心中疑问：阿木子布到底是亲生的——建了这座房子，如果要再建一座，短时间内，恐怕很难。

父子俩的回答都是笑。阿木子布的笑是羞涩的、安静的，呷呷布哈的则爽朗大气。除了笑，值得记住的，还有呷呷布哈这一句话：哥哥的娃，和自己的区别又有多大？呷呷布哈边说边看阿木子布，似乎想从他那里得到一点鼓励。他得到了他想得到的，阿木子布点点头，都是自家弟兄，无所谓的。

我提出去阿木读布家里看看，阿木子布快人快语，我哥不在家。我很好奇，不是起先说好房子修好就离开矿上？呷呷布哈说，马屎皮面光，房子是个光架架。阿木子布嫌父亲的话不够亮堂，拿话推开了堂兄的门：没钱装房子，没钱买家具，所以他去外面找钱（方言，赚钱之意）了。这会儿我该是有一番心理活动的，如果不是阿木尔日把话接了过去：因为要搬到新村里去，这房子虽然一天没住，可能结局和我的一样，都得拆掉。

可能，他说的是可能。可能的意思是也许要拆，也许不拆。究竟拆还是不拆，我决意去找村主任木牛拉哈，看能否预知这两座房子的命运。本来我想去找村支书铁拉阿木，他的家就在3组，走路几分钟也就到了。但是他们告诉我，书记不在家，在毛不耳放羊。他们还告诉我，村主任家也是两层砖房，按要求也要拆掉。

木牛拉哈的家在1组，就在新村旁边。我去时，他家火塘边围了五六个人，有来问政策的也有来吹牛的，更多的是来吹牛的。与屋子里的热闹不同，木牛拉哈脸上是接近初冬的季候，介乎清朗与冷寂之间。就连我同他打招呼，他两颊上的肌肉也只是礼节性地向外扩了扩又迅速归于原位，像是有一根弹簧拉着。一阵寒暄后木牛拉哈讲起自己的故事，让我跟着他的思绪，走进一段曲折起伏的光阴。

木牛拉哈生于1981年。他是李桂林来二坪招的第一批学生中的一个。小学毕业，木牛拉哈考上了甘洛县苏雄中学。李桂林想到去苏雄的路上有一条河，来来回回涉水过河太危险，在马托初中替他报了名。然而，父亲在他很小的时候就不在了，木牛拉哈一天初中校门也没进得成。小时候住茅草屋，姐姐阿机木什看房子马上就要垮下来，张罗着给他修了两间土坯房。屋里就够空了，木牛拉哈的口袋还要空些。空荡荡的日子需要填补，17岁的木牛拉哈结了婚。新娘克莫阿衣是布依村的，那时候，他100块钱也拿不出来，1500元彩礼，是木牛子解囊相助。

木牛子是五保户，也是木牛拉哈亲五爸。钱太多，自己年龄又不大，按木牛拉哈的意思，五爸这笔钱他不能用。五爸说，你现在以为早，等女娃娃都被娶走了，只能和我一样打光棍。至于钱，以后你搬来和我一起住，你的是你的，我的还是你的。亲戚朋友也都给木牛拉哈做工作，五爸孤苦伶仃，总要有个人养老送终，你和他合伙过日子，干活回来也可以有口热饭吃。就这样，推倒土坯房，木牛拉哈住到五爸家。哪知两个人犹如水和油，根本合不到一起，一口锅里没舀上三碗饭，就都看对方不顺眼。一次话不投机，木牛子说，实在见不得我，你从哪来，还回哪去。虽是一句气话，木牛拉哈却当了真：就是讨口，我也不吃受气饭。年轻人的优点也是缺点，说了不回头，前面就是一道崖也会往下跳。那是2002年孟夏，除了彼此，木牛拉哈两口子真的是一无所有。几根竹竿、一张油布撑起一个新家，"新"意来自八成新的小夫妻，竹竿却是路边上随手捡来，油布也是废物利用。天气一天比一天热，木牛拉哈在棚子里待不住了，撇下媳妇，一个人去了雪区。

木牛拉哈是奔冬天去的。他知道，如果不主动出击，等雪追到山上，只有死路一条。雪区打工十多天，木牛拉哈挣了160块钱。他将这些钱换成16包水泥，另外又借了13包。新建土坯房就够掉价了，如果屋顶不是现浇，而是茅草盖子，他怕五爸笑话。没有钢筋的水泥是没有骨头的肉，木牛拉哈缺钱不缺办法。雪区工地上没人要的钢绳，他一截截捡起来，当了钢筋替代品。虽然只建3间屋，1吨水泥还是远远不够。看菜吃饭，木牛拉哈现浇时做起减法，别人浇十厘米，他只铺两寸厚。二指厚的屋顶阳光硬点都能穿透，雨水穿堂入室更是不在话下，一到雨天，木牛拉哈家地上摆满锅锅碗碗。就这样坚持了11年，芦山地震，殃及二坪，木牛拉哈的家像一块饼干被揉成碎屑。

这次重建，木牛拉哈没敢再玩"过家家"。修房子不是闹着玩的，道理他11

年前，甚至更早一些就懂，只是光懂没用，发展才是硬道理。这些年，木牛拉哈发展得不错。他是最先会说汉话的年轻人里的一个，也是最早下山打工挣钱的不多的村民中的一个。2008年，木牛拉哈当选1组组长，此后不久，照明电进村、骡马道开凿、通村路入户路修建……事情一个接一个，他的两只脚被拴得死死的，打工之路不得不告一段落。为个芝麻丢了西瓜，克莫阿衣埋怨一多，木牛拉哈也觉得这哑巴亏吃得冤枉。直到有一天他突然开了窍，钱也不是只外面才能挣，现如今村里的小路和山下的大路接上了头，山上跑的牛和羊，还不都是长了脚的钞票。

这一来慢慢有了积蓄，也让木牛拉哈有了把房子修得比牛壮的底气。木牛拉哈撸起袖子打砖，用一个一个的小方块构建起楼上楼下的梦想。这时候五爸站出来了，我就是看不惯你这个娃，什么事都闷声绷，也不怕把裤腰带给绷断了！五爸骂他是嫌他轴性，政府给五保户月月有补助，自己花不出去，迟早还不都是给他留着？刀子嘴豆腐心的五爸把所有积蓄打包送来，木牛拉哈恨不得找个地缝往里钻——五爸话是多点，心好。一个人就算每一根骨头每一滴血都有问题，只要心好，人就还是好人。结果自己还躲贼一般躲着他，这不是小心眼，这是缺心眼。木牛拉哈的两层砖房建起来了，虽然没穿衣服——村里人把没粉刷的房子说成是没穿衣服——到底也是比上不足，比下有余。其实比不比还是次要，重要的是有地方住，而且锅和碗也都归到了本该去的位置。

消息本身无所谓好坏，好和坏要看对谁而言。一些人的好消息是一些人的坏消息，反之同理。二坪村要实施易地扶贫搬迁，2018年10月，消息钻进耳朵，搅乱了木牛拉哈的心。扶贫都懂，"易地"有些拗口，乡政府的人"翻译"过来了，就是换地方住。政策宣讲往深处走，归结起来一句话：政府重新选址，统一规划，统一建设，建好的房子，村民只需花点毛毛钱就可拎包入住。这时候的木牛拉哈已经当了4年村主任，政策水平不敢说有多高，"一户一宅"的规定他是一清二楚。"一户一宅"意味着原来的房子要推倒，要从人的栖居地变成牛羊的放牧场。政策要是5年前来，木牛拉哈会和今天村里多数人一样，睡着都要笑醒。然而，对自己来说，没房住的那一页早翻过去了，住得人快发霉的那一页也早翻过去了。以穿了衣服的新房换没穿衣服的不那么新的新房，只需花很少的地基钱，说起来对自己没什么损失，无非不过是现在宽点以后窄点，现在独门独户以后和左邻右舍低头不见抬头见。但这座房子毕竟是自己一手一脚建起来的，里面有自己的感情和心血。说到感情，说到心血，那就不是钱的事了。木牛拉哈心疼也难过，心疼和难过折磨得他睡不着觉。睡不着觉的他胡思乱想，想着想着想法又变换了轨道。脱贫攻坚是国家战略，易地搬迁是精准施策，正因为村里多数人收入有限，多数房屋偏偏倒倒，而"两不愁三保障"（"两不愁"即稳定实现农村贫困人口不愁吃、不愁穿；"三保障"即保障其义务教育、基本医疗和住房安全）又是脱贫必须要过的坎，国家才下了大决心、花了大价钱，圆大家一个安居梦。书上讲顺势而为、趁势而上，回到现实，脱贫攻坚千载难逢，易地搬迁求之不得，多数人的大喜事，怎么就成了自己的伤心事？再说了，觉悟呢？！村干部也是干部，牺牲啊，奉献啊，这些话讲得都腻了，关键时候总要落到实处。何况自己也说不上牺牲，换个地方住而已，犯不着把肚子气成鼓。气成鼓了有什么用？人家会说，快看木牛拉哈，肚子里怀的老四，估计都五个月了！

终于轮到我说话：既然想得通，我咋看你还愁眉苦脸？嫌自己的话说得太直太硬，我试图用一个玩笑亡羊补牢：莫非是我上门来你不欢迎？！

木牛拉哈还真笑了，只是笑容在脸上停了一秒钟就随一声叹息遁了身形：房子修好了，虽然大部分人心里高兴，还是有一些具体问题。

你说的是阿木尔日和阿木读布吧？你心头亮堂了，他们心结还没解开。这句话木牛拉哈听着应该舒服。

不光他们，三十上下的卡拉阿木接话道，我和弟弟只有一个户头，户口冻结，弟媳和侄女上不了户，我们四个人只有一套"二人房"。眼下勉强可以住下来，但是粮食往哪堆？农具往哪放？来个客人怎么办？娃娃长大了住哪里？

是表达同情，也是解释和辩白，木牛拉哈对卡拉阿木说：你家也好，木牛日家也好，阿木尔日家也好，有人没上到户口的情况，我们都反映了，上面也很重视，正想办法解决。

我承认新家千好万好，也承认政府费心费力。但那里离3组有三四十分钟的距离，收割下种都不方便。说话的是来自3组的阿木什打。

水泥路都通了，你还担心那点粮食收不回来？木牛拉哈笑着问他。

新村背后就是岩，岩上掉石头可不是小事。阿木什打说到这里，没忘补充一句：政府的情我们也不是不领。

据我所知，安全隐患的问题上面已经在研究解决方案。听木牛拉哈这么一说，别的人一时都没有说话。时间出现了一个逗号，我的疑问紧随其后：新村选址想来程序严格，你当时有没有参与过意见？

木牛拉哈的表情很难有一个词能准确形容：程序当然是走完了的。不巧的是，那段时间，我不是村干部。

我好生奇怪：你不是2016年就当了村主任，到现在还是村主任吗？

恰好那一段不是。木牛拉哈笑得吃力。

我愈发好奇了，拿目光揪住他不放。木牛拉哈踌躇再三，讲了一段插曲：去年8月4日，我往乡上交了辞职报告。我是下了决心的，所以没有当面去，而是人在乌斯河，叫一个摩的代劳。当天我就去了西藏打工。我的活是拿刀子往蛇皮口袋上捅，倒出里面的水泥。这个活累都不说，脏得难以想象，一天下来，整个人都像是水泥做的。就是这样的活，干了89天我还没想过走。第90天接到电话，五爸不行了，想见我最后一面。这下必须回了，我包车赶回家中。到家6个小时后，五爸的眼睛就闭上了。下葬是在8日，第二天，村里来了很多人，县上乡上的都有，新村选址当场就定了调。而我今年1月才复职……

干得好好的，这是为啥？我还是想不明白。

看看其他人，又看看我，木牛拉哈很勉强地笑了笑：要不哪天有机会我们再慢慢聊？

此话一出木牛拉哈就深深地埋下了头，好像他的脚尖是磁，目光是铁。

夫妻学校

第五章

前面的寨子叫田坪村。
二坪小学，在田坪背后的悬
崖之上

那些深色的旗幡

无数次点燃久病的森林

雪开始渗入一个民族的肌理

从此　冷与暖不再分离

——彝族诗人罗庆春《雪史》节录

地到冬天还有个闲，坡到陡处还有个坎，李桂林和陆建芬却连喘上一口长气的工夫都没有似的。时间对谁都一样，要怪只能怪李桂林性急，而陆建芬做事也从不将就。"保卫战"告一段落，陆建芬向李桂林要两天假。母亲身体不好，前一阵她得到消息，当时就想回去一趟。想着挡墙正在扫尾，她把心里的着急和思念压了下去。再过两天是母亲生日，再没一点态度，母亲会怎么想? 谁知李桂林听了她的话，正经八百端起校长架子: 这个事情，恐怕不行。陆建芬问为什么，李桂林反问一句，你回去过生，全班学生都陪着过生? 陆建芬来了气，我牺牲了多少时间你稀里糊涂，请两天探亲假却公事公办，都不知该说你装疯迷窍还是不近人情。李桂林寸步不让，话还说得难听: 对你近人情就是对学生不近人情，为你一个人牺牲几十个学生的时间，这是谋财害命! 请两天假就成了谋财害命，陆建芬都不相信自己的耳朵了，可李桂林接下来的话让她知道自己并没听错: 时间就是生命你不知道? 浪费别人的时间等于谋财害命，鲁迅先生的话你没听说过?

如果不是后来接连发生了两件事，就为这句话，陆建芬或许会一辈子跟李桂林过不去。

到中心校开完会已是下午5点。考虑到山高路险，中心校领导留他过了夜再走。想到这样要耽误半天课，李桂林婉拒了校长的好意。

穿过田坪不远夜色就逼拢过来，挺立眼前的大山摇身变成巨兽。过了第一道天梯，就要靠手电指路了。偏是这时，李桂林右腿抽起筋来。李桂林双手死死掐住腿肚子，过了几十秒钟，剧烈跳动的肌肉才慢慢归于平静。虽然痛出一身汗，李桂林还是努力让自己保持清醒：抽筋很可能再次袭来，如果在天梯上与他"狭路相逢"，那就不是出一身汗的事了。

天是被，地是床，李桂林度过了孤单寒冷恐惧漫长的一个夜晚。然而回学校洗了一把脸吃了一碗面，他又盹也不打，径直往教室里去。陆建芬问他话，他敷衍一句就没了人影。陆建芬忍不住张口骂了一句：孱头（方言，假积极之意）！

没过多久，"假积极"成了"神经病"。

春天和秋天，阿普洛朵沟沟常常被人忽略。夏天，一场大雨降落，雨水挥洒成帘，雨帘收缩成河，洪水汹涌而至，阿普洛朵就要张口咬人了；冬天，阿普洛朵附近悬崖滴水成冰，有的是闪着寒光的大刀，有的像虎视眈眈的檑木，将孩子们迎来送往，李桂林半点儿也不敢马虎。那天晚上雨一直下到天亮，李桂林一大早就去接应学生。水流既浑且急，水声震耳欲聋。李桂林将高年级学生编成两列，先一列，再一列，手挽手蹚水过河。年龄和个子都还小的这个办法却不敢用——要是哪一个脚下不稳或手上松动，"火车"非翻不可。那天，最后一个抱过河的是木基尔布。到底人小，李桂林走到沟中央，低着头的木基尔布看到从老师腿边漂过的枯枝败叶有如脱缰野马，吓得哭出了声。李桂林一边安慰他一边往前走，他却哭得更厉害了。这一来李桂林不免有些分心，一分心，体力透支的他脚下就打了滑。身体倾倒的那一瞬间，李桂林用力将木基尔布推向岸边。木基尔布被同学拉到了岸上，而李桂林摇晃几下，扑通倒在水中。不幸中的万幸，这时候已经蹚过深水区，李桂林没有被洪水带走。

李桂林出门还是"旱鸭子"，回来却成了"落汤鸡"，听明缘由，陆建芬身子止不住打抖。抖又不传染，再说我都不抖你抖个啥，李桂林此话一出，陆建芬才吃了还魂丹般缓过神。正忙着给他找衣服换呢，李桂林惊风活扯喊起来：完了完了，出大事了！

看他痛苦万分地两手重叠着压在胸口，陆建芬心头一沉，咋了？李桂林顾不上搭话，只一个劲说着完了完了，完了完了。

神经病！看清李桂林手心是那块戴了6年的手表，陆建芬又好气又好笑：不就是一块表吗，看你六神无主那样子。李桂林瞪她一眼：全村就这一块表，要是坏了，上课下课，上学放学，还不乱了套！

表没进水，这里倒是进了。陆建芬一把抢过手表，指指自己的脑袋，又指指床上衣裳，再不换干的，进去的水就出不来了！

陆建芬那晚很早就上了床，两手按着肚子，没一点睡觉的意思。李桂林问她是不是消化不良，陆建芬撇撇嘴，营养不良差不多！

说到营养不良，陆建芬扯出来一段往事。刚来山上那阵，儿子想吃鸡蛋，陆建芬买回鸡苗。买回的鸡苗13只，第二天只剩5只。另外7只被吃了，学校后面就是森林，就没听说过黄鼠狼有安好心的。好日子当然也有，那是火把节，或者老乡杀了年猪，请他们过去吃饭。回到家，陆建芬通常要满满烧上一壶水，把大人孩子的衣服里里外外烫一遍。晚上还好，若是白天，开水变冷之时，陆建芬没准儿会一阵干呕——水面上密密飘着一层虱子，虽说都不是活物都不在身上了，仍让人感到一万只小脚在头上颈上前胸后背胳肢窝里不停蠕动。这只盆子让陆建芬想起另一只盆子。上山来最不适应的除了如厕要数洗澡。大人打一盆水，胡乱抹几把尚能对付，李威如此这般却不行。娃娃抵抗力差，冬天这么干容易感冒。感冒在山下要钱，在山上要命。所以第一次下山，她把李威在老家用了两年的大号塑料澡盆背了回来。把差不多1米长的澡盆背上山，流下的汗能装半盆；给盆子找个安全地方，流下的汗又得装上半盆。只因屋里原是泥巴地，深坑套着浅坑，两口子运泥平地，忙乎半天，才把盆子安顿下来。一家人正在屋檐下吃饭，屋里传来响声。进屋去看，只见茶盅大一块石头坐在盆子当中，好像在无声诉说：我没蓄意破坏，也没招谁惹谁，可天杀的老鼠非要把我蹬下来……

再任她讲下去就成批斗大会了，李桂林说，你发烧了？发烧怎么会"转移"到肚子上，他没来得及细想，他只想堵住陆建芬的嘴——干过坏事的人都希望别人早早闭嘴。他的弯弯肠子就没一截陆建芬没有见识过，因此她说，你放心吧，我也不是忆苦思甜，因为这日子只苦不甜。那……不会是……怀……上了？果然偏方治怪病，李桂林话音刚落，陆建芬的手一下抬了起来，你不是拿这块"水表"当心肝宝贝吗？肚皮温度高，干得快！

为一块表"走火入魔"，两口子心疼的不止是时间。那时候，他们每人每月到手工资只有60元，另有40元"教育附加"是考核合格，年底一次性发放。一年里，属于代课老师的时间只有9个月，两个人加到一起，满打满算只有1800元。另外3个月是寒假暑假，代课老师假期里一文不名。但买盐打醋要花钱，穿衣穿鞋要花钱，各种人情开支都要应对，双方老人那里，不能没二分钱见识……已经是泥菩萨了，但凡见到有人过河困难，两口子还要顾头不顾尾往河里面冲。每到过年，他们都要去看望村里的特困户、五保户，再说是"空着手来"，一包茶叶或两瓶白酒总少不了。学生没一个穿得像样的，想全部管也管不过来，但有的衣服裤子破得遮不住肉，新的也好，旧的也罢，他们总要施以援手。再遇上连书杂费都要"赊账"的，该当打肿脸，照样充胖子。他们要管的"闲事"不止这些。上至白胡子老头，下至青沟子娃娃，村里人生病要么找毕摩求助，要么扯草药对付。要是毕摩和草药都无能为力就只有扛了，扛得过扛，扛不过也扛。两口子动了恻隐之心，自备一个小药箱，一旦有学生感冒发烧肚子疼，他们便客串起"土医生"。"土医生"从来不收一分钱，消息传开，被病找了麻烦的村民想找他们，又不好意思找他们麻烦。李桂林说，我们嘴还伸在你们碗边上呢，什么麻烦不麻烦的！陆建芬的话则更像一味药，才进耳朵，生病的人感觉已经好得差不多：又不是外人，客什么气。感冒清、泻痢停、黄连素、咳特灵、解热止痛片……这些药说不上贵，但家贫底子薄，天长日子久，这笔支出仍不可小觑。一只手表几十块钱，要是进水停摆了，哪里来这笔预算？

超凡脱俗是境界高处的朴素，清心寡欲是人性低处的高贵。一个人再超凡脱俗，再清心寡欲，长了一副肉身，就不可能断绝得了人间烟火，做得到无欲无求。道理复杂得不得了，又简单到一句话可以说透：人可以不慕富贵，却不能不着衣履。李桂林到二坪教书，以及后来把妻子也动员上山，把儿子也拖带上山，要说是冲着升官发财来，那是冤枉他了。这里太穷了，没文化是最表层，也是最根本。帮他们一把，拉他们一把，让他们别在贫穷的泥淖里陷进绝望，他真是这么想的。要说这就是李桂林百分之百的想法，连百分之一的利己主义都没有，那是美化他了。不想当将军的士兵不是好士兵，没有一个民办教师不是做梦都想着转正。转正的好处傻子都知道，名声好听在其次，同样的工作，待遇高出七八倍。梦想成真的人也是有的，政府每年都会给一些指标，虽然中奖的概率比买彩票低，但为数不少的民办老师有了念想，政府也由此稳定了军心。日子过得紧紧巴巴，放大了李桂林对于自己身份的芥蒂。民办老师像单位聘用人员，代课老师则比民办教师还要"软"一些——同是编外，后者打零工，前者相对稳定。最大区别则是前者可以参加转正考试，后者连考室的门槛都很难迈得进去。当初在马托还是"民办老师"，这下倒好，海拔升了，身份跌了。

中心校有个王老师，出了名的刀子嘴豆腐心。李桂林喜欢他的耿介，他欣赏李桂林的率真，一来二去，两个人成了朋友。1993年的一天，李桂林去中心校办事，王老师把他拉到一边，代课老师看样子没出路了，你最好别睁着眼睛走黑路。李桂林不相信，也不甘心。王老师说，虽然我说得有些绝对，但这是大势所趋。说白了，代课老师就是残汤剩饭，留在桌上只是一时之需，有一天肯定会风卷残云，抹得一干二净……

那之后，好一段时间里，李桂林一天24小时都揣着红苕。红苕在别的地方是红苕，在当地除了是红苕，还是思想包袱。他看重教书这份职业，他喜欢二坪这些人，他享受自己的声音被模仿、被放大、被抬到半空，他为一双双因他而明亮的眼睛欢喜，他需要自己被别人需要。但他又不得不考虑离开，因为他需要的，不仅仅是别人的需要。

李桂林没有说走就走，就连对陆建芬说出这个意思，他也尽量说得模糊，只当是打预防针。他得找到充足理由，或者哪怕只是一个不太牵强的借口。总不能给人说我李桂林不是一心一意来教书，我是冲转正来的，转正没门儿，我要溜号；总不能说你们不容易我也不容易，我不能为了你们大家亏了我的小家。这样说当然不是假话，但这样说出来就太露骨了，他们接受不了，自己也接受不了。何况这虽然不是假话却也并不是真相的全部。何况，他得先给自己找到退路。

李桂林在等待机会。

这天，在乌斯河投资矿山的堂兄捎来口信，让他过去一趟。打矿也是赌博，几年间只输不赢，他不会是山穷水尽，四面楚歌了吧？李桂林抽空找去才知道，堂兄时来运转，矿山成了金山。堂兄想让李桂林助他一臂之力，没一个得力的人管账他不放心。李桂林犯了糊涂，弟兄老表那么多，为啥非要找我？堂兄说，你有本本，他们没有。他说的"本本"是李桂林在石膏厂上班时考的会计资格证。

李桂林听得笑了，你是私人企业，搞得比国有单位还正规。堂兄没正面回应，而是旁敲侧击：你在二坪拿多少工资？李桂林不好意思就工资说工资，他把"教育附加"加到一起。堂兄笑笑，来我这里，给你"大月月红"。"大月月红"就是每月1000块。李桂林听得眼都直了，不行不行！堂兄没想到他会说不行，一时没有开腔（方言，说话之意）。李桂林明白他的意思，脸上窘得通红：我的意思是太多了，我们两口子加起来也只有你说的五分之一。笑容重新回到堂兄脸上：听起来多，实际上也不多。不是有那么句话吗，黄鳝大窟窿大，如果把账交给不放心的人，跑冒滴漏，也许都不止这点儿。

退路有了，但路口堵着一堆石头。二坪村的穷困、村里人的善良、学生们的渴望就是那堆石头。绕是绕得过去的，逃是逃得出去的，但他不想热热闹闹来，偷偷摸摸走。他得等一等，等一个心安理得的借口。

借口其实也在找他。

一学期还没过半，乃乃布哈的书本就让人看不下去。成了油渣倒要好些，至少说明翻得勤、读得多，说明功夫下得深，铁棒正在变成针。你看看乃乃布哈那书，封面都不知去哪儿了。浮在面上的是第3页，本该印着"3"的那一只角和由此往上的近半页面也不知去向。就连"3"也是借着下面翻卷着的书角的"5"才靠想象还原出来。这还有个书的样子吗？还像个学生的样子吗？这样的书还有读头吗？李桂林胸口堵得慌，他要座位上的乃乃布哈站起身，说清楚怎么回事。乃乃布哈话没出口，嘤嘤嗡嗡哭开了。李桂林大光其火：犯了错不知悔改，只知道哭，长大还能有出息？还有你，巴吉以扎。你，呷呷克哈。昨天作业开天窗，说了放学补完才能走，你们还是哭，只知道哭。我来是教书的，不是教哭的。回去吧，你们都回去吧。不想来的以后都别来了。书也可以扔了，笔也可以不摸了，作业本也可以给大人裹烟抽了，翻身农奴得解放了……

李桂林的心思被陆建芬看出了端倪。李桂林性子直脾气偏谁都知道，但直和偏不代表爱发火，也不意味着一定盛气凌人。平日里他还经常说呢，对比你强的人硬是本事，对比你弱的人"妑"（方言，柔软、温柔之意）是更大的本事。事实上他也从来是遇上狮子老虎都敢迎上去，偏是怕在路上不小心踩着了一只蚂蚁。今天这是怎么了？联想起他前一段提起过对转正的灰心，近些天又一再说堂兄的好处，陆建芬蹙起眉头。

那天李桂林放学比平时都早。心猿意马的他闷头坐了一下午，直到天擦黑，才发觉陆建芬不知带着李威去了哪里。他正心慌意乱，他们回到家中。陆建芬先开了口，话直得像根铁棍：那样批评学生不合适，你明天要给他们赔礼道歉。

我批评学生不对？老师给学生道歉？！

对，你不对，你要道歉！

我大声武气（方言，说话声音大之意）批评人也许不对。但学生没有学生样，我不过问不提醒是失职，是不负责任。

骂人时调子那么高，现在还不知道降一降。我问你，乃乃布哈的书为什么坏了，你知道不？

他的书坏了是事实。要是剥个洋芋还要问清是哪块地里挖的才能动手，人要饿死三回。

这就是你扯横筋（方言，不讲理之意）了。读书是为了明理，教书的人首先要讲道理。没把情况弄清楚就张口骂人，这是失职，是不负责任！

陆建芬啥时候这么凶过呀，每一个字撞在耳膜上，都像铁锤在墙上敲得通通响。李桂林刚才竖着嗓子和她说话，这下声音像气球被戳了一个洞，变得疲软下来：那你说说，乃乃布哈的书怎么就成了那样子？

我去他家了解过了。乃乃布哈出去放牛，离家都一百多米了又返回身来。学了新课文，他想多读几遍，牛立在地上吃草，他坐在石头上读书。这个季节草已经干枯得差不多了，怕牛吃不饱，读了一会儿书，乃乃布哈爬上一棵核桃树，想弄些晾干的苞谷秆下来，给牛把肚子填圆。要说也真是无巧不成书，一只正在做巢的喜鹊正愁找不到材料，衔着他放在地上的书就扇起翅膀。乃乃布哈想也没想就从一米多高的树杈上跳下来。喜鹊叼着书在前面飞，他光着个脚在后面追。喜鹊不得已松了口，可书已被撕得不成样子。把牛吆回牛圈后乃乃布哈却不敢进屋，没等家里问清情况，他已哭得上气不接下气……这样好学又懂事的学生，心疼还来不及，表扬还来不及。想想你怎么骂人家的，要是有高音喇叭只怕音量都开完了。你还没有错，你还不检讨？

你听他说的？

他爸他妈说的。你晓得，他的爹妈是那种一句白话（方言，谎话之意）都不会说的人。

那……巴吉以扎呢，呷呷克哈呢？

我也问清楚了。一个是大人生了病自己揽事做，等到晚上想写作业，才发现灯里没油；一个是做饭烫伤手，笔都握不稳，还坚持把作业写了一多半。

李桂林不说话了。

陆建芬也不说话了。

就是哑巴也做不到把沉默进行到底。先开口的仍是陆建芬：你想走，不是不能理解。真人不说假话，我也想走——上山来的第一天就想走。但走也该走得光明正大、体体面面吧？有话放到桌面上，我相信村里人都通情达理。你是怎么对二坪的我知道，我和李威来山上时你坚持把我们的户口迁上来，那时我就想，你是把心和肝都掏出来了，想把这辈子和二坪绑在一起过了。二坪人对我们怎么样，你我心里也都有数，用不着我多说。你来山上三年，我来两年，就算心是冰做的也该被人家焐热焐化了。既然大家都有情有义，为什么就不能开诚布公？再说读书，凭良心讲，山下的学生卖白亮晃（方言，应付、不认真之意）的不少，我们的娃娃当中难得见到一个。人都有理想，人又都要服从现实。就是被现实打败了，我们也要输得起，输得让人服气。你如果决定要走，当初你来时我没拦你，现在你回去我也不会拦你。不过有一条，咱们不能扯横筋，不能像《狼和小羊》里的那只狼，想吃羊又不明说，尽找碴儿……

陆建芬的话像一只老鹰在天空盘旋，而李桂林的思维是影子，老鹰飞到哪里，影子就跟到哪里。陆建芬没有说错，母子俩来山上不到一个月，他就把他们的户口迁了上来。自己当初也是这样，用意无非是切断后路。二坪人对一家子的好是没得说的，他们的真情厚意说不完道不尽。说到学生用功就更是无话可说了。几年里难得有一个学生迟到，而他们的家庭作业，好多是在门前石板上或者并拢的膝盖上完成。家里穷到连一支铅笔都买不起了，铅笔头短得差点儿都没进指缝里了，就算这样，不是极其特殊的情况，就像前两天的巴吉以扎和呷呷克哈，他们的作业也绝不会敷衍了事……现在，影子来到小河边，碰到巧言令色的那只狼了。李桂林一个激灵：那是我吗？那怎么是我？怎能是我！我那天只是有些生气，只是在气头上说了几句重话，也没有真的就像说的那样，把教室门一关抬脚走人。他打断了陆建芬的话：怎么我就成一只狼了，你说话都不经过大脑的吗？

陆建芬愣了两秒：难道我说错了？没有录像，要是有的话，你看看你说话时气势汹汹的样儿！

狼是形容什么人的？我有那么恶毒？

好吧，我承认比方不当，我检讨。我错了检讨，你错了也要检讨！

我错哪儿了？

你冤枉他们了。你吓着他们了。

……

那天晚上，李威入睡时，爸爸妈妈在说话；睁开眼睛，他们的话还没说完。他问妈妈，我们要回去了吗？陆建芬说，你问你爸。他转过头问爸爸，我们不在二坪了吗？爸爸说，你在梦里听说的吧！

复盘一下那晚上夫妻俩后来都说了些什么。中心思想是走和留。走是一定要走的，李桂林起先是这个意思。他说自己当初就不该一意孤行，这样下去会连累九族。陆建芬的看法和他一样也不一样。往前走不是死路一条也是九死一生，这个观点她不反对。但"生"和"死"仅是就转正来说，她并不认为代课老师处境有那么悲惨。这两年苦是苦累是累，但只要用心，干哪一行又轻松得了？在别的地方苦了累了也就完了，这里流下的每一滴汗，都像水浇在花丛中，看得见摸得着。李桂林纠结的是，汗里有盐，盐是好东西，但光吃盐会挨饿。陆建芬让他换个角度看问题，钱看起来无所不能，但买得到别人的信任和尊重，买得到心里的踏实和满足？李桂林说她不理解他，他这是为她和儿子着想。陆建芬就问他到底是真的不再想教书，还是要随大流向"钱"看。李桂林说了老实话，最想干的还是教书，但为五斗米折腰，也是人之常情。陆建芬说，就是一只猫，作了两年伴也丢不下了。对学校、学生、村民，现在都有了感情，把他们丢下不管，自己下不了这个狠心。她这样说，李桂林的嘴就张不开了。眼睛却是大睁着的，他问自己，你的心真有这么硬？好一会儿没听到李桂林说话，陆建芬以为他睡着了，却听他说，千金易得，真心难求，或许你是对的。陆建芬没想到他能回心转意，话语里有了不易察觉的兴奋，我就知道你不会不理解他们。李桂林先前郁郁说话，现在，他的音色是愈发灰暗了：但我还是不能理解自己。当初上山时其实也没人打过包票说上了山就一定能转正，那时怎么就一门心思留下来？如今屁股一拍又想走，这说明自己变了，心变了。以前说别人追名逐利、见利忘义，原来自己也是认钱不认人。这样说话就说过头了，陆建芬打断了他，人不为己天诛地灭，人不可能没有私心。李桂林抢过话来，人都有私心，这是事实。就拿"人不为己，天诛地灭"来说，我以前想过，古人再怎么也不会耿直到如此大言不惭。实际上，这是人们想借古人之口为自己的自私撑腰壮胆。那个"为"字，很可能被曲解了本来的意思。可见人心是会变化，会和人脸一样起皱，又想拿脂粉去填和抹的。我想给自己下山找个借口也是这样，你没说错，我是狼。他这一说陆建芬就不安起来了，这话从他嘴里说出来，味道怎么就变了呢？道歉的话已经说过一遍，此刻，她又一次认了错。听起来，李桂林也是认真的：错在我，道歉的应该是我……

李桂林的道歉方式有点特别——他把自己上课用的书给了乃乃布哈，自己则用他的那本；而巴吉以扎和呷呷克哈，前者他送了一瓶煤油、一盏自己做的油灯，后者他送了一支带擦头的铅笔。在此之前，在讲了乃乃布哈、巴吉以扎和呷呷克哈的事情之后，他对全班同学说：老师错怪了他们，老师错了。老师以后不发火了，就是到退休，老师也不会对你们乱发火了！

人的欲望和靠天线接收的电视信号一样，强起来连一个雪花点都容不下，一旦弱下去，声音和画面就会被"雪花"遮挡，直至覆灭。打定了不走的主意，李桂林心里就像有了一座山，堂兄的橄榄枝够不着，工作的苦和累压不垮。微薄的工资和繁杂的开销在眼前打架，他知道成不了势，面带微笑，作壁上观。别看陆建芬时不时敲打李桂林，实际上，铁钉对磁石，更多的是追随和体贴。李桂林摇摆不定的心安定下来，陆建芬再高兴不过。她和二坪是真的有感情了。感情这两个字像酒，喝不饱，但醉人。而且她是相信那句话的，付出必有回报。回报包含的东西可就多了，谁又敢说这里边不包括转正？不过这句话她不敢再和李桂林讲，即使话到嘴边关不住，她也只说朝前看、往前走，如果一条路可以走到黑，那我们看看最黑能黑成什么样。要说夫妻俩早在山上扎下了根也是不错的，只是那时，浅浅的根须浅浅地埋在土层下，风一吹就摇摇晃晃。但是现在，小树完成了成为大树的二次生长，将根须向下再向下，将自己的生命与脚下土地亲密无间地融合在了一起。

汉源来的李老师和陆老师，教书用心对人又好，不仅喂知识，而且给药吃！很多人和很多事构成的一句话在风中飘，这句话又像蒲公英家族随风飘飞的羽絮，有的融进了天空的云朵，有的着落于广袤的大地。这一来可惹了麻烦，山下田坪村和附近布依村、乃乃包村甚至峡谷对面汉源县一些乡村的家长听说后，纷纷托人或亲自找过来问，自家娃娃能不能到二坪读书。山下孩子到山上读书，和城里娃娃到农村上学一样不可思议。这问题太新鲜了，问的人和被问的人都感到新鲜。站在夫妇俩的立场上，本来已经是超负荷工作，再管"闲事"，岂不是自讨苦吃？可他们哪好拒绝人家，这是敬酒，哪有不喝之理。答应下来却是麻烦的开始。几岁的娃娃在天梯上来来回回谁能放心，但即使他们都借住二坪，每周回去一次，安全也是大问题。夫妇俩把接送娃娃上下天梯主动揽了下来。事情看得到开头却看不到结尾，两个人带着一群娃，拉着大的背着小的，上也上得气喘吁吁，下也下得汗水涔涔。


这是2005年3月里的一天。放学后，陆建芬做饭，李威写作业，李桂林坐在屋檐下，把出生不到半年的李想搂在怀中亲了又亲。爷儿俩正闹得欢，呷呷尔日兴冲冲跑过来，李老师，你要当官了！

呷呷尔日的家和学校只隔着两户人。李桂林上山时，呷呷尔日已20岁。他不止一次对李桂林说，你要是早几年来，我也不至于才读3册书（方言，三学期之意）。没在李桂林教室里上过一节课的呷呷尔日，却一直把李桂林当自己的老师看。听说了什么稀奇古怪的事，他会第一个讲给李桂林听；有不明白的事和理，他也喜欢找李老师帮着捋一捋。正因为熟悉得不能再熟悉，李桂林才觉得今天的呷呷尔日好生陌生。他感到莫名其妙，那些话什么意思？

见李桂林一脸茫然，呷呷尔日更激动了，我亲耳听他们说的——你要当人大代表了！

村民推选李桂林做乡人大代表，已经张榜公布。见呷呷尔日激动得手舞足蹈，李桂林乐了：人大代表不是官，说了算的才是官。

呷呷尔日却是一脸认真：你哄我不懂。乡长还要人大代表投票选举，你选谁当乡长谁才能当，你当然比乡长说了算！

这话展开就长了，李桂林长话短说，好吧，你说了算，我比乡长说了算。

一年一度的乡人代会开得隆重热烈，有竿竿酒喝，有鸡腿羊膀可啃。李桂林得到一个发言机会，不说套话也不唱赞歌，他直言文化落后拖了后腿，如果不加强教育投入，改造危旧小学，大桥就永远走不上大道。下过"大包围"后李桂林把话题引到二坪：二坪小学这几年都是修修补补，但哪有一口锅能靠"补疤疤"（方言，打补丁之意）用上一辈子的？学校仅有的两间教室满地是坑，桌子板凳四条腿也是高的高矮的矮。脚下不平整，学生做个作业，铅笔头都要把桌子掀翻。怕风和雨灌进来，窗户开得只有脸盆大，学生差不多要把眼睛落到书本上去。窗户上一片玻璃也没有，遇上下雪，别说学生，老师也冻得淌鼻涕。天寒地冻可以忍，坐在火山口上能忍吗？ 1990年，村上组织修缮教室，主要解决"锅"没有"盖"的问题。这两年老师学生背泥巴填鼠洞搬石头砌堡坎，表面上学校看起来不那么破败了，但明白人谁不清楚，鼠洞在墙里面东拐西弯。除了根基不稳，日晒雨淋的土墙多处开裂，裂缝最宽处五六厘米。不出事那是裂缝，出了事那是地雷！

李桂林发言时，领导们一个个红着脸，一个个不说话。直到会议结束，也没有人对他的发言正面做出回应。

李桂林知道自己有多难。学校三年没招生，早过了入学年龄却读不上书的孩子眼巴巴望着他。这些目光有时是正面来的，从坦荡荡的窗格子里，从家访路上某间茅屋门缝间，从村民家中远离火塘的幽暗角落，不时会有稚嫩的目光迎上来，同他的碰在一起，又皮球撞在墙上般弹开。有的是从身后追上来，火辣辣地粘在后背，让人不忍回头，心里却更加怜惜更加惴惴不安。下一个学年李桂林教的学生才念六年级，陆建芬的学生才念五年级。一个人带一个班已经很不容易，这两批学生毕业前，他们腾不出手接收新生。就算能腾出手，教室也腾不出来——李桂林初来乍到那阵就没人想到他会待这么久，所以虽说学校原本有三间屋子，也就只修缮了其中两间。没想到他会把妻儿带上来，没想到他们一家人宁可借住老乡家也要把宿舍当了教室。也有人劝过李桂林，人要学会在现实面前低头，不要太逞能。李桂林说，换作你是那些娃当中一个，你还这么想吗？劝他的人说，可是你已经尽力，已经问心无愧。李桂林说，你怎么知道我尽力了？一个人只要力气没有全部使出来，就不算尽力，不能说问心无愧。劝他的人还在劝他，再等等，一年后又可以放水养鱼了。他说，他们中有的已十一二岁，人都有个面子，再过一年，个子再往上长一头，也不好意思进一年级教室。你说的一年，也许就是他们的一生……同李桂林对话的不是别人，是他自己。一个人的心里一定是住着另一个自己的，他有时顺从自己有时违逆自己，有时抬举自己有时打击自己。在两个自己的博弈与合作之中，输赢并不重要，重要的是找到最好的那一个自己。最好的自己该是什么样子？李桂林相信，带给别人快乐与希望，人生必定会因此充实饱满，因此有了不一样的意义。

丈夫的心事陆建芬就没有勘不破的。见他开会回来后就没笑过，她心里也急。这天吃饭，陆建芬开起玩笑：不拨款的又不是我，干吗天天给我脸色看？

李桂林把送到嘴边的碗放回桌子上：说一套做一套。

陆建芬把筷子往碗上一搁，我说啥了又做啥了？

李桂林赶紧解释：我说的是乡上有些人，拿着稿子时讲百年大计教育为本，放下稿子就换了腔调。

陆建芬放平了语气：不当家不知柴米贵。这个乡长换作你来当，你恐怕也得这么说。

陆建芬说的不是一点没有道理，李桂林知道。但他同样知道，就算有人拍胸脯说立在地上的教室可以再撑几年，他的心病还是没法摘除。看他欲言又止的样子，陆建芬抿嘴一笑：不就想再开个班吗？瞧你愁得，都成白眉大侠了。

说得轻巧，抬根灯草。找个老师有多难，你又不是不晓得。李桂林脸上差不多要渗出苦水来了。

说难也难，说不难也不难。陆建芬说得云淡风轻。

李桂林连抬头看她的力气都没有：要不你去找一个来？

人我都给你找来了！陆建芬紧紧盯着李桂林，以此证明这句话说得庄重严肃。

李桂林满腹狐疑抬起头来，拿目光往四下里看了看。

陆建芬继续卖关子：你要找的人，远在天边，近在眼前。

你？李桂林更蔫了。

"我"字出口，陆建芬把全部目光汇聚到李桂林的脸上：还有你！

你没有三头六臂，我也没有。李桂林都懒得和她说话了。

三头六臂没有，土办法倒有一个。陆建芬也不兜圈子了，你五六年级一起教，新招一个一年级我来带！

陆建芬以为李桂林会表扬她足智多谋，没想到他还回来的话里带着火药味：你当这是放羊，一个是放，两个也是放？！既然把学生招进来，就要对人家负责！

这话惹恼了陆建芬：好心好意帮你想办法，你反倒说我不负责任。真要不负责任，你眉毛胡子全烤焦了我也懒得过问。何况说，到时候你一个人管两个班，洗衣做饭管娃娃还不是全部落到我身上？我少带一个班，却要多出一大堆事，一点不比你轻松！

听她这么一说，李桂林才意识到自己误会了妻子，妻子也误会了他，脸上便因自责和难堪生起愧色：我当然知道你不比我轻松。但我还是担心，一个人带两个班，不是一般人干得下来。

你不是一般人——能者多劳，这么说总可以吧？陆建芬眨眨眼睛，脸上晴开了。

陆建芬的一说一笑像一阵风，将李桂林脸上堆积的云层刮走一多半。剩下的是他的另一个担心：教室呢？教室咋整？

不是还有一间教室吗？陆建芬指的是那间五年前修缮校舍时被遗弃，在那之前已被遗弃多年的破旧屋子。

李桂林问陆建芬也问自己：都那样子了，能行？

陆建芬反问他道：虽说没了顶也没有墙，我们不还有手有脚吗？这个世界上，哪间房子天生就有四梁八柱？

刚放暑假，天蒙蒙亮，李桂林提着砍刀去了三坪。妻子的话他仔细想过了，老师也好，教室也好，虽然难度显而易见，到底不是死路一条。一件事值得去做就需要付出，值得付出。毕竟求人不如求己，与其低三下四磕头，不如甩开膀子开干。三坪竹子多，砍回来扎成竹墙，再将牛粪和柴草灰调和起来糊在竹墙上，遮风挡雨不成问题。至于屋顶，用竹竿搭起架子，在上面铺上茅草，这事不复杂。谁说牛屎房就不能当学堂？村里老乡有几家住的又不是牛屎房？

李桂林上山砍竹子修教室的消息传开了，没有人组织也没有人动员，老乡们没一个愿意袖手旁观。男人砍竹，女人割草，娃娃们也没闲着，能抬两根竹竿抬两根竹竿，能割一把茅草割一把茅草。想念书还没念成的则提着个粪筐从早到晚盯着牛屁股，或追着羊群跑，只等着把它们最新生产的"原材料"尽数归筐……

学校建起来就该招生了。李桂林来二坪后招收的第一批学生是34名，其中只有两名女生。陆建芬班上女生虽然多些，但也只是相对而言。夫妇俩下定决心，这一次，无论如何要刷新二坪家长重男轻女的旧观念，让他们明白也理解，让女孩子走进校园也是拔"穷根"，也是栽"富苗"。然而，走了一圈下来，夫妇俩蔫了：说到修学校，村民比自家建房造屋还积极，但要让他们把女儿送进学校却难比登天。

这天，碰了一鼻子灰的李桂林耷着个头走路，一条长蛇横躺路上，挑衅似的向他吐着信子。李桂林正发怵，从此路过的同胡子拿竹竿挑到手上，三下五除二将其收拾得服服帖帖。李桂林信心又回来了：打蛇打七寸，只要方法得当，再难的问题也可以迎刃而解。

突破口锁定在3组克古木乃家。克古木乃夫妇有两个儿子，两个双胞胎女儿。大儿子已经入学，小儿子只有3岁，而阿嘎加且、敖几两姐妹虽已年满9岁，每天除了放羊放牛，就是跟着父母下地。如果能将克古木乃的工作做通，让混在羊群里的姐妹走进教室，无疑具有非比寻常的意义。牵着大儿子，背着小儿子，夫妇俩来到克古木乃家。见了他们，克古木乃和妻子依格子的热情比白酒度数还要高些：两位老师这么稀客，一定要多喝两杯。

李桂林是见了酒就想躲的那种，能让陆建芬喝酒的情形更是难得一遇。但是他们知道，克古木乃手上的酒盅不接过来，话也就难以说得下去。

家里喂了几只羊？今年洋芋收成如何？一边喝酒，李桂林夫妇一边和克古木乃两口子拉起家常。一番寒暄过后，李桂林说起了读书的事。

大的个喜欢读书得很，小的个还没长醒，到时候还是要进学校。听得出来，克古木乃对两个儿子读书很当回事。

要说送娃娃学文化，你的觉悟比其他人高出不止一星半点儿。李桂林给克古木乃戴上"高帽子"才又接着说：你家两个女儿也不小了，我们今天来，就是提醒你别忘了这学期给她们把名报上。

克古木乃一听，急得话都说不利索：李老师，你、你咋来和我开玩笑？

李桂林看着克古木乃，慢腾腾说：你看我像在开玩笑？

狗不耕田，女不读书！克古木乃不敢相信，眼前大秀才这么简单的道理都不知道。

李桂林抿了一口酒，含笑说道：那是旧社会的旧思想。现在这个年代天不怕地不怕，就怕成了"睁眼瞎"。文化好比脚下的路，文化越多路越宽……

依格子听不下去了，同克古木乃一样，把自己急成了结巴：李老师，照、照你这么说，我一个字都不、不认识，不是早被饿死了？你看看二坪几百号人，有几个人识、识字，又有几个人因为没读过书被活活饿死！只要有、有力气，我还不相信哪里又没有一碗饭、饭吃！

李桂林抓住她话中破绽，正色问道：既然如此，那你们为啥要两个男娃儿读书？是因为担心他们没有力气，还是担心他们力气没有女娃儿大？

依格子无言以对，索性端起酒杯，将半杯酒一饮而尽。呼出一口气，她像在喃喃自语，又像在对着两个老师交心：嫁出去的女泼出去的水。她们以后长大了，还不是迟早要嫁人，人都给了别人，文化再多，还不是一样要给别人。

一直没吭声的陆建芬这时沉不住气了：这样说就是你的不对了！手掌手背都是肉，你总不希望娃儿们长大了，男娃子在人面前站得出来，女娃子个个都成"白火石"（方言，什么都不懂之意）。再说，她们也是从你身上落下来的肉，莫非她们长大后成了家，就不是你的女儿了？

克古木乃话语变得生硬起来：你们把文化多给我家男娃儿，就是对的；你们想让两个女子读书，万万办不到！话音刚落，克古木乃起身抓起一个背篼，头也不回地说：不是不欢迎你们来我家，地头活路（方言，活儿之意）没做完，我们下地去了。

本想"拔钉子"，不想反被"钉子"扎。不管是李桂林眼中的陆建芬还是陆建芬眼中的李桂林，沮丧的表情，像极了挨了批评的学生。

万万没想到事情会突然柳暗花明。这天一大早，依格子来学校找陆建芬看病。不光学生，村民们也时不时过来找药吃，他们把来学校取免费药称作"看病"。平时"看病"快速高效，这次不同，依格子把陆建芬拉到一边，说了小半天。原来，依格子得了妇科病，实在不能再拖，这才去了医院。医生不懂彝语，她又一个汉字都不会说，医生只有胡乱开了些药。药用完了，病情却不仅没有减轻，反而更加严重。她找陆建芬，是要请她将病情写在纸上，以便再次下山找医生时，能够让字条帮着把病情"说"个清楚明白。

拿到字条依格子就要转身离开，陆建芬把她叫住了：让阿嘎和敖几来读书吧。你总不忍心看着她们长大以后，再吃这没文化的亏！

一石激起千层浪。阿嘎、敖几姐妹蹦蹦跳跳来到学校，像是两颗红在枝头的苹果，向着隐藏在树荫里的秋天，发出了无声而有力的号召。当年，二坪小学新招19名学生，女生占到7名。飘荡在二坪上空的读书声更响亮了，那些一会儿比云头更高、一会儿比山涧更深的亮晶晶、湿漉漉的声音从教室里出发，经过每一棵树、每一垄地、每一条小路，来到每一个村民身边，把向上生长的振奋与激动带给他们，把春天里才有的花香打到他们脸上，涂抹在他们鼻尖。是的，属于未来的某种陌生而亲切的气息正在涌向二坪，像看不见的风撩拨发丝，像明亮的阳

春到二坪村

光穿过胸腔。

天上的太阳落下了，地上的太阳升起了。

已经整整6年，寒暑假以外的每一个日子，在百鸟归巢的薄暮时分，一豆摇曳灯影，将李桂林一家借住的那间简陋茅屋的杉木窗户从黑暗里剥离出来，成为一轮嵌在泥巴墙上的太阳，成为二坪村每一个夜晚的报幕者和每一个黎明的预言者。天上的太阳和地上的太阳之间有一堵墙，就像此岸与彼岸之间有一条河。越来越多的二坪人发现，那堵墙是越来越薄了，那条河是越来越瘦了，薄得如同被钉在窗格上的塑料薄膜，窄到原本宽阔的河面似乎就要消失，或者已经消失。界线开始变得模糊大约始自1995年夏天，但此岸侵占彼岸，故事似乎在1996年春季发生。二坪村的村民们不理解的是天上的太阳也需要一个好觉，但是地上这一轮，怎么就不知道犯困？

去问问奔跑在赛道上的运动员就知道了，他们的字典里何时有过"犯困"二字。李桂林就是一个长跑运动员，他站在二坪小学三尺讲台上发出的第一声"起立"，就是起跑的口令。6年长跑，终点在望，他恨不能将每一秒钟都抓在手中，他恨不能将呼出的每一口气都转换成冲刺的动能，他恨不能提前抵达终点，让成绩告诉自己，之前的每一滴汗水，都没有白白浪费。陆建芬并非赛道外的啦啦队员，她与李桂林同披战袍、共赴远方，只不过迟一年出发，她比李桂林慢出一个身位。当李桂林发起冲刺，作为最亲密的战友和伙伴，她以毫无保留的热情，鼓励他、支持他、配合他心无旁骛冲向终点。

李桂林成功了！

1996年6月，统考成绩发布，二坪小学毕业班学生平均分名列全县前茅。陆建芬带回成绩时，李桂林正在屋檐下修理桌凳。振臂欢呼，喜极而泣，从中心校回来的一路上，接到战报的李桂林已在陆建芬脑子里蹦跶过几回。然而眼面前的他只是笑了一下就又埋头修起了桌子凳子，就像这一切尽在掌握中，如同夹在他左手拇指和食指间的铁钉，如同此刻顺从于他的右手的钉锤。

头年"七一"，李桂林如愿以偿举起右手，庄严宣誓。这一年的秋天，李桂林被评为全县优秀教师，并因此破格获得会理师范学校民师班招生考试报考资格。

二坪太偏远，消息来得慢，得知自己可以报名参考，已是报名截止末日。李桂林撒开两腿往山下跑，到了乡政府，文书阿木热布不无遗憾地说，今天下午最后一趟客运列车只有10分钟就要从乌斯河火车站经过，除非长翅膀，不然你是赶不上了。

见他下嘴唇都要咬破了，阿木热布想出来一个办法。他的办法是扒火车——货运列车要过很多趟，如果扒得上去，报名就还有机会。

李桂林仍是着急。自己从没扒过火车，即使侥幸扒上车，慢慢摇到县城，招办的人早下了班。

阿木热布这句话，李桂林下辈子都难以忘怀：你为二坪流了汗，你为大桥争了光。我看别人扒过火车，我和你一起走一趟！

学着阿木热布的动作，李桂林在一列满载矿石的火车从铁路大桥减速通过时，将自己扔进了一节车厢。算算时间，应该勉强能在下班前赶到教育局，李桂林心里的石头暂时落了地。他向阿木热布道了声谢，话才出来就被向后奔驰的尼日隧道带进一片黑暗。身子放平才能避免撞伤，然而刚刚躺下他和阿木热布又都忍不住叫出了声——身下的铁矿石烫得就像烙铁。火车出了隧洞，好歹可以坐起身子，可是到了苏雄站，货车为迎面开来的客车让道，他们不得不再次进入"烧烤模式"，以防暴露。这一等差不多30分钟就过去了，30分钟在平时是一节车厢，而眼下却成了看不到头的铁轨……

被烤成"两面黄"李桂林不怕，眼看报名要"黄"，这才是真正的煎熬。看李桂林急得只差哭出声来，阿木热布把头凑到他的耳边：我有一个亲戚在县委组织部，兴许他可以帮忙。

出甘洛火车站已过6点，阿木热布带着李桂林直奔亲戚家去。听阿木热布讲完前因后果，亲戚当即拿起话筒。县招办主任木呷什布在电话里说，就冲人家在那么远的地方代课，就冲一个人教两个班，学生还能考那么高分数，我也得马上回办公室，不把名报好，不回家吃饭！

加上"特批"的代课老师李桂林，甘洛县当年有30多位民师报名考试，被录取的只有3个人，李桂林以语文和政治第一、数学第三的分数成为其中之一。

拿到录取通知书，李桂林感到手上有千钧之重，心间有万马奔腾。

如果梦想有容颜，这张浅黄纸片，就是她最美的样子。

如果岁月能说话，此刻凝噎无语，就是她盛大的声音。

如果大道多歧路，一个至为珍贵的机会，将成为指引一生的路标。

尽管忍了又忍，李桂林的眼泪还是失控了。

有风吹来，把一股熟悉的气味送进鼻孔。那是粉笔的味道、竹子的味道、牛粪的味道，也是汗水的味道、秋天的味道、幸福的味道！

国庆节后就要去会理了，李桂林内心的喜悦一天天被焦虑代替。在收到录取通知书前，他并不敢抱有太多侥幸，因而对自己走了以后教学上的坑由谁来填，他也不敢多想、不敢盲动。这时候展开行动，接二连三的烧香磕头，却不过是四处碰壁的往日重现。再这样鼻青脸肿下去人会变形，陆建芬心疼他，让他把心吞到肚子里，自己一个人也能撑得下去。她越心疼他，他越是放心不下：一个人教两个班，一天两天可以，这可是整整两个学期。陆建芬心气强着呢：你之前不也一个人教两个班吗？你可以我就可以。李桂林说除了教书我是甩手掌柜，你除了教书还要带娃，娃娃又小，不可同日而语。

　　两口子琢磨来琢磨去，认定常友平是方方面面都最合适不过的补充人选。从汉源一中初中毕业的常友平是李桂林叔伯舅舅，性格好，做事又认真。是陆建芬先提到他的，她以为李桂林听到这个名字会两眼放光，哪知李桂林叹口气说，你上山来之前我就找过他，可他那一张嘴，比我找过的任何一个都闭得紧。陆建芬仍是信心十足，以前是帮二坪，现在是帮你。李桂林不明白她的意思，陆建芬不由笑了，看来你是书读迂了。让一个和二坪八竿子打不到一起的人上山来，一来就不知要干到哪年哪月，换成谁也难以下得了决心。这次不同，你读师范只有一年，他来帮忙，说到底也是一年。还有你想想是不是这个理，他和二坪无缘无分，同你却沾亲带故，话不投机半句多，人对了，飞机也要刹一脚！

　　常友平还真的答应了！

　　二坪村老百姓形容两口子关系好，通常是说，好得就像一个人。这也是他们在说起李桂林和陆建芬时常常说起的话。村民们打的比方里的那个"人"在夫妻俩的现实生活中成了一个象形字：一撇一捺，一左一右，既浑然一体，又互相支撑。李桂林这一走，"撇"搬了家，"捺"就失去了依靠，陆建芬像折了一只腿的圆规，每一天都在旋转，却时时都感到力不从心。严格说来，李桂林之前教的五年级常友平接过去了，陆建芬教学任务并没有增加。但陆建芬先来常友平后到，论地皮也是她踩得更热，论认得的人也是她要多些。何况作为晚辈，她不可能让叔伯舅舅为上课改作业以外的事情操心。区区一所两个班的乡村小学有多少管理工作自然也说不上，可陆建芬还是觉得累。那种累是体力的，一天上几节课要用力，做饭洗衣带娃要用力，打理校园地要用力，她一个女人，精力再旺盛也经不住这么折腾。更累人的是不要体力的事，不是事的事。李桂林在时，晚上拿一根竹竿顶在门后，并没有什么值得担心。现在，拇指粗的竹竿换成了手腕粗的木棒，陆建芬还是缺乏安全感。常常有声音从门缝、墙缝里钻进来，风的，野兽的，不知什么的，比青冈棒粗，比门板硬实。这时候要是还在改作业、备课、哄孩子睡觉倒还好些，她用故作镇定的话为孩子们壮胆，孩子们从她这里得到安慰，眼睛里不慌乱了，她的心里也不慌乱了。到了下半夜，声音听起来更加可疑可怖，像在墙上打洞，像在使劲推门，像要掀开屋顶，像是下一秒，或者下下一秒，一个或者一群面目狰狞的怪物就会将夜幕哗地撕开，跳到面前。于是划亮火柴，借一盏油灯为自己壮胆。之前是耳朵和大脑合伙制造紧张空气，怎料灯一亮，眼睛也加入其中。墙角处突然闪出一个黑影，正要叫出声来方才看清，是一只肥硕的老鼠招摇过市。接着，她看见钉在窗户上的塑料薄膜下摆突然被撕开了，一股潮湿的气息扑在脸上。她连忙伸手去挡，才发现是一场偏执的暴雨找错了去路。心里正扑扑响着，门口又咯吱咯吱叫了起来，门板抖个不停，她也像在筛糠……

明天就是火把节，学校按例放假，直到三天后的10月21日才重新开学。那时候李想一岁半，李威刚满6岁，想着下山要一天、上山又要一天，来来回回不方便也不安全，陆建芬托回去过节的常友平给父母带信，今年过节不回家。因为不急着放学，放假前的最后一节课，陆建芬拖了堂。

陆建芬讲得认真，学生们听得专心，正因为专心，他们发现老师的声音好像不太对劲。要说有什么不对劲，当年的他们又说不出来，如果假以时日，个中善于表达的会说，像是电影胶片的边缘出现了破损。陆建芬也感觉到有一种不安分的东西在身体里捣乱，她想靠强撑起来的镇定把它逼退，意识到这只不过是徒劳，她也没有勉强自己。头重脚轻的她刚出教室就是一阵晕眩，她将后背贴在墙壁，像一个被子弹击中的士兵，缓缓滑坐到地上。也许只是睡眠不足，稍事休息就没事了，她在心里这么想着。可身体内部的战局远非意念能够控制，她的额上沁出了细密的汗珠，大脑则成了一片海滩，白色浪花哗地扑上来，没等退去，又一波潮水哗地涌上来。不想让学生看到老师病恹恹的样子，陆建芬摇晃着站起身，想把自己移到屋内。可双腿这时也像是沙子做的，人还没站直就散了一地。这一幕吓得李威和学生们六神无主，等他们回过神来，才七手八脚将老师扶回屋中。

陆建芬一沾床就昏昏沉沉睡了过去。醒来时天色已显混沌，她的思维，是另一种形式的混沌。让思维从浑浊里澄清下来的是一阵哭声——李想双手扶在床边，望着她哭。李威静静站在那里，如一棵没有长大的树。陆建芬看不清他的脸，像看不清夜幕下一棵树的枝叶，但她知道，他只是哭干了泪水，新的还在蕴蓄。

陆建芬心里一阵酸楚。往年这个时候，如果没回老家，吃过晚饭，夫妇俩会抱着孩子，站在门口，让目光越过深深峡谷，歇落对岸山坡上，做一番长长的停留。和黑灯瞎火的二坪不同，对面早架了电杆通了电，灯光从半山腰往上爬，一直爬到天空，和星星连在一起。他们不知道哪一盏灯照耀着自己的亲人，在怀想与指认中，他们就和亲人在一起了，就像灯光和星星在一起，星星和月亮在一起。虽然知道这不过只是一席精神大餐，他们却很少因此沮丧——在与生活长时间的共处中，他们已经知道，精神世界和现实空间，谁也没有资格独享天然的优越感，因为他们是谁也离不开谁的神鹰的两翼，是象形文字里唇亡齿寒的那一个"人"。现在，自己是没有力气坐到门口去了，而且连给娃弄一口吃的，也超出了能力范围。

李威和李想在各自啃完一个冷洋芋后顺着泪痕滑进了梦乡。守着娘的儿子过着没娘般的生活，陆建芬心里别提有多自责多难过。她一边默默流泪一边在心里祈祷，明天一定好起来，让儿子吃上热饭、喝上热汤。头痛，身上发冷，心里装着的事又像加了酵母的面团，陆建芬那晚上大睁着眼睛到了天明。好不容易合上眼，哇哇的哭声又将她沉沉的眼皮使劲拨开。是李想在哭，饿得直哭。他一哭李威也沉不住气了，半是哭半是喊，半是关心妈妈半是同情自己，拉着妈妈的手摇来摇去。望着可怜巴巴的儿子，陆建芬被一股不知来处的力量从床上拎了起来。脚刚挨着地，她就知道该往哪里走了。揉面，生火，煨锅，烙饼，苦荞含蓄的香气在她的脑子里如音乐萦绕。哪知脚才开步就不听使唤，像地震时震颤，像积木在坍塌。妈妈瘫在地上，两个儿子的哭声就变了腔调。就连李想也知道妈妈不好了，而妈妈是那么好的妈妈。当两个儿子凑到身边，陆建芬一手搂着一个，很想痛痛快快哭上一场。但哭有什么用？如果哭能止饿能治病，哪里还需要农民需要医生？这样问过自己，她对李威说，锅里还有几个洋芋，你和弟弟再将就一下，妈妈中午就好了，就可以给你们烙饼子吃。

到了中午，陆建芬是连地都下不了了。没有办法的办法，她对李威说，妈妈还要躺一会儿，你带弟弟到老乡家串门。你去串门他们会留你们吃饭，以前我不许你们在别人家守嘴，今天妈妈把说过的话收回来。但是记住，只能在2组，不能走远，不能说妈妈病了。

陆建芬刚打了个盹，兄弟俩回到屋中。一进门李威就冲到床前，把一块荞饼递给妈妈。哪料手还没打直，啪的一声，陆建芬的手心落在了他的手背上。

李威被突如其来的一幕吓得不知所措。他用委屈、难过、心疼的目光望着妈妈，想说什么，泪水已抢在前面。这时妈妈说话了，声音低沉，却是少有的严厉：你们出门前我专门说过，不能说我生病了，你打耳边风。

李威哭出声来：我没说。我们去了木呷爷爷家，他们说这是刚出锅的馍，让我带回来给你尝尝。我说不要人家就不让走——不信你问李想。

李想似懂非懂点点头，妈妈吃，妈妈吃。

两个儿子的话像木棍，戳得陆建芬心窝子隐隐生疼。从李威手中接过荞饼，陆建芬轻轻咬了一口。她并不是真的想吃东西，她不过做做样子。这个样子里装着很多话：妈妈冤枉你了，妈妈不对，不要生妈妈的气。荞饼到了口中却是湿的、咸的，掩盖了荞子自身的苦味。

妈妈不生气了，属于孩子的开心回到李威脸上。当坐起半个身子的陆建芬重新将头靠在枕上，6岁的儿子口中冒出一句话：我会"打鼓鼓"，我要给妈妈治病。

陆建芬怎么可能把他的话当真，等眼前亮起一团火光，她才知道儿子并不是随口说说。毕摩"打鼓鼓"行医治病时，病人通常已病入膏肓。李威要是知道该不会这么干吧——没有羊皮鼓，他用一根竹棍将一个倒扣地上的瓷盆敲得咚咚作响；放下竹棍，他拿火柴点燃一绺早已晒干的苞谷缨须，学着毕摩送鬼时将点着的香和纸在病人头上转圈的样儿，在母亲头顶画了几个不规则的圆。李威一边忙活，一边眼巴巴望着母亲：妈妈妈妈，你好点没有？

陆建芬将苞谷缨须抢到手中，晃动几下。等火苗变成青烟，她哭笑不得地摸着李威的头，傻娃娃，这样会把床点着的。

李威不服，毕摩可以治病，我也可以。

陆建芬说，你不是毕摩，没有法力。

李威的泪又飙出来了，妈妈你什么时候才会好呀？

陆建芬喉咙被什么堵住了。等堵在喉咙的东西化开，她说，晚上，晚上就好了。

到了晚上，陆建芬还是起不了床。不得已，李威又一次带着李想出了门去。

这次回来，他们身后多了一群人：阿衣子且、爱牛拉子、阿衣沙罗、同胡子。他们是觉着不对劲才上门来的。平日里，碰到村民给吃的，只要父母不点头，李威从来都不会接。这天不光主动上门，李威还带着走得摇摇晃晃的弟弟，这不正常。他们脸上没有那样脏过，也不正常。问起妈妈在干吗，李威说"洗衣服"，李想说"睡觉觉"，更不正常。从李威嘴里撬不出话，他们不放心，于是跟了过来。

见陆建芬有气无力躺在床上，几个人慌了神，商量着去请毕摩。陆建芬把他们劝住了，我的身体我知道，过一两天就没事了，你们尽管放心。无论如何说服不了她，阿衣子且回家煮来三个荷包蛋，看着她一口口吃完。

翌日，陆建芬虽说站在地上像踩着棉花，腿也比往日里显得笨重，好歹是可以下地走路了。然而，她脑子里的那片海没有消失，额头上时不时蒙上一层细汗。第三天，常友平回到学校。看陆建芬满脸憔悴，要她下山看病，陆建芬却说坚持就是胜利。拿出长辈虎威，常友平发了脾气：这样拖下去，就是机器也要散架！要是有个什么情况，那么好的两个娃娃咋办，我又如何向李桂林交代？

陆建芬答应下山看病。这时的她虚弱到只拿得起一根拄路棍，李威和李想，常友平背上背一个手上牵一个。木牛拉哈无论如何要护送母子一程，陆建芬让他帮忙背一背苞谷下山。苞谷是校园地里种出来的，到了乌斯河，2毛6分钱一斤，换了13块钱。把钱交到陆建芬手上，常友平和木牛拉哈就要往回走了，不然他们没法在天黑前回到二坪。陆建芬买了两包红梅香烟，一人手中塞上一包，这才拖着摇摇晃晃的身子和两个儿子继续赶路。然而到了卫生院门口，说好了要去看病的她却没往里走，而是径直向前，左拐上坡。

陆建芬不是不想进医院看病。她是没钱看病。去会理读书，李桂林带走了1100元，其中700元是学费，400元是路费和生活费。他一走，家中剩下母子三人、一百多元。李桂林前脚走，陆建芬后脚带着两个儿子回二坪。路过乌斯河，买了盐巴味精、牙刷香皂，买了一包常备药。上学期期末考试，阿木克布从23名"坐火箭"进入前3名，陆建芬说过要奖励他"跑得快"，花13元给他买了一双回力鞋。买完鞋，手里只剩6元钱。看见别人坐在面馆里，李威迈不开步，陆建芬却不敢顺着他的意思往里走。想着自家孩子也是孩子，他们盯住包子铺笼屉的目光又像是长了倒钩，心一软，就只有5元钱看腰包了。刚才卖苞谷的钱买烟后还剩7元，两笔钱加到一起是12元。揣着这点钱，她怎敢去医院看病？

满月高悬，照着脚下的路，照着从路上经过的往事。那一年，李桂林发出三声狗叫，陆建芬许下一颗芳心，也是月明星稀的秋夜。那一夜，李桂林高唱着《冬天里的一把火》，熊熊火焰照亮陆建芬比小溪清浅比大海幽深的心窝，也在这条坑坑洼洼的路上。那晚的故事从娘家的屋檐下出发，今夜，她被生活磨出的血泡将横陈在母亲眼底。这是人生最重要的选择题最终判出了正误，还是老天在冥冥中提示，不管走出多远，女儿都是母亲捻在指尖的线头。脚下的路曲曲折折，陆建芬思绪翻滚的内心，是另一条望不到尽头的山路。

终于到了。那爬满金银花的院墙，那如长龙俯卧的屋脊，那沧桑难掩慈悲的门脸。

月光更密集地倾泻下来。

吱呀一声，门开了。来不及喊一声"妈"，她已泪如雨下。


二坪小学还是二坪小学，一切似乎都没有改变。

具体到李桂林则是另一回事。从会理师范校民师班毕业，以实习生身份重回二坪的他不再是"代民师"了。再过一年，如果没有意外，当然也不会有意外，他将成为公办教师。他不再是一些人眼中的残汤剩饭。

那句老话没说错，老马不死旧性在。这一年乌史大桥乡人代会上，改造二坪小学的旧账又被李桂林翻了出来。在他"吐槽"之后，出乎所有人意料，尔布克哈满脸认真地说：李老师，你是一个真资格（方言，名副其实之意）的人大代表！

李桂林定定地看着尔布克哈，半天没有说话。他不知道新上任的党委书记葫芦里卖的什么药。

当代表就是要说真话，不然就成了挂羊头卖狗肉。尔布克哈说完又问，重修二坪小学要多少钱，你算过没？

一万多吧！李桂林补充说道，这是按村民自力更生投工投劳的思路，不包括硬化操场和修筑围墙。他知道，饭得一口一口吃，一口吃个大胖子，不厚道也不现实。

尔布克哈认真听着，凝神想着。待他开口，李桂林被吓了一跳：不撒胡椒面了。明年，集中精力办大事，全乡农村教育费附加全部给你！

李桂林没想到尔布克哈可以表这么"硬"的态。正因为"硬"，他才感到"虚"：这会不会是另一种形式的诓诓哄哄？

直到厚厚一摞现金摆在眼前李桂林才确信尔布克哈不是在画饼充饥。10800元，全乡全年教育费附加就是这么多，只有这么多！

一夜之间就"腰缠万贯"了，突然到来的幸福让李桂林惴惴不安。投工投劳只是自己默默打过的"小九九"，村"两委"支持不支持、村民们答应不答应，李桂林心里没底。以前整修茅屋，那是小敲小打，要出的力要花的时间都相当有限。这次不同，这次要大动干戈、推倒重来，除了苦要多吃若干，汗要多流几倍，还有一个无法回避的困难需要面对：二坪村历史上没有一间砖房，因而也没有一个村民会使用砖刀。

李桂林请村支书阿木史打、村主任木乃日帝喝酒，借着酒劲把心事说出。阿木史打一听不高兴了：这么多年了，李老师你还把我们当外人。修学校哪里是你的事？这是我们的事！木乃日帝把话挑明了说：二坪没钱，总还有人。你把钱都找来了，人的事用不着你操心！

李桂林喜出望外：真没想到你们能找到工匠。

阿木史打和木乃日帝对视一眼，笑容都僵在了脸上。因为刚才话说得不周全，阿木史打说这话时目光躲着李桂林：我们只会使蛮力，至于工匠……下来慢慢想办法。

办法总会有的，李桂林安慰他们的同时鼓励自己：要吃馒头先种麦子，把材料备足再找师傅也不迟。

制砖砌砖都需要细沙，但能取到沙的地方，最近也是三坪。水泥和石灰来源则在雪区。不管上山取沙还是下山背运石灰水泥，都得面对悬崖峭壁，都要依靠肩挑背磨。

母亲阿衣子且挖玉米秆时被落石打死，父亲尔古阿木从此一蹶不振，阿木达铁，这个16岁小伙成了家中顶梁柱。分到每户人家的运量是3000斤沙子、2000斤水泥。每包水泥100斤，每从山下背一包上来阿木达铁都在想，一路上流的汗汇到一起，只怕也有100斤。那段时间，尽管饭量涨了一倍，他的脸还是一天天瘦了下去。

阿木达铁把五个手指印在了弟弟脸上，这事很快在村里传开了。起因是背沙子，弟弟不听招呼。阿木达铁每次能背100斤，弟弟逞强，非要比着哥哥的来。那时候他才14岁，要是把腰压折了如何了得？说了几次都不听，阿木达铁心下一急，巴掌飞了出去。

让阿木达铁急火攻心的是3组依格子且。这个女人是出了名的急性子，别的女人背80斤，她非要多背20斤。走在平路上倒还好，路一陡，重心就不好找了，她的脚踝崴成一个包子。虽说她欠下的账木乃布哈、曲合阿木、阿牛几个人自告奋勇帮着还，但落在身上的伤痛，谁又能代为承受？

所有背到工地的材料都要过秤。阿木达铁兄弟的事发生后，除了计数，这杆秤同时搞起监督——青壮年负荷不得超过100斤，其他人原则上负重减半。

那两个月里，村里人开足马力，李桂林和陆建芬亦是火力全开。课照上，作业照改，除此之外，李桂林要照应建材收存、现场协调，陆建芬则要带领高年级学生利用放学后一小时筛选细沙。9岁的李威也没得闲，除了带弟弟，妈妈把择菜、洗碗也作为家庭作业布置给他。夫妇俩几乎每天都要忙活十四五个小时，常常太阳当头也没吃上早饭，月上西坡还没吃着晚饭。李桂林平时对生活就没什么要求，把自己泡在沙子水泥中间，自己仿佛也成了石头一块，饱一顿饿一顿都不在乎。也有感觉到饿的时候，他的办法是拿棍子叉块馍在火上烤热，见缝插针啃上一口。这天是个周末，负责过秤的阿木史打有事请假，李桂林顶了上去。称完曲合阿木背来的沙，他听到肚子叫了两声。李桂林烤热一块馍，刚咬一口，就看到阿木达铁的弟弟背着沙子从不远处走来。孩子瘦小，背篼沉重，李桂林连忙上前接应。手上的馍没处搁，他张大了嘴一口咬住。哪想到馍馍向火一面烤得快成了炭，他的口腔内壁被烫出一个泡来。那晚上血泡一直火辣辣地痛，心想着忍一忍就没事了，哪知到了天亮，连张嘴都成了问题。嘴张不开，课上不了，工地上的事也没法安排。心下一狠，李桂林将食指伸入口中。血水从嘴角流出，有一滴落到胸口，将蓝衬衣染成黑色。

材料终于备足了，李桂林心里像是打翻了五味瓶。水泥15吨，石灰两吨，沙子107吨！运送这些东西，在通公路的地方，或者哪怕是通骡马道的地方都不值得大惊小怪，而在二坪，却需要乡亲们冒着生命危险，一步一步登上天梯，一寸一寸挪过绝壁。这个世界上值得拿命去换的东西不多，而这个事情一开始就是他的主意，也就是说，父老乡亲们是把大把的时间乃至身家性命交到了他的手上。这实在是一种至高无上的奖赏，这样的奖赏让李桂林诚惶诚恐，也激起了他的万丈雄心：不把二坪小学办成全县一流，没脸在二坪立足，无颜见江东父老！

眼下紧要的是请工匠上山，否则堆积成山的材料就是散沙一堆。跟当年李桂林寻找代课老师好有一比，从乌史大桥乡到乌斯河再到老家马托、近邻永利，阿木史打派出去的人跑到脚大也没能把人带回。其实人也是找到了的，而且不止一个，但是一听工价，人熟的说手上事多脱不开身，不熟的，也不怕面前的人怄气：那么远的地方，那么多的活路，你们的钱硬是要大个些。这边赶紧解释，要是资金宽裕，肯定也不会让你吃亏。人家就笑：有多大劲使多少力，钱不够，可以不修那么宽。当这边的人再解释说总不可能二十个人摆一桌饭，一些人吃一些人看时，人家连笑的心思都没了：你们说的有道理，不过找错了庙门。说找错了庙门就是说你说的事与我不相干，就是下逐客令，就是碰了壁了。

到了这份儿上，阿木史打仍然没有死心。这世间所有来之不易的成功，到最后都要归拢到不留后路这一条上来。阿木史打的执着终于打动了包工头徐世林，而让他动了心的那一句话竟是：在二坪教书的李桂林陆建芬也是你们汉源人，他们来这里，可以说是来教书，也可以说是来扶贫。

徐世林带着7个人上山，像是一堆干柴里投进了一支火把。那段时间学校被掀了个底朝天，师生上课的地方挪到了木乃热布家中。木乃热布一家搬到别的地方去了，走之前，屋顶茅草被"拔"得一根不剩。"拔草"是为了拆下梁檩，正如去壳是为了取食外壳包裹中的果仁。一开始，学生们也不觉得在这里上课与教室里有太大不同。不就是没有课桌吗？两个膝头凑拢就是课桌。不就是没有板凳吗？捡块石头垫在屁股下，或者两个脚后跟并在一起就是板凳。不就是没有窗户吗？原来的窗户有和没有还不都是一回事。不就是没有屋顶吗？没有锅盖，只要柴好火大，锅里的水照样咕咕翻滚！然而天一入冬，学生们嘴就没那么硬了。天上刮着大风，风中裹着雪粒，与其要嘴皮子，不如把自己抱得更紧一些。

雪下起来就没有停的意思，一朵雪花长了眼睛般钻进鼻孔，陆建芬不由得阿嚏一声。忍了又忍的一句话终于找到机会从尔布克哈嘴里逃将出来：老师，实在冷得遭不住，今天能不能不上课了？

尔布克哈挺括的鼻头是红的，小脸两边是红的。如果凑近了看，他的十个小手指也是红的。蜷缩角落的学生们，是一个又一个尔布克哈。老师也是一具肉身，陆建芬手上脚上都生了冻疮，一旦痒起来，恨不得把手和脚一起剁掉。然而今天不上课，难道明天也不上课了？从现在到放假，天是向着冷处去的，每过一天，就是往冷里又走一步。就算顺利，新教室也要假期里才盖得起来，今天不上课可以，除非剩下的一个月不上课也可以。而这显然是不可以的，这里是学校不是茶馆，是讲规矩讲纪律的地方，不是想聚就聚想散就散。但陆建芬还是给了尔布克哈、给了孩子们一个乐意接受的答案：要不先不上课，我们开个故事会吧。

北宋时，洛阳有个人叫程颐，学问不是一般大。杨时听说后找上门，想要拜他为师。当他和朋友来到程颐家，天在下雪，程颐在屋中睡觉。朋友给了两个建议，叫醒老师，或者改天再来。叫醒老师不礼貌，改天再来，他又等不及了。杨时做出选择，等，安安静静站院子里等。这一等杨时就成了"白眉大侠"，因为程颐醒来时，院中已积了一尺的白雪……

雪花都飘到洛阳去了，还是所有寒意都凝结成霜，洒落在了杨时宽阔的眉梢？一场雪覆盖了另一场雪，一个场景虚化了另一个场景。在老师绘声绘色的讲述中，学生们忘记了自己，寒冷忘记了寒冷。讲完"程门立雪"，陆建芬又讲起"凿壁偷光"，讲起"映月读书"……

每个故事都以一个问题作为结尾。听了"程门立雪"，你有什么体会？她点名让阿木尔补作答。

阿木尔补站起身，把衣角往下拉了拉：洛阳的雪比二坪下得大。

教室里笑成一片。陆建芬让笑得最夸张的尔布克哈说出他的答案。尔布克哈说：想学习就要不怕吃苦。

讲完"凿壁偷光"，第一个被点名的还是尔布克哈。问：要是匡衡凿穿了你家的墙你会怎样？答：用不着凿，我家竹笆房本来就到处漏光。

　　光打"精神牙祭"也不行，天最冷的时候，老师在屋外空地上生一堆火，等火堆让手指不再僵硬，让身子挣脱了冰冷的束缚，才又进入教室，进入下一段教学时光。老师在用心讲，学生在认真听，雪在努力下。雪落在黑板上，不一会儿就化了，字就花了，老师就说，同学们抓紧记啊，跟雪比一比，看它快还是你们快……

　　日子一天天过去，砖墙一天天长高。然而不怪别人，实在是因为海拔太高工资太低，实在是因为外面的人长着和二坪人不一样的胃，临近封顶，徐世林带上山来的7个人已只剩下3个。天上少一颗星星可能没人在乎，但工地上每少一个工匠，大家比自己缺了一颗牙齿还要在意。帮工的村民心气不似先前足了，今天这个迟到明天那个早退，工地上变得冷清起来。再这样下去会搞出来一个半拉子工程，陆建芬把从牙缝里腾出的腊肉全部端上饭桌，李桂林则闷下一杯酒，向徐世林拍了胸口：你在山上一天，我打一天下手，绝不拉稀摆带（方言，不应付之意）。打这天起，除了是备课、上课、改作业的老师，陆建芬还是殚精竭虑的炊事员，李桂林还是随叫随到的勤杂工。看两口子熬成了红眼兔，徐世林反倒有些过意不去。李桂林笑道：这是看你们变魔术般修起一座砖房，眼红你们手艺！

　　有些日子，粉刷墙面所需灰浆也是陆建芬手工制作。将石灰从块状碎成粉末是第一步，也是最轻松的一步。从石灰中提取灰浆，类似于用传统方法榨制豆浆：豆子加水粉碎后装进布袋，施以外力，挤出豆汁，留下豆渣。石灰长着嘴，而且下口凶猛，不出一天，陆建芬的双手被咬掉一层皮，手指又红又肿。李桂林难免心疼难过，陆建芬却笑他脑子拐不过弯：旧的不去新的不来！老皮一蜕，手上全是新肉，人又年轻一截！

　　墙还没粉刷完，李桂林就动员徐世林下山回家。阿木史打不知道他唱的哪一出，李桂林交了底：凭经验我也晓得，那点钱早花光了。人家硬撑着，那是讲感情，那是吃得亏。越是人家吃得亏，我们越不能欺负老实人。阿木史打说，问题是活还没完，脚子谁来捡？李桂林挺直腰杆：主体工程已经完工，剩下的活儿难不倒我！

等学校放了寒假，李桂林让陆建芬带着李威李想先回马托，自己留了下来。粉刷墙壁、给黑板上漆这一类活在他是小菜一碟，但是教书先生安玻璃，就像泥水匠支使绣花针，拿在手上很轻，下手时却没了准头。好容易填满最后一个空格，窗户外响起鞭炮声。李桂林竖起耳朵，在心里写下一行诗句：这是春节的信号，这是春天的花开！

青瓦，白墙，一尘不染的玻璃窗。教室有了，办公室有了，厨房有了，老师寝室也有了。焕然一新的二坪小学成了二坪村标志性建筑，尔布克哈在教室里看看，操场上转转，激动之余心生疑窦：李老师，说实话，乡上给的钱有没有问题？

姜老者娶霍老娘，姜霍氏（刚合适）。李桂林故作轻松。

尔布克哈却是一脸严肃：不可能没问题——区区万把块钱盖起这么好一座学校，简直是个奇迹！

李桂林哈哈笑了：地方不同，钱的价值也不同。上海滩的一块钱，在大凉山可以变成一百块。

明明笑着，尔布克哈眼里却潮湿了。他向李桂林，也向自己说了一段话：李老师不仅建起全乡最好的村小，还创造了花小钱办大事的先例。从现在开始，所有钱花出去前我都要先在心头问一问，换了李桂林，这个钱舍不舍得花？舍不舍得这样花？

面对李桂林夫妇，尔布克哈感慨良多，陈国仕同样盛赞不已。只不过，陈国仕来到二坪，已是10年之后。

陆建芬常常记不起自己生日，李桂林更是粗枝大叶。然而，2005年4月17日这个日子，总是时不时从他们平淡的生活中跳出来，成为一朵浪花，激起一片涟漪。李桂林记得那天刮过一阵风，后来太阳就出来了，到落山时还是晴空万里。陆建芬记忆里，2005年是从那天开始真正暖和起来的——高山上的春天，来得总是比山下要晚一些。

这天，中纪委下派到甘洛县挂任县委副书记的陈国仕走进了二坪小学。陈国仕挂职甘洛三年中，把能去的地方走了个遍。二坪是他早就想来却迟迟没有来得成的，想来的原因和没来得成的原因都是这里太远太险。眼看挂职就要结束，陈国仕坐不住了。这一次，无论身边同事怎么拉他的袖子扯他的后腿，二坪之行都已不可阻挡。他说服关心他的同事们的是掷地有声的一段话：再远再险，那里也是我们的地盘。那些老百姓一辈子待在那里都可以，我去一趟为什么就不可以？我们口口声声讲从群众中来到群众中去，讲我们是人民的勤务兵，我就问一句，贪生怕死的勤务兵，人民接不接受，群众瞧得起瞧不起？反正我是不接受，我是瞧不起。你们不让我去，就是觉得我官气重，就是怕我给你们添麻烦，就是瞧不起我，就是不当那里的老百姓是自己人！话到这份儿上还有什么好说的，就这样，计划变成行动，陈国仕一行上山进村。

爬上五道天梯，走过一段小路，在驻足小憩的抬头一瞥间，当蛰居蜗潜的寨子出现在前方高处，当青瓦白墙的砖房像混杂在麻雀群中的白鸽映入眼帘，当听同行者说全村仅有的砖房是一所学校，学校仅有的老师是一对夫妇，而两口子并不是土生土长本地人，陈国仕突然就不觉得累了。

陈国仕打头，一行人走进学校。说来也巧，学校刚上完最后一节课，李桂林陆建芬双双迎了上来，大家在操场上你一问我一答摆起龙门阵。陈国仕一边询问学校修建过程和资金的来龙去脉，一边时不时记上几笔。大约过了半个小时，他的问题从一所学校聚焦到两个老师。他问李桂林来这里教书多久了，李桂林操着七分熟三分生的普通话答：十五年。四川话"十""四"不分，难怪陈国仕竖起大拇指说，四五年，不简单啊！

是十五年，十年加五年，一十五年。同行者中有人客串起了翻译。

十五年？！陈国仕惊讶得久久说不出话。等到重新开口，他问他们：还有什么困难，说来听听？

陆建芬快言快语：学校已经很好了，没啥困难了。

李桂林扯一下她的袖子：困难是没有了，要说问题，多少还有一点。

陈国仕微微笑着：说说看。

李桂林的话分两段说出来。前一段是肢体语言。只见他身子往后一仰，整个人随之咯噔往下一沉。那声咯噔耳朵听不到，但是那样一个存在和节奏，眼睛可以看见。李桂林刚刚演示的这一个动作，其实也是陈国仕他们落座时的情景再现。地面凹凸不平，大家虽是坐着，心里却有一根线一直提着自己，并不能坐得四平八稳。重心前移到刚才位置，李桂林这才用嘴说出后一段话：操场是泥地，下一场雨，课间活动和体育课就都泡汤了，因为脚一沾地，老师学生都在"踩瓦泥"，鞋底泥巴两寸厚，一来一去，教室成了放牛场。如果陈书记关心一下，支持一把，把操场打成水泥地面，二坪小学就锦上添花，提前进入现代化了。

好一个"锦上添花"，好一个"提前进入现代化"！陈国仕目光扫过院子，将十个手指伸到李桂林面前：10吨水泥够不够？

够了够了，多的都有！李桂林话音刚落，又听陆建芬以同样激动的语调说：连院墙都可以修得起来！

夫妇俩一唱一和，逗得在场者哈哈大笑。最先止住笑的是陈国仕：你们两口子长年累月在二坪教书育人，这里算得上名副其实的夫妻学校。我相信，把你们

一束光，被
另一束光照亮

的故事讲给一万个人听，一万个人都会竖起大拇指！

新学期开学不到一周，10吨水泥被汽车运到山下。消息传到二坪，李桂林说，我还以为他在"逗坛子"（汉源方言，意思约等于开玩笑加糊弄人）呢！为啥这么想？因为再借10个胆，李桂林也不敢相信10吨水泥可以来得如此容易。

二坪村就要有第一块露天水泥地、第一道围墙了，这事情不光让老师学生高兴，也让村里人兴奋不已。二坪村2011年才通电，对于为数不少的没有下过山也没有看过电视的村民来说，地面可以和木匠刨出的木板一样平顺，"篱笆"不再是石头、竹竿或者长长短短的棍棍棒棒拼凑而成，而是竖着长的水泥地，光是想想，开心就荡漾在了他们脸上。光有肉馅儿包不了饺子，硬化地面砌围墙，除了水泥还需要沙子。27天，76吨沙子从村民肩头输送到了工地。

李桂林教书有两把刷子，当起学生也不缺悟性。请了工匠建学校那阵，李桂林没少虚心请教，至于沙子水泥配比如何掌握、墙往上长时如何避免嘴歪鼻斜，他更是打破砂锅问到底。军中无良将，廖化称先锋。没钱请工匠，李桂林自告奋勇当起"总工"。刚砌的墙体也是他负责保养，"离得近"是他挂在嘴边的理由，"不放心"才是深藏不露的心思。看他忙了这边忙那边，忙了白天忙晚上，陆建芬常常忍不住骂人。她心疼人的方式不是别的，主要就是骂人。"破裤子揽虱子"，这天她又没忍住，骂了一句汉源话。这句话是嫌一个人什么事都想管，却不管自己是不是有那能耐。通常情况下，这句话后面会跟着一段数落，就像说一个人好或不好，后面总有一堆道理跟着，但是这天，陆建芬撂下半截子话就一路小跑冲进厨房——锅里煳了！

也是这时候，不知是太阳晃的还是熬夜熬的，正站在墙头拿水管保养墙体的李桂林犯了头晕。千万稳住，稳住，稳住！李桂林脑子里接连发出几条指令，无奈身体并不怎么听他招呼，摇晃几下，从墙上跌了下去。手脚并用在空中凫水般划拉几把，李桂林好歹没让自己成为自由落体。到底是斜歪着身子掉下去的，墙根一根柴花子，哧的一声，将他右腿膝盖以上的裤筒，撕开一尺多长的口子！

分不清是沉闷的一声还是凄厉的一声先钻进耳朵，没来得及扔下手中抹布，听到动静的陆建芬从厨房跑了出来。眼前情景触目惊心：与裤子裂开的口子轨迹一致，一条血痕从膝盖上方一直伸展到李桂林小腹下侧。柴花子顶端抵在腰带上，如果不是位置恰到好处，如果腰带稍薄那么一点……陆建芬不敢再往下想。

……

地不再是一踩一个坑一踩一脚泥，三面环伺的围墙也不再是参差不齐的篱笆。站在刚刚清扫干净的院子里，李桂林看过来看过去，看过去看过来，两眼像刚换过电池的加长手电筒，射出的光柱可以在石板上凿出洞来。然而当他转过身子，面对花台，电池突然就漏了电，自眼中射出的光束因之由坚挺变得疲软、从雪亮变得黯淡。李桂林觉得那里有什么不对。哦，他知道了，他的眼睛又开始放电了！拿手猛拍脑门的同时，他用比新学期开学点名更大的声音喊出四个字：国旗，旗杆！

一所学校没有旗杆，那是身子骨没有打直；一所学校没有国旗，那是一个人没名没姓。李桂林转身进屋对陆建芬说：再有一根旗杆、一面国旗，这学校就真的就啥也不缺了。

去买根拽实（方言，结实耐用之意）的钢管做旗杆吧，其他可以将就，这个不能！陆建芬的回答没有半点犹豫。

十几年来，为维修学校、采购教学用品，两个人打过多少商量，李桂林记不清楚，陆建芬也懒得去记。要是由着性子，李桂林不会动辄找她切磋，他有一句口头禅，我是校长，我说了算！别听他口气大得吓人，学校却没有一分一厘公款。学校必须办的许多事得动用"私房钱"才能解决，这个时候，他在妻子面前就矮了一头。不当家照样知道柴米贵，虽说自己转正后每月能拿480块，但妻子身份没变，工资不涨，收入少开支大，这个家谁当谁抠脑壳。所以每次申请经费李桂林都弱弱地想，要是哪天被逼急了，家长会不会弹劾校长？

当然只是杞人忧天。陆建芬虽说生活中常常以"铁母鸡"面目示他，只要必须开销，哪怕再心疼，不管如何门难进脸难看，该松的口到最后一分钟她总是会松。旗杆加上国旗差不多要300块吧？如此大手笔的支出家中少有，如此大气量的表态陆建芬很少有过，难怪李桂林也不管李想就在旁边做作业，两手捧过妻子脸来，啵地亲出了声。

清朗的晨风如灵动的手指，将一面崭新的国旗，翻出了书页的声响。李桂林的心情随十指在琴键上起舞，陆建芬则和孩子们站在操场上，用目光把五星一寸寸抬到高处。这是无比寻常的一天，也是永生难忘的节日。不管行走路上还是躬耕垄亩，当《国歌》奏响、国旗升起，二坪村的父老乡亲无不停下脚来、直起腰来，把

在那高山顶上

们爱自己的祖国

这是我的国，这是我的家

目光投向整洁校园，投向笔直旗杆，投向被蓝天映得更红、把天空衬得更蓝的五星红旗。阳光普照大地，那是他们心情的底色。旗绳拍打旗杆，那是他们心灵的歌声。还是在六七十年代时村里人见过升旗仪式，一晃几十年过去了，此情此景再一次让他们知道，这个与世隔绝的地方，是他们的家，也是五星照耀的土地；是渴望母亲怀抱，也未曾被母亲遗忘的孩子。

第六章　呷呷尔日

遥望二坪新村

为什么我有时是泪

有时是歌

为什么我有时是水

有时是火

——彝族诗人杨佳富《故乡》节录

每一个晚上的"天边夜谭"都要进行到十点半以后。这天更迟，只差一刻钟，日历就可以翻篇。

厨房门拉开，一股风嗖地扑了过来。风里夹着雪，也可以说是雪里夹着风，从黑暗处涌到光明处，往屋子里闯，往人的怀里和骨头缝里钻。

头晚，李桂林已和呷呷尔日电话联系好，他在新家等我。我起床时夫妇俩已在上课，往校门口走，教室里的陆建芬没有看到我，我也没留意她讲的什么。走到另一间教室外，李桂林看见了我，却和没看见一样把目光投向教室后排，口里念出一句诗：不敢高声语，恐惊天上人。一屋子声音像一群麻雀腾空而起：不敢高声语，恐惊天上人。稚嫩的声音并不十分整齐，但是隔着窗玻璃，日光灯下的老师和学生，让我心底生起一股暖意。落在屋顶的雪，以及落在花台边上的雪，有那么几片，一定是融化在这股暖意里了。生出这样的念想的那一刻，我脚下不再是一条走廊，而是一条时间分隔线：一边是窗明几净的当下，一边是20年前那个飞雪飘飘的寒冬。那时候学校还是工地，二坪小学师生在木乃热布家遗弃的屋子里上课，屋子没有顶盖，也没有门和窗户。雪落在黑板上，不一会儿就化了，字也跟着花了，老师就说，同学们抓紧记啊，跟雪比一比，看它快还是你们快。

路遇

娃娃们没有袜子，穿着单衣，手和脚冻得通红，便捡一些玉米秆在空地上生起火来，让身子变暖，让课程继续……

雪没在操场上堆起来，但是学校围墙以外，除了公路，远远近近，高高低低，白得深沉又庄严。风里的雪花开得小朵，寒气却大举进攻，像一把把的针扎在手上。走不多远，一串晶莹透亮的孩子的笑声打闹声从前方传来，尔后，五六个穿得严严实实的背着书包的孩子拐过一道弯，迎面向我跑来。快到我身边时，他们的脚步变得慢了，吵闹声也随之敛息。其实是我把他们拦下来的：老师都在上课了，你们还在路上，不怕挨批评？他们全都笑了，却没有一个人张口回答。我再问，他们脸上就现出了困惑或调皮，然后一哄而散，把我一个人扔在原地。我这才反应过来，他们没有迟到，他们是幼儿园的小朋友，幼儿园开课时间要晚一些。

着眼于从源头上打破贫困"积累循环效应"、从根本上阻断贫困代际传递，凉山州实施15年免费教育，推行"一村一幼"的做法，不久前我已从报纸上有所了解。从2015年起，凉山州在彝族人聚居区先行试点"一村一幼"，并逐步推广到州域17个县市，通过改造村委会活动室、学校富余校舍、闲置村小、租用民房、新建等，在尚未覆盖学前教育资源的行政村和人口较多、居住集中的自然村设立幼教点。截至2018年6月底，累计开办村级幼教点3100个，设立教学班3975个，招收幼儿12.67万人。这次上山来的第一天，我曾就此和李桂林有过交流。依他所说，"一村一幼"好处至少有三。其一，这是教育公平向深处实处走出的重要一步，因为这让边远山区学龄前儿童有了受教育的机会；其二，家长精力得到解放，可以把更多时间用在生产上，一定程度上也是解放了农村生产力；其三，这是避免少数民族地区教育教学工作输在起跑线的有效之举。以二坪为例，村里人在家中都说彝语，孩子从生下来到进学校，并不能听懂一句完整汉语，至于表达，就更不消说了。这样一来，学生进入学校，老师要花费两三年时间才能勉强打通母语和汉语之间的关节。村幼实行双语教学，在小朋友成为小学生之前，为他们在两种语言间架起桥梁，待他们进入学校，教与学的效率无疑会得以提升。那天，我还了解到，村幼儿园老师解的木乃是村支书铁拉阿木的儿子，也是李桂林的学生。村幼儿园设在原来的村委会，村委会离学校不到100米，我昨天曾专门去过一趟。去时孩子们正在唱歌，《我们的祖国是花园》。因为正上课，园门紧锁，"花朵"和"园丁"，我只闻其声未见其人。和这群孩子的路遇也算得偿所愿了，看着他们远去的背影，一个人在冰天雪地里的天寒地冻之感，在那些红的绿的欢快跃动的身影的温暖照耀下，悄然融化、消失。

到了1组，寨子仍睡意蒙眬。往前百十来米，拐入匝道，走进村便民服务中心小楼前取名"村民文化广场"，但村民更喜欢称之为"村活动场"的院坝。穿过院坝往前走，我一边打量新村，一边等待碰到一个什么人，他能给我指认呷呷尔日的家。路左侧是一排住房，房前有不宽一溜地划给了一家一户，有的种着菜，有的开着花，有的空在那里或堆着杂物。房屋俱是青瓦白墙，墙上挂着扇形装饰框，框上有字，用汉彝双语写着"小康不小康，关键看老乡"一类标语。窗户以下墙面，用涂料刷出了青砖效果。坡形屋面上无一例外背着太阳能热水器，红油漆刷在筒状储水器上的字鲜艳夺目："中共四川省委四川省人民政府赠"。房屋有高有低，有一层也有两层。新村背后是绝壁，呈弧形从南向北包抄，神似向右旋转90度后的"("。正因空间压迫、地势拘囿，房屋才修得拥挤，挤到屋前地块只是一个点缀，道路也仅能容汽车单向通行。

终于碰到一个"熟人"。他叫克日木乃，是个毕摩，以前住在2组。10年前我到二坪采访，他粗壮的黑辫子差一点儿就拖到了地上，游弋在他举止间的机敏、诡秘、深奥，对我是深深的吸引。我认出了他，而很大程度上，他已经不是他了。他的黑辫子不知去了哪儿，他当年对我构成吸引的那些元素，也从深陷的眼窝、枯瘦的脸、佝偻的身板中尽数抽离。他老了，眼前的新村，加速了他的衰老。好在他的思维仍然在线，很精准地把呷呷尔日的家指给了我。

我屈着快冻成冰棍的手指在门上敲了几下，吱呀，防盗门虚开一道缝。在我叫出他的名字之后，呷呷尔日将门打开，将我让进屋，又伸出头左右打望。缩回头，关了门，他才说：有人看见，只怕不好。

堂屋里开着电烤炉，电热丝哐哐叫着，热浪一波波涌过来，被冻得僵硬的手指，有了类似花开的缓慢舒展。呷呷尔日指着沙发，示意我坐。我说，还是先参观一下你的新家吧。

大儿子已另立门户，呷呷尔日夫妇和小儿子在一个户头上生活，这栋房子因而是"三人房"。除了客厅，"三人房"有三个房间、一间厨房、一个卫生间。一个房间在大门外，与房屋主体连在一起。屋中间摆一张铁床，紧贴刮过仿瓷的墙壁有一组衣柜，也是铁皮做的。彝族人的世界里，黑代表大地，黄代表人类，红代表天空。此外，这三种颜色，还分别对应着三种感情色彩：黑色是万物的底色，黄色是美好的象征，红色则意味着炽热、奔放、勇敢，像挂在天上的太阳，像火塘升起的焰火。衣柜上喷着与屋顶太阳能热水器上相同的汉字，床和衣柜上喷涂着三元色图案。另两个房间陈设与外面那间大同小异，厨房和卫生间同"拎包可住"的房间一样，也是在搬迁前就达到了使用条件。

回到客厅，我在沙发上坐下来。呷呷尔日搬过一根小凳子，人和声音一并矮了下去：房子是政府给的，几件家具还是政府给的。

他是嫌自己都没能添一件像样家具吧。我说，有了马，配鞍还不容易。

没有附和我，也没有反对，呷呷尔日搓着手说，窄是窄些，连墙壁都粉刷好了，电灯都安好了，自来水都接通了，厕所的水盆便盆都有了……

那你还上访？这个问题，令发问的我自己都觉得突然。

更让人意外的是呷呷尔日的回答：不是上访，是反映问题。现在是法治社会，反映问题要摆事实讲道理，不能像木基叶子一样乱来。哦，木基叶子的事你听说过没？

我点点头，当是回答。想想他可能误解了我，我又为刚才的话做了解释：你虽然在反映问题，该表扬的也一点都没有忘记。

呷呷尔日一脸认真：这个必须。如果不是政府手散，村里大部分人都修不起房子，其中也包括我。只不过，感谢要说出来，该提的意见也要提——我们为什么拥护共产党？共产党最讲实事求是！

你是党员？我笑了。

呷呷尔日也笑了：不是。但是向党员学习、看齐总可以嘛！李老师就是党员，李老师就实事求是——还有陆老师。

你是一个好学生。我尽量让自己的话听起来不像一个玩笑。

呷呷尔日一脸严肃：好学生不止我一个。还有阿木达铁、木乃所拉、阿木热布，他们都住1组。房子安全问题，大家都很担心。

既然牵扯到的不止你一家，政府不可能置之不理。我也不知道在怀疑他还是怀疑什么。

我们反映的也不止房屋安全这一件事。村里成立合作社，砍了核桃种花椒，但核桃砍了，花椒也没发展起来。说到这儿，呷呷尔日掏出一支烟，把自己的嘴堵住。这个过程缓慢而安静，打火机啪的一声，让安静更显得宽广。

终于，呷呷尔日在吐出一口烟雾后，讲起一段遭遇。

2019年12月10日，呷呷尔日天一亮就去了新村。村上几天前就通知了，这天脱贫验收，新村里每家每户都要有人。烤了两小时火，挨边10点钟，呷呷尔日手机响了。老婆在电话里说，领导叫你马上到村委会！

等他的人不是他等的人，而是乡党委书记老马和几个乡干部。老马说，你不是一直要反映情况吗，今天就接你下山取材料。

我还是给省上来的人当面说吧，有的事情你们也解决不了。呷呷尔日此话一出，转身要走。老马从后面叫住了他：今天重点是脱贫验收，杂七杂八的事情，人家哪有时间听你细说，倒不如先把材料做好，让他们一眼就能看明白，解决起来也比较容易。

同呷呷尔日一起被叫下山的还有阿木达铁、木乃所拉和阿木热布。呷呷尔日和阿木达铁、老马、老王坐一辆车，木乃所拉、阿木热布和另外的人坐另一辆车。

汽车径直开进了乡政府院子。老马把他们带进办公室，说这个材料由他亲自来取。哪承想，呷呷尔日刚说两句，其他人还没开口，老马手一挥说，这些都不是新问题了，吃饭吃饭。呷呷尔日犟了一句嘴：这么早吃啥饭。老马满脸带笑说：人是铁饭是钢，我这阵子还饿着肚子，一边吃一边说也耽搁不了什么。

吃过饭，老马等人把他们带到一个茶楼。取材料，老马这回看起来是认真的。听别人说了半个多小时，自己又说了半个多小时后，呷呷尔日提出自己家里还有事情，得先回去。老马却说，一起来的就一起走，等吃过晚饭，给你们统一派车。

乡政府租的面包车过来，已经7点20。呷呷尔日耳边有一句话在一次次重复：一年有365天，错过一天，我还有364天。

这是上车前他给老马说过的话。老马假装没听到，他正往天上看呢。

呷呷尔日早就是远近闻名的"上访户"。2016年，胃炎、肝炎、肺炎商量好了一般找上他，呷呷尔日3次到石棉县医院住院部报到。最后一次出院后，他从小就有的心累心跳的老毛病旧病复发。干不了重活，一米七几的大个子总不能饱食终日，像收割后的土地一样突然空出来的大块时间让他意识到，下半辈子不能再浑浑噩噩。

别人不在状态，他也看不下去。

村支书一天学堂没进过，汉话说得疙疙瘩瘩。村上每年有办公经费两万元、运维费3万元，花在哪里、怎么花的，从来都不公开。村公益林面积是19859亩，村上却只按15670亩向村民发放管护费，中间有4189亩说不清楚去向。木牛拉哈的四哥机乃尔都于2014年7月去世，但户口直到2017年2月27日还未注销。呷呷尔日把这些情况向上反映，乡上，县上，州里，省里。

交上去的材料，有一部分很快得到回复。4189亩公益林管护费共计11.6万元分发到了村民手上，机乃尔都被派出所从户籍上清除，二坪村的财务第一次在村委会外墙上公开……一时胜利并没有冲昏呷呷尔日的头脑，就连捧在手上的一些"战斗果实"，他也嫌它半生不熟。拿仅仅公开的2017年的财务来说，83笔开支有79笔用在了土鸡、腊肉、饮料、啤酒上。钱这样花合理吗？有政策依据吗？

木牛拉哈在呷呷尔日持续施压下于2018年8月向乡政府提交了辞职报告。呷呷尔日是这样认为的，村里许多人也这样看——尽管手写的摁了红指印的辞职报告，木牛拉哈曾在写下的当天发到了全村多数人都加入其中的一个微信群："虽然取得了一定成绩，但是离领导的要求和村民的期望相差甚远。由于本人的组织领导力不够，已不适应在村主任这个岗位，生怕影响了乡亲们的发家致富。"

天底下的事，针过得线过得就可以了，犯不着拼了命往牛角尖里钻。这时节，呷呷尔日已经做通了自己的思想工作，哪料到，合作社和新村选址又来添堵。

如果用彝语交流，呷呷尔日一定相当健谈，就是用并不十分擅长的汉语和我对话，他也比村里许多人通顺、准确得多。我想这和他经常往山下跑是有关系的，因为他跑的目的，是让人听懂他说的话。我给他说了这个意思，他笑了，露出两排黄牙，人呀，逼一逼自己也好。

待我起身告辞，呷呷尔日把我送到门口，人却没有出来。他始终没有忘记，我今天的到访应该当作一个秘密。


照我所想，该是再去木牛拉哈家一趟。村主任家的门却没有敲开，旁边有人说，一早下地去了，栽洋芋哩。于是转身去3组找村支书铁拉阿木。村道上仍然没什么人，偶尔有一个骑摩托的，远远按声喇叭，近了冲你笑笑。远山还是银装素裹，闪着刺眼的白光，似乎太阳对雪和冰凌并无威慑，倒是拔擢了它们的气度。近前则不一样，路边，地上，屋顶，雪在加速融化，像是按照时间表定下的进度在走，而日头的高度是时针指向的刻度。

四周和不是很远的远处，大面积的土黄和碎片般的雪白之间，并不需要太用力，还可以捕捉到别的颜色。一个从皑白往淡青里走，一个自深青往墨绿里去。皑白、淡青、深青、墨绿，都是自土里长出的颜色，前两个着落于萝卜根茎，后两个涮染着萝卜叶片。呷呷尔日刚才给我说过，这些萝卜，销路很成问题。

在3组，向一位老者打听书记家的住处，意外得知面前的人叫永国权。我一把抓住他的手，仿佛手一松开，一段不容错过的故事就再也找不回来。李桂林向我提起过他，呷呷尔日也曾对我说，因为有个永老师，我运气还不错，读了3册书。

永国权1962年从汉源县古路村"上门"来到二坪。那时候，除了他，村上一个会写汉字的人也没有，能说几句汉话的只有村干部。完整读过5年小学的永国权当起记分员，3年后又当起赤脚医生。1968年，就在3组，搭起3间竹笆房，二坪小学迎来了第一个老师郭来运。郭来运是甘洛田坝人，当年从凉山师范毕业，被分到二坪实习。实习老师工资为28元，每月另有8斤粮食。郭来运吃不饱饭、安不下心，永国权知道后，用石磨推了苞谷面给他送去。乡政府蹲点干部看永国权会认字又会处事，推荐他到村小代课，并把他送到县城进修3个多月。

代课工资每月18元，因为要在生产队分粮食，到手的只有3元零用钱。待遇虽然不高，永国权书还是教得认真。他图的不是钱，而是高兴——村里娃娃多少能说几句汉话认几个汉字，他很高兴。可是后来，郭老师走了，他教起书来也就懒心无肠。倒不是郭老师的走带了节奏，而是新来的王老师，完全不务正业。王老师是提着鸟枪来的，一进教室就马着个脸，端上猎枪则两眼放光。永国权说他误人子弟，他还大言不惭，我能待在这鬼地方，已经是天大的贡献。

怕被一块墨给染黑，永国权不跟他干，回家了。王老师求之不得，跟上面打报告，说他也很想留下，可是独木难支。走了王老师，来了罗老师，永国权又被动员回来。罗老师也是公办教师，来不多久，便力主将学校搬到2组，理由为那里是中心地带，方便两边学生向中间靠拢。罗老师说到了点子上，说明他不像前面的是来"镀金"，高兴劲又回到了永国权身上。没过多久，"包产到户"政策出台，永国权权衡再三，把手中教鞭换了挖锄。乡干部反复做工作，永国权不得已说出心里话：我也想教书，可是除了两个老的我还有5个娃，最小的木乃子卡不到3岁，10多亩地荒在那里，一家人只有饿死。

永国权一走，罗老师的心也稳不住了。二坪小学就这样插门上锁，直到1990年，李桂林填了"坑"。

永国权整理完"村小档案"，我问起呷呷尔日提到过的"合作社"。永国权说，虽然这次合作社走了弯路，但历史就是前进在曲折之中。我们以前一个生产队只买得起两三包尿素，很多时候要靠挖草根、野菜填肚子，就连5分钱1斤的盐巴都吃不起。托共产党的福，现在的生活，当年的地主富农都不能比。

指节落在铁拉阿木家木门上，开门的却是解的木乃。两天前，在村小门口，我和他恰巧碰到，有过短暂交谈。解的木乃2015年从一所职业技术学院师范教育系毕业，成为回到二坪村的第一个大学生。第二年，四川省"一村一幼"启动，他和当时的女朋友、现在的妻子、考取过幼师资格证的什呷阿衣经笔试、面试、体检，成为二坪村幼教点老师。每人每月2000元工资，年底考核合格，奖金有5000多元。幼儿园和村委会共处一室，白天小朋友进园，晚上村干部开会。

当时我就知道他是铁拉阿木的儿子了。我问他书记是不是在家，不料他张口先说：我爸不是书记了，他辞职了。

铁拉阿木的家和其他村民家陈设并无明显不同，就连火塘边围着一圈人也是一样。显出不同的是他的两个儿媳收拾得干净利索，穿着与城里同龄人亦无明显差异。她俩一个要给我倒酒，一个要为我端饭，被我一一拦住。

怎么只有你吃饭，只有你一个人有功劳？我和铁拉阿木的对话从一个玩笑开始。

铁拉阿木暂时停止了嚼食：有功劳的先吃了，我看羊子刚回来，只有苦劳。

我的眼睛这时候才适应了屋内光线，看清了铁拉阿木的脸。那张脸褊狭、清癯，细密皱纹间有隐约可见的热情，更多是岁月的雕刻刀塑造出来的安恬。

这个问题不该这时候提，但是他的安定怂恿它插了队：什么时候的事？

我没有说是什么事，但他意会到了。昨天交的辞职报告，话毕，铁拉阿木刨完最后一口饭，把碗递到什呷阿衣手上，没有看我。

在他快速嚼动食物的同时，我在心里起了犹豫。他为何提出辞职，虽说答案我也许知道，但是仍然需要他的确认，这和签收快递非常相似，内里装的什么心中有数，但不到盒子打开，悬念就没有解除。我迟疑着是不是立刻动手，是担心手法拙劣，让盒子受到不必有的伤害。我的犹疑还在继续，铁拉阿木的腮部已从起伏的山峦变成平整的原野。

你干了多少年？我尽量让自己的语气配合他的淡定。

6年村支书。之前干了12年村主任。再往前，还代了3年村主任，当了9年调解委主任，两年组长。铁拉木哈说这些时眼珠子没有动，目光像探照灯，锚定在某一个地方。从他的目光

云遮雾绕的二坪新村

里，我隐约看见一条光阴的大河潺潺流过。

你也是见过大风大浪的人了。我的话只说了半句。

铁拉阿木的回答一点都不偏题：现在不比以前，工作不好做，自己能力也不行。主要是没有文化，表册、文书一类东西又多。

火塘边煨着一罐油茶，铁拉阿木倒了半杯，抿了一口，把心里的话一点一点往外面掏——

我从2018年2月开始说吧，二坪最大的变化是从这时候开始。脱贫攻坚都有对口帮扶，按照省上安排，省监狱管理局同大桥乡四个村结了"穷亲"，其中包括二坪。省监狱管理局干工作实打实，不耍花架子。比方说，改善生活质量，他们送大米，送清油，送醋，送酱油；培养卫生习惯，他们组织卫生评比，还给家家户户发了牙膏牙刷、拖帕扫把……帮助大家增加收入他们措施也实在，头一年就给每个贫困户发了30只鸡，还发了1头猪、1只羊。发的时候就说好，养大了负责回收，价格就高不就低。

他们没有放空炮。省监狱管理局上山回收东西，价格比市场上高。听说在成都，洋芋和萝卜都卖6毛多一斤，而他们的收购价，洋芋一块四毛五，萝卜一块二毛五。在乌斯河，贩子收核桃每斤6块，他们每斤10块。土鸡、腊肉、山羊，他们出的价也比别的地方高一截。二坪村建卡立档贫困户一共69户，但是收购农产品，他们对所有村民一视同仁。省监狱管理局下辖30个监狱对口帮扶4个村，其中7个监狱帮扶二坪。监狱里装着不少人，把我们的东西大车小车拉过去不奇怪。奇怪的是他们到这么远的地方来，出那样高的价。后来我们反应过来了，人家就是变着法子帮我们提高收入，脱贫摘帽。换个角度，也是让大家看到日子有奔头，舍得出力流汗。他们的好处我可以讲一天一夜，别的可以略过，杨勇我得夸上几句。他是邑州监狱局派过来的驻村副书记，7个监狱帮扶工作都是他在牵头。杨勇来时水泥路还没硬化，上山下山，走坏了5双胶鞋。他工作中舍得吃苦，却从不白吃群众一顿饭。在村里工作，他要么自带干粮，要么泡方便面，有时碰上了，人家非要给他加双筷子，他死活都要留下饭钱。

2018年，东西都是敞开收购，村民有多少他们收多少。但是今年开春，监狱宣布了新政策，土鸡、腊肉还是敞开收购，不过每一家，洋芋只收2400斤，萝卜只收2000斤。要说原因，头一年他们虽然有言在先，但好多人半信半疑，种下地的不是太多。尝到甜头，应种尽种，监狱就消化不了了——犯人也是人，不可能每天都吃萝卜洋芋。口子收紧，村民当然都是心欠欠的，钱嘛，再有的人都嫌少，何况没有。马由军就是这时候站出来的，大会讲了小会讲：你们尽管种，监狱不收的交给我们。

马由军他们也是来扶贫的，只不过比杨勇他们迟到半年。来了都要做事，监狱开了好头，作为帮扶工作队，他们也不想落后。先是发动成立花椒合作社，后来又让甩开膀子种萝卜。要说二坪也真是适合种这东西，秋萝卜农历七月上旬下地，成熟在冬腊月，单个普遍在5斤以上，大的有十四五斤。监狱管理局答应的每家2000斤一斤不少收走了，价格也没打折。3组阿衣伟张的男人坐三轮出了车祸，急需用钱，他们还多收了8000斤。问题出在马由军他们。全村种下的萝卜产量不下两百万斤，百分之八十没有销路。村民找我们诉苦，诉着诉着就成了挖苦……

记起木牛拉哈亲手把辞职报告往群里扔过，我问铁拉阿木，村里人晓不晓得你辞职了？铁拉阿木笑笑：村文书阿木里布知道，他也交了辞职报告。拔出萝卜带出泥，铁拉阿木又说了一堆话。

不是一天两天、一年两年了，村里有人告村干部，告得上了瘾。没有人看得到自己的后颈窝，有人把眼睛借给你，高兴还来不及。说我没有文化，这是事实，我能写的只有自己的名字。但是要说不作为，我要喊声冤枉。就说萝卜吧，我们也只长了一双眼睛，看不了那么远，不知道后来会成这样子。再说新村，最开始的方案是在3个组各建一个聚居点，安置对象只有贫困户。后来，为了让其他村民也搭上顺风车，政府把不是贫困户的也都考虑了进去。村民只需缴纳建房成本的百分之五就可以搬新家住新房，这样的好事，天底下除了共产党，不可能有人给你。按照政策，易地扶贫搬迁选址必须离原来住址一定距离。村民对这个选址不满意，说上面容易掉石头，离2组、3组的承包地也远。我不止一次找过乡政府，他们答复，排除安全隐患的方案已在研究之中。心急吃不了热豆腐，你跟村民说，他们却听不进去。话说回来，严格打表，财务这一块也不是挑不出毛病。前些年的确没有村务公开，2017年公开后，又有人出来挑漏眼儿，说满墙都是土鸡腊肉，都是啤酒饮料。这个话我还真是不好说。上边来人开展工作，从早干到晚，总不能让人家饿着肚子走。一个人两个人，在村干部家里添双筷子添个碗都是小事，关键是三天两头有人来，有时一来十几个。也有人说，如今"八项规定"，干部下乡有补助，吃了饭应该掏腰包。这么说当然不错，我刚才也说到杨勇，从不白吃一顿饭。但十个手指头，可能一样齐不？做得不对的我们也在改进，比如再搞免不了的接待时，我们就不买啤酒饮料了。可村民还是说他们没见到钱，就像那些钱进了谁的腰包。实际呢，拿今年来说，办公费4万元、运维费4万元，已是历史新高，但那点钱，根本就不够花。11月28日，这一天的开销就是27000元。新村建成搬迁，要是按传统，每家每户都摆进宅酒。你请了我请，我请了他请，这个席还不知要摆多长。所以我们来了个"一锅煮"，为的就是移风易俗——日子还长，手上又不宽裕，不能让大家把钱白白丢在酒桌上。哪知照样有个别人说风凉话，说这是大吃大喝……

外面起风了。风在山谷间呼啸，在山坡上翻滚，在屋脊上奔跑，在树梢与树梢间晃荡，发出的声音时而硕大如山石，时而尖厉若茅草。从板壁孔隙钻进屋中的风没有形状也没有头绪，火塘上升起的烟雾随波逐流，呛得我眼里起了泪，口中咳出了声。铁拉阿木边抬手示意我换个位置边对我说：这烟雾不要命，但让人如坐针毡。

换个位置坐下，我问铁拉阿木：估计退下来你也闲不住，以后有啥打算？

上面还没批呢。是解的木乃在抢白。他知道，我也知道，木牛拉哈的辞职申请，乡上还没有批复。

然而，分明，铁拉阿木上交辞职报告并非像他的儿子以为的那样，只是一种试探。在铁拉阿木看来，获批是唯一可能，也是最好结局：这几年脱贫攻坚，每天都在加班，事情多得要命——就在大桥乡，就在这个月的14号，乃乃包村村主任阿木布哈脑出血，走了。有几回，我也差点丢了命。都是骑摩托车去乡政府或者回来路上出的事，一次摔断锁骨，另一次伤到后腰。2018年6月那次是因为雨天路滑，在布依村摔倒，下身撞在石头上，还断了三匹肋骨。因为忙工作，这几年我养的羊子丢了三十多只，蜂桶里的蜂蜜也被老熊偷吃不少。当村干部，一年报酬拿到手也就一两万元，如果光是冲着钱，不如人家打工……

顶起磨子唱戏——吃力不讨好。我试着去理解铁拉阿木。

这句话让铁拉阿木很熨帖也很扎心：我们当村干部，即使九件事做对了，一件没做对，照样会有个别村民盯着不放。我们不能学那些人，而要有一说一、有二说二。虽然有的事情结果没有想象的好，归根结底，上面出发点还是好的。鸟往高处飞，人往大处看。人最怕什么？最怕钻牛角尖。

就凭这句话，凭这觉悟就知道你还当着书记。我笑着说。

铁拉阿木摇摇头又点点头，说了一句"不是"，又说了一句"是"。

那不如接着干，反正已经熟门熟路。我话音刚落，铁拉阿木连连摆手：不当了不当了，岁数不饶人。刚才也说了，没有文化，跟不上形势。李老师他们一来，有文化的年轻人多了，八九点钟的太阳温度高些，希望在他们身上。

从铁拉阿木家出来时，天边彩霞正在隐退，夜色如同千军万马，从四面合围过来。一只乌鸦振动双翅，响亮地叫了一声。霞光淡远，夜幕低垂，乌鸦在天空缓慢移动，我的目光追随着它，越过树梢，越过村庄，紧贴山脊，飞向明暗交接的天际。

第七章

家在二坪村（上）

接送山下学生，绝壁上的路，
每一步都走得惊心

曾被泪水浸润的土地

用那金色的手帕擦干

当石榴花开的时候

故乡的太阳还没有开放


——彝族诗人李阳喜《山魂》节录

2009年2月5日晚，CCTV-1，电视观众盼来了一年一度的"感动中国"颁奖晚会。

18年对人生来说，说长也长，说不长也不长。然而对一对夫妇来说，在海拔1800米悬崖上面的村寨里头当教师，这个长度，足以意味深长……主持人白岩松用极富悬念的开场白请上领奖台的这对夫妇，就是李桂林和陆建芬。

节目是上个月录制的，等到播出这天，李桂林陆建芬和两个儿子，还有儿子的外公外婆早早坐在了电视机前。

镜头拉到一泻千里的大渡河水，再摇向高耸云端的大山之巅。壁立千仞的峡谷，险象丛生的山路，充满朝气的学生，古朴宁静的彝寨……那些画面再熟悉不过了，今天在电视里，却有一种恍若隔世的陌生。

电视柜边，一束鲜花静静绽放。向日葵、满天星和康乃馨簇拥在一起，像大手牵着小手，像星星围着月亮。那是远道而来的朋友走了大路走小路专程送来，朋友说，瞧，这束花多像你们。

敬一丹同夫妇俩的现场访谈让观众一再泪奔，组委会授予二人的颁奖辞，则像镂刻在花岗岩底座的格言，每一个字都以力透纸背的分量直击人心：在最崎岖的山路上点燃知识的火把，在最寂寞的悬崖边拉起孩子们求学的小手，18年的清贫、坚守和操劳，沉淀为精神的沃土，让希望发芽。

奖杯如雪山圣洁，掌声如海潮连绵，少先队员庄严的敬礼，把亿万人的目光牵引到高山顶上。

台上的人在流泪，台下的人也在流泪。

电视机上的人在流泪，电视机前的人也在流泪。

一句话也没说，李桂林走出门来。刚在门口站定，一颗流星掠过夜空，画出一道悠长的弧线。不相信有这么巧的事，他用力眨了眨眼。没有看错，消失前一秒，流星也向他眨了眨眼。对面是二坪，流星滑落的方向也是二坪。李桂林内心一阵悸动：那颗流星不就是自己吗？从峡谷这边到峡谷那边，从兀自燃烧到被人看见。流星直至消失也没有停留、没有回头，自己过去的18年间没有回头，往后的道路，注定只会向前，一直向前，直至成为一颗流星，成为短暂的明亮与永恒的消失。消失难免让人悲伤，但是从来没有过明亮的消失，就像田坎边的牛粪、地里的土坷垃、河床上的石头，它们的碎裂、瓦解、风化，无疑是更大的悲伤……

顺着流星画出的轨道，李桂林的思绪飘了很远很远。

3组阿木以哈聪明伶俐，长得清秀可爱。三四岁时阿木以哈就经常跑到学校偷看老师上课，到了入学年龄，因为穷，他却没能上得成学。好不容易做通家长工作，第二学期，阿木以哈莫名其妙玩起"失踪"。李桂林找时间家访，看到阿木以哈时，他正提着一桶猪食咚咚咚咚迈向猪圈。阿木以哈比装满猪食的木桶高不了多少，以至于远远看着，李桂林还以为是两个顽皮孩子在打架。更让人心疼的是，阿木以哈的裤子千疮百孔，胶鞋前端也被脚趾顶出了铜钱大的窟窿，像张开了嘴哭。

看到老师出现在眼前，阿木以哈紧张得话都不知道怎么说。李桂林问他为啥这几天没到学校，他指着半敞着的门洞，要问我妈。

李桂林弯腰进屋，摸黑走了两步，一根木柱冷不丁给他的前额打了一声招呼。李桂林正龇牙咧嘴地龇龇着，屋中间飘来一个声音：就知道李老师你要来，不过这书，我家的确是读不起了。

李桂林一边揉着刚长出来的疙瘩，一边忍痛说，阿木这娃娃聪明又专心，不读书太可惜了。

阿木母亲有气无力说：李老师，不瞒你说，我最近被一场病害成了废人，我家二十多亩地要靠他爸一个人种。家里总要有个人喂猪做饭，阿木回来搭上一把手，还能省几个学费。

孩子母亲面带菜色，形容枯槁，目光涣散。李桂林刚见着阿木以哈那阵心里就隐隐作痛，听她这么一说，痛处好像被人拿手又揪了几下。直到把这句话说出来，他才感到稍微好受一些：九年制义务教育阶段不收学费，让阿木继续读书，他的书本费我来承担。娃娃还小，多认几个字，多学几句汉话，只有好处没坏处。

阿木以哈返校那天，陆建芬把李威穿过的一条裤子改小尺码套在他的身上。时隔不久，利用下山办事的机会，她又买了新胶鞋、线袜子，以"奖品"之名送给了他。

阿木子布出生7个月时母亲因病去世。日子熬不下去，父亲"上门"到了别的村，剩下阿木子布和不到3岁的姐姐同爷爷奶奶相依为命。夫妇俩没少去他家照看，姐弟俩到了学龄进了学校后，更是视若己出。刚进校时，阿木子布常常把屎尿拉在裤子里。没一次不是这样的：陆建芬给他换上干净衣裤，末了，还给他一颗核桃，或是几颗花生，直到把他哄笑哄开心。

为了木牛布哈和其他孩子一样走进学校，李桂林三顾茅庐，不厌其烦做家长工作。最后那次，离木牛布哈的家还有100多米，李桂林正盘算着如何打开缺口，两条狗朝他冲了过来。两只脚怎么也跑不过四条腿，李桂林使出浑身解数也招架不住它们的进攻，幸好木乃索拉闻声赶来，否则那天李桂林亏就吃得大了。尽管如此，他的左手无名指和左侧髋部，至今留有狗牙印。

木乃布铁哥哥姐姐上学去了，父母嫌带着个"拖斗"下地不利索，让姐姐辍学回家照管弟弟。这时候木乃布铁只有5岁，为了留住姐姐，夫妇俩降低年龄门槛，把木乃也招进学校。于是，下雨下雪的日子里，放学时间，人们常常看到，背着书包的木乃布铁被人背在背上往家里送，背着他的那个人，要么是李桂林，要么是陆建芬。

想到木乃布铁，没有一点儿过渡，李桂林想起李想。

1995年6月的一天，第五节是自习课。李桂林把李想诓睡着后，一边守着学生自习，一边批改作业。红笔写不出字了，他起身去办公室打墨水。办公室也是一家人的起居室，打好墨水，临出门，他忍不住往床上看了一眼。李想出生在1995年正月，母亲刚坐满月子，他和他的户口，被父母"迁"到了二坪。上山这一个月，想儿能吃能睡，从不乱哼哼。他这是体谅爹妈忙不赢哩，李桂林咧开了嘴笑。临转身，他眼睛的余光却被什么钩了一下。定睛看，李桂林浑身汗毛刹那间竖了起来：一条一米多长的乌梢蛇，身子在床脚绕了几圈，上身已探过床沿。从小到大，李桂林最怕蛇了，如果不是因为儿子，这会儿必定是能跑多快就跑多快。但是现在，乌梢蛇吐出的信子离儿子脸蛋不过一尺多远，李桂林不敢跑也不敢叫，脑子里一片空白。从空白里渐渐显影的是早年从老人们那儿听来的生活经验：竹竿是蛇的舅舅，用竹竿请蛇出去，它不会生你的气。门背后恰好有一根箭竹，李桂林反手将门板轻轻一拨，将竹竿抓在手中。李桂林自认为这一串动作蛇不知鬼不觉，然而门还是发出了吱的一声。四目对视，已然一场交锋。此时此刻，任何一个动作都可能让对方产生误判，使对峙陡然升级。打破僵局的是一串脚步声，班长木牛拉哈边跑边喊，李老师，阿木支铁说他肚子痛，你快去看看！喊声壮大了人的势力，蛇也识相，麻利钻进鼠洞。从那以后，李想就"入学"了。五年级教室里"蹭"一堂课，四年级教室里再"蹭"一堂课，4个月大的他抱着奶瓶趴在爸妈背上，时不时伸伸小手，蹬一下悬吊空中的小腿，嗝出一口奶，咯咯咯地笑。

再后来，李想和李威一样，上课时把爸爸妈妈叫作老师，下课后再把老师叫回爸爸妈妈。都说近水楼台先得月，然而爸爸妈妈却很少在学习上为他们开"小灶"。夫妇俩想得简单：自家儿子是学生，其他学生也是学生。父母顾不过来，放"敞马"的机会就多。学校没有体育器材，课余时间，除了摔跤、"斗鸡"和"老鹰抓小鸡"，只有跳绳。跳绳其实不是跳绳，而是"跳藤"——没有绳子，他们拿山藤代替。

2003年11月，有天放学后，李桂林依例批改作业，陆建芬照样下厨做饭。几个学生没有急着回家，留在操场"跳藤"。藤子啪啪打在地上，把兄弟俩的魂儿给勾了去。好动是娃娃的天性，轮到李想时，他刚一起跳，一个熊孩子冷不丁在他衣领上抓扯一把。如同加速的马车突然被绳子拉住，结果自然是车仰马翻。李想摔倒在地，哇哇直哭。闻声出来，见儿子哭得天都要塌的样子，陆建芬手足无措。李桂林到底镇定些，将趴在地上的儿子翻转身，战战兢兢捋起袖子，但见肘关节内侧高高凸起，像一个拇指顶在那里。

陆建芬的意见是马上带儿子下山治疗，李桂林则认为只需找"懂行"之人处理一下。李桂林大事化小是怕耽误上课，陆建芬争不过他，托人去马托请来赤脚医生。医生看完伤势得出结论，尺骨骨折，桡骨脱位。什么尺骨桡骨，夫妇俩听都没听说过，所以人家说敷过草药就没事了，他们也信以为真。一段时间后，李想的手果然不痛了，只是桡骨时不时顶起来，手掌翻转不如以往灵活，整只手也不怎么使得上力。拖到寒假，夫妇俩再不敢大意，带李想去了汉源县医院。X光片显示，错位的桡骨根本没有复位。医生告诉他们，骨头已长出骨痂，除手术别无他法。那天，回家路上，陆建芬把这句话冲李桂林说了三次：这笔良心债，一辈子还不清。

妻子的絮叨让李桂林无言以对，来自同行的白眼，更是让李桂林无地自容。李威从二坪小学毕业后一直在汉源二中念书，直到高中毕业，夫妇俩都没有参加过一次家长会。后来有一回，李威班主任碰巧同李桂林打了照面，他黑着脸问：李威读6年中学，你来看过几回？李桂林实话实说：离得实在远，实在走不开。老师酸溜溜问：生娃娃的时间都有，就没管娃娃的时间？晓得的，说你走不开；不晓得的，还以为娃娃不是亲生的……

成功者追忆往事，往往是把悠长岁月制成一杯甘露，在苦尽甘来中感念人生多姿，向奋斗得来的收获报以会心一笑。然而此刻，当18年光阴像月光下的山峦层层荡开，李桂林心中自责，亦是滔滔不绝。如果人生可以重来，自己是否还会做出当初的选择，是否还无视一个个岔路口，死心塌地往前走，一直走到现在？

他抬头看天，天不语。

他低头看河，河无言。

不知什么时候，妻子也从屋中出来，披了一身月光，同李桂林并肩而立。他的眼睛是一道门，从这道门，陆建芬毫不费力地进入了他的内心。她的眼睛也是李桂林再熟悉不过的窗户，虽然只是短暂对视，他却已洞见了她心底的波澜。

那天在访谈现场，敬一丹问起陆建芬的工资。陆建芬记得自己给出的答案，也记得自己随后补充的那一句话：已经很满足了。从60元到230元用了17年，她当然记得。230元比60元多出接近3倍，她真的满足。但她记不得回答过敬一丹自己就哭了。刚才从电视里看见自己在哭，她又哭了一次。岁月磨砺让她动容，青春不再让她感伤，这些却都不是她眼泪的源泉。如果要她给从那天流到今天的眼泪一个解释，这也许是她并不复杂的人生经历里最复杂的事情之一。有多少谎言被灯光照亮，就有多少真话被沉默覆盖。但是对自己，她不愿保持沉默。她觉得自己是对的，他也是对的。对的就要说出来——不是告诉这个世界，而是告诉这个世界上唯一的自己。是的，如果想，一家人早已不在这里。如果想，日子过成了什么光景不敢凭空去说，收入比现在高条件比现在好却是只要愿意，抬手就可摘得的"苹果"……

　　一阵风从身边经过，陆建芬打了一个哆嗦。这个季节的风肃杀而又坚硬，但是她的鼻腔中，隐隐回荡着醇厚、柔和的气味。这是脑子里的果香飘散风中了吗？那么，那些隐伏在树梢、屋顶、地角、天边的风发出的声音，是否也在讲述她和他将送上门来的"苹果"拒之门外的故事？

　　2001年春节，也是在娘家，陆建芬和弟弟陆建忠久别重逢。陆建忠通过劳务输出到海外捕鱼，通过几年打拼，定居在了西班牙。这次回家前陆建忠就盘算好了，自家两个旅馆，一个由爱人经营，另一个交姐姐打理，自己腾出手来，再去开疆拓土。年夜饭上，当陆建忠说出心中想法，姐姐冲他笑了笑，目光转向别处。母亲李泽香自信看懂了她的心思，却装糊涂说，既然答应去，也该道个谢。绕不过去了，陆建芬把话摊到桌面上，谢谢他舅舅，我也很想去，只怕走不脱。母亲一听脸就黑了下来，我又没把你卖给哪个，咋走不脱？总能不一直这样混下去，一辈子不干正经事。陆建芬脸上的笑被这句话抹得精光，她冲母亲说，我哪是去耍，教书还不是正事？母亲的话说得也太直了点：是不是正事先不说，我只问你，一年到头，你领了几个工资？

陆建芬像是喝红了脸，伸向酥肉的筷子停在半道，像一个人迷了路。母亲的话却还没说完：你不想好（方言，不上进之意），翅膀硬了我管不着。但威儿想儿呢？他们那么小，我得替他们说句公道话。眼下麻麻扎扎（方言，勉强、凑合之意）过得去，以后呢？他们以后读书要不要钱？成家娶媳妇花不花钱？

母亲的话说得太过绵密，陆建忠几次想从她的诘问中把姐姐解放出来都没找着机会。好在是陆兴全把酒杯杵在桌子上，截断了老伴的话：钱钱钱，只晓得钱！那么喜欢钱，你当初找不到有钱的也该找个姓钱的！

遇上个顾头不顾尾的人，又遇上你这么个心比石头硬的爹，我要是再不心疼……李泽香喉咙堵得说不下去了。

热热闹闹的年夜饭搞得没了气氛，陆建忠自觉错在自己，话语里满是自责：也怪我没和姐姐提前打商量。

听他这么说，母亲扭头问：亲兄弟明算账，你打算每月给她多少钱？

四百，欧元。陆建忠四个字分成两截说，头一截声音就小，后头就更小了。

母亲声音起点就高，而且升得很快：听见没？四百，欧元！

目光从陆建忠那里移过来，母亲问陆建芬，你现在每个月拿多少？

陆建芬嘴皮动了两下，却没有声音发出。自己每个月到手120元，母亲明知故问。

你的意见呢？岳父端着酒杯的手伸向李桂林。李桂林把酒杯迎上去，我听她的。她说去我不拦，她不去我不劝。

以后再说吧！说这句话，陆建芬没有抬头。

陆建忠再也忍不住了。盯着陌生人一样的姐姐，他把憋了许久的话一股脑儿吐出来：你去二坪至今已经十年整。人这一生有几个十年，能够活得精精神神的十年又有几个？要说讲风格，那么高的地方那么低的待遇干得憨展劲（方言，投入、卖力之意），风格已不是一般高。要说讲奉献，奉献十年青春还要怎样，难道真要献了青春献子孙？

陆建芬还是那句话，还是没抬头：以后再说吧！

陆建忠再次返乡已是三年之后。回家第二天，陆建忠只身来到二坪。他进屋时姐姐姐夫和两个外甥正吃饭，一张小木桌上摆着一盘土豆炒腊肉、一碟豆瓣、一钵酸菜汤。陆建忠的心酸得像是整个泡在汤里：你们就吃这个？

李桂林搓着手，笑得很难看：你姐姐跟着我，娃娃跟着我们，确实没少吃苦……

陆建芬白了李桂林一眼，不晓得的，还以为你开着小灶。话说回来，有米有肉，有菜有汤，还要怎样？！

陆建忠道出此行目的：一是看看你们，二来有个事情商量。我的摊子比以前又大了点儿，一个好汉三个帮，上次考虑不周，只想到姐姐过去，这次算负荆请罪，请姐姐姐夫全家一起给我扎起（方言，支持之意）。

弟弟口上说需要他们帮忙，心里却想的是帮他们一把。弟弟的心和意，让陆建芬想起手足情深这个成语来了。就是冲这个成语她也可以放放心心把心里话都掏出来：知道你是一片好心，只可惜这次你还是要白跑一趟。我们要是走了，一家人有了转机，但是一个村、两个班、几十个人，还有以后更多的娃娃，他们的希望又在哪里？

不光对姐姐"顽固不化"早有准备，连如何转化她陆建忠也早有一席话在嘴边等着：你们在这里很重要，在我那里同样重要。你们难道真的没想过，一辈子待在这上不沾天下不挨地的山旮旯儿，到底值不值得、有无意义？

想也没想，陆建芬说：当然值得了，当然有意义！如果我们不吃这个苦，二坪的娃娃就要吃更多的苦。

　　陆建芬说到这里，李桂林不再只是充当看客。他对小舅哥说，人生的价值和意义，要看怎么理解。田坪村、布依村甚至汉源那边的汉族娃娃舍近求远来二坪上学，说明这个学校像那么回事，说明这两个老师不是"白火石"。被人需要，被人瞧得起，汗没有白流，夜没有白熬，这就是价值，这就是意义。

　　陆建忠还是想不明白：老乡对你们好，无非给你们几块腊肉、几斤洋芋。你

课余，李桂林陆建芬打理校园地

们和我一起干，年收入不下十万。书都教得下来，这笔账你们还算不清楚？

　　火塘渐渐暗了下来，陆建芬弯腰将两根柴棍添了进去。当眼前光明重现，她缓缓直起身子：他舅，我也算笔账给你听。这些年我们招了149名学生。每个学生都一万分重要，这样算，我们也是有一百多万的人了。你说的"万"字和我说的虽然不是一个含义，但是人和钱，你说哪个重要？换个角度，如果当年没机会上学，你是不是能有今天？谁又敢说这些娃娃以后不能走出大山，不能有所作为？你在给我们机会，这我知道。可是，他们也需要机会，他们也需要理解。我们把户口迁上山来，就是把这里当成家了，就是不把他们当外人了。一家人哪还存在吃不吃亏，如果怕吃亏，你也不会这么远跑过来，冤枉说这些话……

现在，弟弟那里的天该快亮了。如果听他的，跟他走，悬在头顶的天也快亮了。白天当然是好的，晚上其实也是好的。陆建芬想，这可能是一种习惯，那么多年了，备课、改作业、做家务都在夜里；也可能是因为自己喜欢夜的万籁俱寂、宽广无边。是的，夜色多么好，夜晚多迷人，所有喧嚣的尘埃悄然落定，所有夸张的事物黯然离场，生活呈现出逼近本质的简单和新鲜。

风把树枝树叶吹得簌簌有声，陆建芬却并不觉得冷。

李桂林也一样。那些激荡内心的往事，那些澎湃在往事里的信念，寒风中愈显温暖。

他们并肩而立，久久望着远方。

远方有二坪，有他们的家。

有他们的过去。

有二坪与他们共同的未来。


家在二坪，二坪是家。除开传道授业解惑，陆建芬的时间都用在了孩子和家务上，而李桂林，父老乡亲的忧和愁、梦和盼，他从来做不到置之度外。

哑巴阿木尔布和村民木乃索拉眼看着就要大打出手，李桂林风驰电掣跑过去，立在了砍刀和锄头之间。阿木尔布嫌木乃索拉所栽之树离田坎太近，二话不说砍倒在地。木乃索拉火气也大，拿锄头将田坎另侧阿木尔布家的放倒了两棵。一个自恃哑巴一个，一个仗着岁数一把，双方都吞不下那口气。弄清原委，李桂林把他俩请进学校，一人斟上一碗酒，讲了理讲法，讲了法说情，直到把他们说得高高兴兴。

"灭火"奋不顾身，"排雷"他也毫不犹豫。整修校园时，村民背运的沙子水泥有些日子由铁拉阿木负责记录。那天见他笔记本封面的牛皮纸上糊了稀泥，李桂林多了一句嘴，问他怎么回事。铁拉阿木说，头一天，木乃布哈、机几克达、木牛劳以三兄弟为争遗产大打出手，他上前去拉，本子掉到地上，还被踩了几脚。三兄弟都是油盐不进，按下的瓢迟早还要浮上来，铁拉阿木道出心中隐忧。李桂林当下就说，他们都要背沙子来，每来一个，你都让他找我。房子是个空架架，知道你们是穷心慌了，但人穷志不能短，自己动手盖新房，再窄住着都舒坦。三兄弟中任一个来，李桂林开口都是这句话。第二句，爹不在了妈还在。真想要这房子，我来出个主意。对母亲孝顺一点、耐烦一点，有一天她要不在了，房子给谁，还不是她说了算。第三句，木基叶子还记得吧？我给你们普个法：一物还一物，一命填一命！经他点拨，三兄弟真还把争夺房子的心思，用在了比赛谁对妈好。

3组阿木子提病重不起，请了毕摩做法事。法事进入尾声，有人说起吉吉尔子。吉吉尔子四十好几还没成家，话落在他的身上并不奇怪。奇怪的是那人说了一句话，天寒地冻的，他可怎么活。

李桂林正好在现场，正好听到了。刨根问底，他弄清了来龙去脉。

讨不到媳妇就够糟心了，偏偏还有人看笑话。吉吉尔子去三坪放羊的路上，无意间听到有人嚼他舌根。是同住3组的两妯娌，一边砍苞谷秆，一边把龙门阵摆得忘乎所以。忘乎所以是因为话说到了兴头上，否则也不至于吉吉尔子隔空大吼她们才住了嘴。火把灭了，吉吉尔子这堆柴却已被点燃。两妯娌不赔礼道歉也就罢了，嘴里的话还一句比一句难听，连断子绝孙这样的话都放出来了。既然都要断了香火，不如同归于尽！吉吉尔子吼出这句话就返身往寨子里跑。震耳欲聋一声炮响从吉吉尔子家传了出来，他从哪儿弄来的雷管炸药，他的脑子是进了水还是被骡马踢了，人们的议论还没展开，他又抱着雷管炸药到了两妯娌屋檐下。附近村民闻讯而至，安好引信的雷管这一次才没被引爆。吉吉尔子躲到三坪后面老林里，靠年过七旬的母亲布洛日偷偷送去一点吃食，天荆地棘地活着。这一送就是八个多月，眼看就要立冬，难怪人们担心，一场雪下来，布洛日的饭送给谁吃？

这是发生在清明节的事情，夫妇俩当时回了汉源，一点儿没有听说。吉吉尔子在老林里不人不鬼地过了大半年，李桂林心里说不出的难受。经过一番询问，了解到吉吉尔子不敢回来是因为警察说过，私藏炸药不是小事，迟早要将他捉拿归案。李桂林认识带队办案的解的木呷，他想替吉吉尔子求情。一想到他管闲事管出种种麻烦，陆建芬泼起冷水：车到山前必有路，吉吉尔子长着脚，过不下去了自然晓得回来。

将手向火塘靠了靠，李桂林说，人家说你们女人头发长见识短，就是你这样的人让别个跟着背了黑锅。你想想，3组没有簸箕大，连只猫猫狗狗都藏不下，还能藏得了一个大活人？吉吉尔子回来，警察要抓他走，兔子逼急要咬人，木基叶子干得出来的事，哪个敢保证他干不出来？就算他皈依服法（方言，驯服、顺从之意）戴了手铐，他的老妈怎么活？娃娃被哪个害进班房，我就吊死到哪个家，你觉得她这句话只是说说而已？真要这样，等吉吉尔子从"黑屋子"（当地人称监狱为黑屋子）出来，要摆多大的烂摊子？

沾热心人赠送的小功率发电机的光，李桂林已用上手提电话。对着电话，李桂林原原本本讲过事情始末后说，吉吉尔子虽然千不该万不该，好在没造成重大后果。解的木呷说，李老师做工作让他出来跟我们走，关上半年就放人。李桂林急了，他虽口出狂言，到底说说而已。把他丢进去了，哪个管他70多岁的老娘？解的木呷说，私藏炸药不是等闲之事，要是放虎归山，必定后患无穷。李桂林从他的话里看到机会：如果他手上一两炸药都不留，一颗雷管都不剩，是不是就可以既往不咎？

经过请示，解的木呷问李桂林敢不敢给吉吉尔子做担保。李桂林顿也不打地说，当然没问题。那小子火气虽大，实际上胆小如鼠。我估计他手上的火药全都用在了吓唬人。为啥我说他是吓唬人？你想想，真想同归于尽，他就不会只炸掉自家一个窗户——他家修的是瓦房，又不是碉堡！

这边说得差不多了，李桂林找到布洛日，叫他回来吧，只要不再惹事，这个坎就过了。老人眼睛像灯泡亮了一下就闪（方言，熄灭之意）了，李老师不会骗我。我家娃娃没犯法，就算冻死在了外面，也比进"黑屋子"强。李桂林理解老人顾虑，因此格外耐心：你看这天寒地冻的，吉吉尔子多遭罪。要是永远不回来，野兽一样困在深山野岭，你也不忍心。布洛日还是摇头，一直摇头，泪珠掉个不停。李桂林咚咚咚拍了胸口：你老人家和我妈岁数不相上下，你就当我是你的娃。谁要把吉吉尔子抓走，我就跟着他们一起走！

那天晚上，布洛日从门洞探进来半个身子。李桂林起身给她让座，陆建芬笑着请她进屋。下一秒，夫妇俩惊得脸发白，李想则惊风活扯叫声"妈"，躲到母亲身后。布洛日身后跟着一只黑猩猩，就算吃过三只豹子胆的人见了也难免大惊失色。当然不是真的猩猩，是成了"野人"的吉吉尔子给人的第一印象。

得了小病，村里人不会去医院——语言不通，学校有不要钱的常备药，人人又都有一身"扛"的本事。实在"扛"不下去，医院还是得进。进了又嫌费用高，尤其住院，床要钱，打针输液要钱，陪护的人吃饭要钱。于是有人找医生，药开给我，我要回家。别说医生听不懂，就算听懂也不敢马虎放人。他们就哭，就闹，就把除了破洞一无所有的裤包内瓤翻出来讲"道理"。机几日和陪护他的侄儿木基巴叶就是这样拿着一包针针线线、瓶瓶罐罐回到二坪。听说要请他帮忙输液，李桂林也是傻了眼。他曾麻着胆子给陆建芬打过针，但打针毕竟简单许多。见李桂林不答应，机几日垂头丧气：李老师，你不给我弄，我就把药丢了，把命丢了。机几日情绪还有所节制，他的老伴，头发凌乱如苞谷秸垛、头上好像随时顶着一场大雪的女人的哭声则像空中盘旋的老鹰，高也高得眩晕，矮也矮得惊魂，让人的心也像有绳子牵扯着般地疼。心一疼就会变软，心一软，李桂林就和陆建芬打起商量：我们给人家输液，不仅不合适，而且不合法。但是，这些针药来之不易，如果扔了，病人生的希望就成了泡影。见陆建芬没有反对，李桂林接着又说，反正针也不是刀，在手背上扎一下死不了人。陆建芬前段时间正好陪父亲输过液，李桂林这么自信，她也受了感染。将煤油灯加到两盏，夫妇俩搞起"合作医疗"，硬是将生机输入了机几日体内。

……

在李桂林口中，这些都不过是"举手之劳"。他要这么说也没人反对，村民眼里的他本就不是一般人。马可以跑在风的前面，松鼠的身高可以压过树梢，看起来奇怪，但是一点儿都不奇怪。

但村里人还是吃惊得不得了，因为李桂林做的这一件事。

为啥是他？

他是为啥？


从李桂林初次进村的1990年秋天到15年后的又一个秋天，除了人和二坪小学的容貌，时间不曾为这座悬崖上的村庄做过众目具瞻的修改。路还是一道道天梯、一截截羊肠，电灯还是传说中的存在、不可思议的"神灯"，村民们吃的水，仍是来自几百年前祖先的经验：雨天用钵钵罐罐留住屋檐水，雪天将扫拢的雪、敲下的冰在火上化开，其他时候，将靠近或远离村庄的泉水用背或抬的办法取回家。山穷，水也跟着恶，山泉水常常细若游丝，也有水量稍大些的，偏偏躲着村庄。再远也要喝水呀，这是人的心思，也是敞放在外的牲畜的想法。于是水池边总是布满动物蹄印，牛的、羊的、骡子的……一个水池一不小心就成了半个粪坑。澄清后的水质还可以将就，遇上下雨，污泥浊水一搅和，取回的水不比黄河里的清。偏是喝上浑水的日子，村民们跟过年一样高兴，因为这时候就不用排队背水了。排队意味着要早起，早到鸡才叫过三遍，伸手不见五指。否则，多打个盹的工夫，池子还在，水已不知去向。正因如此，二坪人用水都是眼药般的金贵，洗完菜洗脸，洗完脸却舍不得洗脚，因为煮猪食的大锅正虎视眈眈盯着水盆。

学校师生和孤寡老人机几子、阿衣支且家饮用水，由李桂林每天从一道名为"价我阿麻"的断崖下背回。时间长了，对于价我阿麻，李桂林又爱又恨。爱的是，这是离2组最近的水源，饮水思源，日久生情。恨的理由却更充分，下雨天，粘在鞋底的稀泥有两斤重；冬季，水塘被冰凌包围，摔得人仰水翻是常有的事。几乎每一次，背水上山的路上，李桂林都在想，会不会有朝一日，二坪人不再"闻鸡取水"。而这"有朝一日"，究竟会是今生还是来世？

为了这一天早点到来，李桂林不仅想，也在做着努力。既是乡人大代表，又是村支部党员中的一个，他没少给乡上、村上提建议出主意。自从学校建起来，他说得最多的就是水了。电和路他当然也想，但那不是村上乡上，甚至也不是县上解决得了，李桂林明白，说了等于没说的都是废话，都是浪费口水。然而缺水盼水的历史若是轻易就能改写得了，也不至于等到今天。第一道难关是水源难找。山就是石头，石头就是山，在这样的地方找水源，无异于在沙漠中寻绿洲。资金也是大问题。村上没有一分钱，他向乡长打报告，乡长说，连我也是寅吃卯

曾经没有水的二坪村，连洗头也显得奢侈

粮，向县财政要两千块，墨水都要写干几大管。他一次次提同一件事，人家一次次说同一句话。自筹资金，乡上支过的招李桂林也曾想过。然而这句话他没敢说出口。盐巴还要省着吃，在二坪，这句话有些夸张，但不是太过夸张。他们不是节约，是不得已，无奈何。节约是有，但不能铺张，得省着用。二坪人手上没有一分闲钱，拿什么省。李桂林的口就是被脑子里的念头封住的：村里人已如此穷困，再向他们伸手，怎么开得了口？

李桂林家访时被狗追咬，这是一个意外，也是另一个意外的开始。所拉阿麻到三坪为李桂林采药疗伤，回来时告诉他，就在2组正上方悬崖边，他发现了拇指粗一股浸水（当地人把从地底冒出的水叫浸水）。所拉阿麻激动得语无伦次，李桂林完全能够理解。村民取水的地方，离得稍近的都在低处，没办法引到家中。高处的水源也有，却一处比一处远，用水管牵引回来，和拿着竹竿戳月亮一样，都是不现实的事。所拉阿麻发现的浸水和二坪落差只有100多米，1000米的竹竿不敢想，100多米的想想又有什么不可以？仿佛迟一日那股水就会干涸或者躲到别处，伤还没好断根，李桂林约上所拉阿麻去了一趟三坪。果然，一眼清冽的泉水正从一个鱼嘴形石孔中汩汩涌出。这片紧挨悬崖又远离森林的石漠化山地，因为没有大树可以砍伐也没有草药可供挖掘，村民们只为生计奔走的脚步，似乎从来无缘靠近。将手中棍子一扔，迫不及待弓下身子，李桂林长长地喝了一气水，或者说久久地亲吻着身下的土地。水是真清，清得他的身子骨都跟着变得透明；水是真甜，甜得他的每一个毛孔似乎都在眉开眼笑。更重要的是敞开了肚皮喝，这水他怎么也喝不完，而且，紧接着，他们又在不远处发现了四股筷子粗的涌泉！

泉水从地底下不为人知的地方流出来，又顺着看不见的缝隙回到了大地深处。这和树上的果子红了不采、地里的荞麦熟了不收，而守在树下和地边的人饿得眼冒金星还不是一回事吗？也许是刚入腹中的泉水膨胀了他的野心，又也许是从若有所思的李桂林深邃的眼神间窥见了契机，所拉阿麻壮着胆子问李桂林，你说我们能不能把水接回家去？

把目光投向村庄，再一点点收回眼前，李桂林对所拉阿麻也是对自己说：岩壁陡峭，施工困难，而且从这里到2组，弯弯绕绕走下来，需要几百米管子。至于1组和3组，大约是2组的距离的3至5倍。每寸水管都要拿钱买，但你知道，找乡上要钱比要奶吃还难。

自己吃水，自己凑钱！要不然，李老师，劳烦你来牵这个头？你人缘好威望高，只要站出来吼一声，这些水肯定要老老实实流到每一户。说到这里，所拉阿麻声音低了下来，只是，你是老师，学校的事就够你忙了……

我也不是神仙，我家也要吃水，怎么说得上劳烦？才刚宽慰过所拉阿麻，李桂林又暴露了内心忐忑：卖核桃，卖蜂蜜，卖花豆，老乡们好不容易腾出几个零钱，也就为了打几斤酒来喝。凑钱买水管，相当于要大家交出酒瓶子。

反正我愿意。我愿意，或许他们也愿意！所拉阿麻说这句话时无比激动。

那就试试！李桂林也感到奇怪，他为这句话备下的问号，鬼使神差地变成了叹号。

"问卷调查题"先发到2组。问：从三坪把水引到一家一户，主管要200多米，次管要200多米。建水池加买水管，每户集资100元，专款专用，多退少补，这个钱愿不愿出？ 14户人答案整齐划一：愿意！

"问卷调查题"发到1组、3组，收回的答案也很整齐：要是和2组一样只要100元，就是把裤包抠出洞来也要干。但离得远花费大，把天抠出洞，也抠不出这笔开支。

天底下有心无力的事情还少了吗？李桂林知道1组、3组村民说的都是实在话，他也知道，2组至少有三四户，填补这突然裂开的缺口，还得抠破头皮。能考90分的学生自然都想冲100分，但只有50分的基础，定下100分的目标则或许于成长无益，还会伤害自尊。明白这一点，对于1组、3组，李桂林就有了态度。让他迟疑的是2组。点燃一塘火再拿水把它浇灭，他于心不忍。但围坐火塘边的人们身上的暖意，势必让遗散角落的身影更加觉出清冷——同在一个村子里，有的捧着水喝，有的看着别人捧着水喝，他总觉这样不对。觉出不对以后，他又觉得这样的想法也不对：既然三个人里有一个可以不挨渴，为什么非要陪着另两个受罪？李桂林被心里的纠结推来搡去睡不着觉的这个夜里，一句话不知怎么就闯进了他的脑海：让一部分人先富起来，最终达到共同富裕。他眼睛里发出的光把屋顶照得都要有太阳下的窗玻璃亮了：有水喝也是"富"的一种，小平同志都说可以，为什么不干？！

老乡们牙缝里省出来的钱，可以节约一分，绝不能浪费半厘。为了找到最短路线，李桂林和木基巴叶、木基劳九、呷呷尔日几个青壮年带着砍刀和绳子，在悬崖绝壁间现场踏勘。那天，他们从学校后方正面强攻，借助绝壁上一个个深坑浅槽，在一根长绳和生长在崖壁缝隙的草木配合下，一步步攀向三坪。眼看胜利在望，李桂林不免有些得意。没有外人，他的得意在话里就没打折扣：鲁迅先生说，其实地上本没有路，走的人多了，也便成了路。看来先生眼光真是看得远，从绍兴看到了二坪，从民国年间看到了七月十五。说出七月十五，是他觉得这天有着不一样的意义，想要记住这个日子。呷呷尔日也是豪气干云：飞檐走壁的功夫，原来我们也有，只是就像那几眼泉水，以前没发现！几个人的哈哈声没飘出多远就被一道硬岩给切断了。迂回向上，要跨过一道六七十厘米宽的石缝。这边没有助跑空间，石缝那边也只有弹丸之地可供落脚。用力跳跃的同时，左手伸向石缝中的青冈树，右脚顺势落地稳住重心，第一个跳过去的呷呷尔日为后面几个人壮了胆也做了示范。李桂林最后一个过去，起跳、抓树、落地，几个动作一气呵成。由于前方有人，担心把谁撞到岩下，他用在脚下的力量就欠了些。这一来脚后跟悬了空，他的身子接连晃荡几下。好在木基巴叶一把抓住他的手臂，木基劳九也从木基巴叶腋窝下伸手揪住了他的衣领……

在二坪，没有人说得清他们的祖先来到这里到底有多少年。二百年、三百年、四百年的说法都有，都是长辈们说的，而长辈们的说法，同样来自他们的长辈。为此，他们有时也会站在长辈的立场争论一番。在李桂林他们确定引水路线20多天后，当白花花的自来水顺着水管流到2组，14户人的看法却高度统一：水不是背回来、抬回来的，是自己长了脚"走"回来的，而且"自己回来"的水里没有枯枝败叶，没有牛屎羊尿，没有泥土沙子，没有颜色和气味，这是二坪几百年来最大、最不可思议、最看得见人和人不同的变化。就连68岁的木呷举打明明有些过头，从大处说已经过了时，从小处讲并不怎么吉利的一句话，全村几百号人，除了李桂林和陆建芬，也没有一个站出来挑出里面的毛病。木呷举打是这么说的：李老师是毛主席和共产党派过来解救我们的。今天喝了这口水，就是明天死了也值得了！

二坪村1组、3组的人羡慕2组的人有自来水喝，但没有和他们一样自掏腰包集资引水，是因为实力背叛了愿望。水管接通，另两个组的人看热闹，来时两眼放光，走时黯然神伤，李桂林看得明白透彻。这也是他没有趁热打铁的原因，而他最初的计划里，等2组把水接通，他要再试一试，看另两个组思想工作能否做通。

"正事"毕竟是教书。2组以外的人有没有水喝这档事，很快就被一张张娃娃脸、一堆堆作业本从眼前挤进余光，再到余光里也挤进了娃娃脸、作业本。再次想起这件事来已是两年以后，起因却是3组所日木乃和木乃沙加为一头牛大打出手。架是为牛而打，源头却在水上。所日木乃家以前背水要走两三里地，后来脑子一转，不出200米，他家有了水吃。水是从悬崖上滴落下来的，断断续续，丝丝缕缕，落到地上，翻个身打个滚，有的碎了散了消失了，有的则从地上跳起，跌向下一道悬崖。所日木乃想，喜鹊做了窝就有了家，要是给高处滴落的水也做个窝，它们不是也有家了吗？这一想，所日木乃浑身的血滚烫如刚出炉的铁水。拿着一根钢钎，他在坚硬的花岗岩上，像啄木鸟开凿树洞那样，从早到晚，一敲一击，为流离失所的过路水建房造屋。五六天后，所日木乃凿出来一个盆子大的池子。池子不大，上边滴下来的水也不多，一点一滴累积起来，一天能取一桶。接下来，他请木匠做了门，到乌斯河买了锁。这一凼水，这一块地方，从此就是所日木乃家的了，门和锁一拍即合。村里人对此也没有二话，本来嘛，山上的野菜和草药，谁挖到是谁的，这道水不过是曾经到处乱跑，后来被所日木乃拿绳子捆住了腿脚的野菜草药。问题出在所日木乃女儿阿呷扎牛。两口子下地，把锁住水池的木门钥匙交给留守家中的阿呷扎牛。阿呷取了水忘了锁门，偏是那么巧，一头黄牛晃晃悠悠到了门前，挤进半个身子，将积起不过二指深的水喝了个底朝天。这时候，这头黄牛犯了一个就连人也常常会犯的毛病，得意忘形。忘了头上是千尺危岩，身后是万丈绝壁，牛失后蹄，掉下悬崖。眼见自家唯一的牛，也是最大一笔资产化为乌有，木乃沙加找到所日木乃，说既然在你的地盘上出的事，必须赔我一头牛。所日木乃拿不出一头牛，但拿得出自以为比一头牛块头大的理：你的牛又不是我牵过去的，关我什么事？木乃沙加说你不挖那个坑我家牛就不会去。所日木乃将他的棍子戳他的眼睛：照你这么说，你要是不喂这头牛，什么事都没有！

所日木乃和木乃沙加找李桂林评理。纠纷倒是解决好了，说服别人一向都不成问题的李桂林，这一次却怎么也无法和自己达成和解。原来没水喝的2组有了水喝，原来没水喝的1组、3组仍然望穿秋水，制造出这个区别来的是自己，这两个人被一头牛逼得大打出手，责任也就在自己。更重要的是，他在2组，他有水喝。他痛痛快快喝水，近在咫尺的乡亲们，低头不见抬头见、有稀罕东西从来都要给他分一份的乡亲里的大多数，却只有眼巴巴望着。李桂林没法原谅和放过自己。他憎恶自己喉咙太粗了，也诅咒自己心胸太小了。这一切必须得到改变，而他却无力改变这一切。他喝水，水不甜了。他吃饭，饭不香了。他躺到床上，平常眼睛一闭一睁天就亮了，如今，夜晚像一个面团，被看不见的手越揉越软越拉越长。

"均贫富"终于有了机会。2007年3月中旬，在央视《中华民族》栏目看到李桂林陆建芬的故事，成都、重庆十数位网友相约来到二坪。那天晚上，大家围着火塘聊啊聊，从夫妇俩十几年里的工作和生活，聊到二坪小学的过去和现在，还有李桂林一家和二坪小学的打算与前景。再聊下去天就亮了，这时候，网友当中说话最少，身着蓝色抓绒冲锋衣的中年男子对着李桂林抛出一个问题：学校还有什么困难，说出来，我们也尽一份心。"冲锋衣"每次张口同行者无不静心聆听，他这一说，同行者也都同声附和：是啊是啊，相识是缘，千万不要客气。

大家非亲非故，却不顾艰险来二坪，大包小包背来生活物资、学习用品，再给大家添麻烦就太没道理了。李桂林道出肺腑之言。陆建芬则说，教室脱胎换骨，操场翻天覆地，学校最大的困难已经克服，大家可以放心，不必费心。

夫妇俩语气越诚恳，网友们态度越坚决。话的路数和风格各有不同，网友的中心思想却只有一个：虽然我们多数是工薪阶层，有的还是在校学生，能力微乎其微，但我们心是热的、心意是真的。"冲锋衣"用上了激将法：你们可以十几年如一日为二坪村奉献，为孩子们操心，我们口水都要说干了，你们却连表个心意的机会都不给，是不是自私了点？！

李桂林没有中计，但"冲锋衣"的话歪打正着，让他的心口处涌起中枪饮弹的痛感。"口水"的"水"犹如投枪，"自私"一词恰是匕首，歪打正着地击中了李桂林平日里被草草封存，但一有风吹雨打，便难以安之若素的心病。关于水，虽是打的比方，自己到底鹦鹉学舌般说过那句话：让一部分人先富起来，最终达到共同富裕。一晃两年过去了，包括自己在内的一部分人是"喝"得有滋有味、"富"得无忧无虑了，但大部分的村民还在等水盼水，还在喝脏水臭水，这不是自私是什么。李桂林无法原谅自己的自私，本心里，他也不愿纵容自己的自私。因而，接过"冲锋衣"的话茬，李桂林讲起那段与水有关的故事。故事讲完，他心中的不安却晃动得更加凶猛。是的，有必要给他们讲这些吗？亮出伤口，也许可以在别人的同情里寻得短暂安慰，然而，除了带给人隔着皮肉的疼痛，带给人不屑或是不适，伤口并不会因此痊愈，痛感也不会因此消减。这和折叠床一样，打开之后，变大的只是空间，重量却并无改变。这不也是一种自私吗？这不是更大的自私吗？他后悔得想打自己一个嘴巴。李桂林管住了自己的手，却没有管住为自己的自私，也是为那些至今没有干净水喝的村民发出的叹息。

包裹在这声叹息里的无奈与自责，"冲锋衣"和伙伴们听出来了。这次是一个系着草黄色围巾、戴银色无框眼镜的姑娘与他对话：学校师生有水喝，你的责任就尽到了。你是老师，不是干部，老百姓有没有水喝和你没有关系。

此前已有人做过介绍，她是即将毕业的师范院校学生。回答未来的同行，李桂林没有站在讲台上的那种庄严，而是用了推心置腹的语气：你说的也对，前提是我不在这里，或者我也没有水喝。然而，我在这里，我有水喝，我还是一个人大代表、共产党员。人大代表要为群众发声，共产党员要吃苦在前享受在后。现在情况打了颠倒，说一套做一套，真要心安理得，除非良心不要了，脸也不要了。再者说，就算有茧裹着有壳装着，人心再硬，终归都是半斤肉。真要到了刀枪不入的程度，那个心已经死了。人还活着心先死了，这样活着，还不是天天在演恐怖片？

一眼不眨听完李桂林的话，女大学生欲言又止。"冲锋衣"没有说话，其他人也都没有说话。李桂林意识到自己话说得太多了些，而且像作文写跑了题。能看出他脸上红色加深的大概只有陆建芬了，她却也没有多说，只是欠欠身子：天亮后你们还要赶路，早点儿休息吧！

大约过了一个星期，网友们拼凑的4700元捐款寄到了乌斯河邮政所。离开学校时，"冲锋衣"一行说过回去要想想办法，为二坪村老百姓在吃水上实现"共同富裕"助一臂之力。他们这么说，李桂林和陆建芬一开始是过意不去，到后来则并未当真。过意不去是真的，因为他们也都是普通百姓，真要人家一再破费，于心不忍。没当真也是真的——客套话谁不会说两句呢？因此，拿着汇款单，李桂林心里百感交集。他曾听人说过，大城市里，有的人碰几下酒杯就能碰没一个万元户。在二坪这个数字却不小了，真的不小。陆建芬一个月工资还只有230元呢，4700元，接近于她在讲台上站两年。然而要把水管接到1组和3组，接到每家每户，这笔钱只是零头。薄薄的汇款单像是千斤巨石，压得李桂林一连几个晚上睡不好觉。知道你家缺衣少穿，人家送来一块布。送来的布做袖子有余，做衣服不足，拿在手上烫手，回还人家伤心——遍体鳞伤都有办法收拾，偏是人心，世间没一味药可以治愈。

是陆建芬让急火攻心的李桂林心清眼明。吃完饭收拾好就该改作业了，从躺在桌上的汇款单附言处，陆建芬瞥见一行字：有心无力，表个心意。细流不拒，江海不远。

这眼睛是长在旋（方言，毛旋、发旋之意）上了！陆建芬拍拍脑袋，喊出来这么一句，接着便对站在门口发呆的李桂林说，人家都给你想好了办法：慢慢凑钱，凑够再说！

李桂林脸色更难看了：这可不比蛋生鸡鸡生蛋，慢是慢点，到底有个想头。这一等一凑，说不定就到了退休。我们等得起，老乡们等得起？这些好心人等得起？

陆建芬没了话说，李桂林却突然有了主意：孩子他舅舅不是一心要帮我们吗？要不然，找他做一个"国际项目"！

李桂林一点儿没拿自己当外人，真到了张口的时候，却把陆建芬一个劲往前推。岳父生日正赶上周末，夫妻双双把家还。越洋电话打过来了，父亲没说几句话，陆建芬抢过话筒。听说要找他借钱帮村民解决饮水问题，陆建忠表情有多复杂，隔着万水千山陆建芬也能看到：你们那点工资，还，拿什么还？！说吧，要"借"多少？

听到陆建芬接下来的话，陆建忠只怕是肠子都悔青了——陆建芬要"借"的不是三千也不是五千，而是整整五万元！话筒里一时无比安静，比风歇了脚还安静，比鸟飞走了还安静。陆建忠终于说话了：想怎么帮你们一下也还一直没有机会。不到非说不可你肯定不会开口，既然如此，好容易有个机会，我又怎能错过！

一家四口又上山了。被两包盐巴压在背篼底部的5扎现金，是陆兴全代儿子"预支"。从岳父手上接过钱时，李桂林两手微微发抖。潮湿了他的眼睛的却是岳父一句话。印象中岳父很少庄重严肃、有板有眼地和他说过话，但是这一次，他感觉到了，岳父的语气，不像是亲人之间、翁婿之间的感觉，而是上级与下级之间、导师与后学之间的感觉：我想不到的事你想到了，说明你不是"冒皮皮"（方言，冒牌货之意）的党员，而是真资格的党员。

2007年5月1日，李桂林亲自指挥，二坪村1组、3组饮水工程同时启动。仅仅用了16天，明灿灿的笑容，像正午时分落在瓦片上的阳光，生动了刚刚喝上自来水的300多个村民的脸。

砌完7个水池，李桂林组织村民用剩余水泥在阿普洛朵沟上修了一座便桥。再从这里经过时，大人不用再担心打湿脚，小孩子被水冲走的危险也不复存在。饮水思源，抚今追昔，阿木呷子等人决定在桥这头刻上"吃水不忘李桂林"，另一头刻上"过桥想着李桂林"。他们正要动手，李桂林闻讯赶到。曾经的老师"赶"走他们的那一段话，阿木呷子过了很多年还记得起来：我们是拉水管不是拉关系，是修桥不是立碑。如果我们是为了这个，那不是修桥，那是"羞先人"！

故事到这里还没有结束。1组、3组村民一分钱没花喝上了自来水，2组却每家每户都掏了腰包。李桂林心里的"公平秤"仍然倾斜着，只是相对之前，高低两端彼此交换了位置。2009年3月，又一批网友来到二坪，临走时偷偷留下一封信、一沓钱。信中除了表达感动和敬意，还帮夫妇俩给这笔钱规划了用处：给灰暗的日子一抹光亮，尤其别只顾着学生，忘了自家孩子——自家孩子也是学生，也是孩子。拿着这笔钱，李桂林和陆建芬挨门逐户走完2组14户人，将他们5年前各自掏出的100元一分不少"还"了回去……

第八章　家在二坪村（下）

"能来共醉西风否，木落千山夕照明。"

我们没有

面对冲动的世界摆起否定的手势

只想跐蹰母语的山野

发现生存的理由

——彝族诗人鲁弘阿立《骨头》节录

短暂又漫长的寒假结束了。李威留在汉源读初中，李桂林陆建芬带着李想踏上归程，回二坪的家。上山已是日暮时分，李想把快散架的身子直接摊放床上。陆建芬卸下背篼里的油盐酱醋，起身往厨房里走。整个假期，200来斤洋芋种都堆在她的心里，她担心它们冻坏，或者遭了鼠害。

　　学校有块一亩多的校园地，为村小最早的老师在村民帮助下开垦所得。自从两口子来到山上，季节也重新回到这块板结多年的土地，有了时序和色彩。依时令种下洋芋、苞谷、荞子、大豆，不光人吃方便，还可以喂几只鸡、捡几个蛋。把这块地种得像模像样，夫妇俩还有另外一层用意：种地也是一门手艺，这门手艺，自己不能丢了，儿子也该学会——以后的事谁说得清呢？3月里洋芋种就要下地，可别在这节骨眼上出了差池。进了门，拉电灯的手抬到一半，陆建芬骂了一句，神经病。二坪还没通电，哪里来的电灯？好在白日还剩一线余光，她三步两步走过门洞，蹲下身，抓起两个洋芋种到眼前来看。

　　一颗石头落地了。

　　陆建芬正要起身，李桂林在后面问：你的肉呢？

　　你的肉在你身上。陆建芬没好气地回他一句。她知道他说的肉挂在头顶横梁上。那是成都一个爱心组织成员托夫妇俩制作的腊肉。肉是在哑巴阿木尔布家买来，一共两头猪，一头316斤，另一头397斤。人家提前付了钱，说好开春上山做公益活动时顺道取走。除了这些，还有300多斤腊肉，是老乡们送给自己家的。李桂林这句带了歧义的话，可以是言语表达的无心之失，也可以是带了戏谑的有意为之。又不是头一天认识了，陆建芬当然知道他存心不良。他这个人就这德性，正经起来比经书都正经，不正经起来比评书还不正经。

你到底把肉放哪里了？！声音如此严肃，让她好生奇怪。

走了大半天路，陆建芬一句多余的话都懒得说。但是，她还是把头转过来，看向李桂林。

天光太暗，他本来就黑的脸，只看得一个轮廓。一丝不安在陆建芬心里浮了起来，虽然她回头之后，他一言不发。令她不安的正是他一言不发，而且连他扶在门框上的手也一动不动。

陆建芬把身子回拨25度，再将下巴抬出个30度角。她不明白李桂林今儿个演的哪一出。

肉呢？！陆建芬打了一个哆嗦。她以为没看见肉是因为蹲着身子，因为离得远，然而起身之后，除了一副猪下水，除了横梁上的结巴，她仍是什么也没看见。

肉……怎么会……飞了呢？她无论如何不相信肉会长了翅膀，更不相信家里的东西会不翼而飞。

陆建芬变得不会动了，倒是李桂林先回过神来。期末放假时，因要到县里开会，学生考完试他先下了山，留下陆建芬善后。老乡送的肉他走之前就挂在梁上。朋友委托制作的腊肉也挂在梁上，陆建芬是说过的，即使不说他也知道，因为除了这里，没有哪个地方更合适。他进屋来没见着肉心里也觉不妙，转而又想，兴许陆建芬把肉炕在了老乡家。很快他又觉出这个想法自身也有漏洞，因为就算图省事把朋友要的腊肉炕在老乡家，也犯不着把已经挂好的也转移过去。这是他急得说出一个歧义句来的原因，也是他立在原地，等着陆建芬一个回答的原因。陆建芬的动作、话语和声调让他的心一点点往下沉，而脑子竟成了电影幕布：伸手不见五指的夜里，一束电筒光由远而近。木窗上的钢筋被撬弯了，一个影子从窗户进入屋中，腊肉一块块从窗户里钻出去，然后，影子融入夜色，光柱在摇摇晃晃中消失……

李桂林脚下如此沉重。从门洞走到窗前，四步够了，最多六步。可他走了不下十步。他多希望脑子里那一幕不是真的，而妻子是一个深藏不露的演员。他都在心里原谅她了，尽管她的这个玩笑开得的确过火。可是，当他在窗前站定，当扭曲变形的钢筋、印在窗台的鞋印撞进眼底，他已明白，这的确是一个玩笑。只是，开玩笑的不是陆建芬，而是你永远身在其中，却永远捉摸不透的生活。

头顶还有两根横梁，横梁上还挂着猪下水呢，李桂林眼睛里却突然空了，空得无边无际。当意识像茫茫大海上的礁石重新在水面露出一角，硬朗的线条，是尖锐又锋利的逼问：会是谁？为什么？

李桂林没法做出回答。甚至，礁石一角，也被又一波浪潮湮没。

李桂林再次感觉到自己的存在是因为陆建芬一句话。话音低沉，微微战栗：叫你别管闲事，你不听……

他的女人是爱哭的女人。开心的时候，难过的时候，激动的时候，委屈的时候，眼泪都是她情绪的表达。今天这样的幽怨与哀绝，在他的印象中，却是头一次。

是的，她没说错，李桂林是一个爱管闲事的人。

如果时光是一条河，生活便是一张网，在水流的牵引下打开，那些大大小小的往事，则是粘在网眼的鱼虾、苔藓、枯枝、败叶。李桂林一寸寸将大网从远处收拢，细细摘取、打量可以归入"闲事"的一类。他收网的速度如此缓慢，整个过程里一言不发，站得累了，又或者虽然天光已然消失，屋中场景仍是那样刺眼，他缓步走到厨房门口，对着黑板一样的夜，十指交叉扣在头顶，如一个被压紧的弹簧蹲到地上。陆建芬推了推他的背，想在他屁股下塞一根板凳，他却没有理会。直到蹲得双脚麻木他才站起身来，仍是对着夜，仍是以夜一样的沉默检视挂在夜空的那张并不存在的网。他默默凝视着它们，它们也默默凝视着他。他有很多话想要说，然而他的心里堵得厉害，一直堵到嗓子眼，一句话也说不出来。

说过多少次了，让你少管闲事，你偏不听。是陆建芬在身后说话。陆建芬的声音和平常不太一样，似玻璃被钢丝剐蹭过，像糊在音箱上的纸粘得不牢，走风，听起来粗棱棱的。

李桂林眼前的天更黑了，那一张网却因此更加分明地浮现出来。他听到喉咙处咕嘟响了一下。陆建芬的埋怨引出了他心里的话：那些"闲事"不该管吗？管错了吗？阿木尔布和木乃索拉扯皮，木乃布哈三兄弟打架，我要不管，说不定就出了人命。至于找李威舅舅拉赞助，给一家一户引水，如果这样的闲事也管错了，天理又在哪里？

陆建芬以凛冽口吻反问他道：这些当然都没有错。但是你怎么就不想想那些让人不舒服的事，想想有些人被你弄得没头没脸。

她的话让李桂林清醒了不少，也平静了不少。自己这个人，别人知道多少不论，自己总是百分百清楚的。两只眼装不下一粒沙，得罪人还不是喝口水一样简单的事。就说前些天在省上开人代会，话筒到了手上，他一张口就把心里话全倒了出来：中央要求统筹城乡发展，说到了农民心坎上。城市在大步前进，但是新千年过了快十年，乌史大桥乡没有一寸公路，二坪村没有一盏电灯……李桂林讲这些时，不停有人在桌子下扯他衣摆，他见省长一笔笔记着，也就不管不顾。没等散会，有人把他"请"到会场外面：这些话不该拿这里来说。李桂林反问道：人民代表为人民，如果不是想多听一点基层群众心里话，省长为何还要拿笔记在本子上？

这个事情李桂林给陆建芬讲过，就在当天，从山脚一步步爬上来的路上。上山的路那么远，总要找些话说，话一多，路程就会变短。不过李桂林也知道，虽说到省上开会是在寒假里，腊肉被盗也在这期间，但是就算把会场上的人得罪完了，这也是风马牛不相及的事。州里、县里、乡里的人他也都得罪过，但这同样和盗窃案扯不上关系。破窗而入的人只会是"内伙子"，就凭二坪这么偏僻，路又远得险得外面的人打着空手敢上来的都不好找。最难以直视又必须面对，未经证实，也许永远难以证实的事实就是如此：他把二坪当成自己的家，把村里人当成亲人，他用了最大力气去爱护他们，但是他们当中，有人用同样的力气记恨着他——他或者他们，不是冲着腊肉而来，他们是冲着得理不饶人，有时候甚至显得"六亲不认"的李桂林这个人而来。他们不懂得他言语锋利是因为内心宽厚，不懂得他直来直去是因为性情耿介，不懂得最宝贵的得到不是虚伪的迎合而是中肯的批评，不懂得他们恨的根源，正是他爱的本身。丢了那几挂肉算什么，信任的丢失，人心的迷路，人与人的距离和隔阂，才是他痛苦之渊的最深处。

这没心少肺的人会是谁呢？

呷呷尔日的身影在眼前闪了一下。前几年，村里突然刮起赌博风，有人身体和家底都变得越来越薄。刹住这股歪风，李桂林把呷呷尔日作为切入点，无非因为他瘾大、家穷、人年轻，和学校又没隔几步远。没钱下注了，呷呷尔日就赌烟赌酒。李桂林闭着一只眼，他嫌火候不足。听说呷呷尔日那天又伙了一群人到家里"勾金花"，下种的豆子输得一粒不剩还缠着别人不让走，李桂林跑过去抓了现行。又是玩物丧志好逸恶劳，又是人无远虑必有近忧，又是今天赌钱明天赌命，李桂林当着屋里十多个人，劈头盖脸数落他一顿。只想着打击一点影响一片，李桂林完全没想过呷呷尔日脸上挂不挂得住、心里受不受得了。呷呷尔日输了豆子又丢了面子，当场和李桂林顶起了嘴：如果说这几斤豆子下了地就能发财，那我种了那么多年豆子，为什么年年青黄不接？人再穷总还要活下去，高兴也是活不高兴也是活，我高兴高兴怎么了？如果不是李桂林接下来的一个动作，还不知道呷呷尔日有多少混账话要说出来。可李桂林这一手来得也太陡了，只见他张开五指，像俯冲而下的老鹰抓住一只小鸡，将放在地上的煤油灯一把抓住，高高举到空中。李桂林的动作被一声脆响画上句号，赌博和围观的人们，像分崩离析的玻璃碎片各奔东西……呷呷尔日的自尊像一根甘蔗被从头剥到了尾，他瘦而修长的体型也完全符合梁上君子的身体条件，但是李桂林并不相信呷呷尔日会干出这件事来。他甚至能够确定，这件事与呷呷尔日完全扯不上关系，因为从那以后，这家伙真就金盆洗手了。就在刚才，从呷呷尔日家门口路过，他还热情招呼他们歇脚喝水。

想到劝赌，李桂林又想起木乃日帝。

李桂林当面说过木乃日帝，你是一个不合格的村支书。那是2005年9月，陈国仕帮二坪小学搞到10吨水泥，整修校园成了二坪村头等大事。一开始木乃日帝也很积极，然而没过多久，他的状态就不在了，一点儿都不在。没有砖，校园围墙修建采取用木板支模后浇铸混凝土的土办法，类似于把平着铺的水泥路加了厚度竖着往上打。那晚开会研究支模所需板材从何而来，村主任铁拉阿木正发言呢，木乃日帝一声比一声响亮地打起鼾来。李桂林摇醒他，会场不是放牛场，学生上课都比你像样儿！木乃日帝揉揉眼，嘟哝几句，起身走了。李桂林本想由他去，缺了红萝卜照样做席。可听说一伙人经常在他家赌得通宵达旦，李桂林忍无可忍。散会后，李桂林找上门，先搬大道理，上梁不正下梁歪，兵熊熊一个，将熊熊一窝。再讲小道理，赌博害处你比我懂，尤其这节骨眼上，大家天天肩扛背磨爬坡上坎，紧要处头昏犯困，出的都不是小事。唱过白脸，李桂林又唱红脸：没有学生就没有我这个老师，没有村民就没有你这个支书，我们有责任把人往正道上引。既然引路，自己就不能偏偏倒倒，就要行得端走得正。李桂林话说了几箩筐，木乃日帝却是一言不发。李桂林想，他不还嘴说明他听进去了，这点口水没白费。哪知第二天起，木乃日帝连工地都不来了。李桂林没心情也没工夫搭理他，忙得脚不沾地。浇铸围墙所需木板从村民家集中到操场，有的宽有的窄，有的新有的旧。宽的多是从门框卸下的门板，窄的则是村民为打家具备下的木料。不管门板还是木料，粘了混凝土都要"破相"。李桂林正愧疚不已，木乃日帝不请自来，指着地上问，这些都有伐木证吗？李桂林两句话就把他打哑了：你家没有一扇门，没有一件家具？你又能不能拿出证来？！木乃日帝悻悻而去，然而没几天后，林业站的人来村里，说往学校送过木板的村民乱砍树，破坏国家资源，得缴罚款。李桂林不吃这一套，他对领头的人说，二坪的水也是国家资源，你们一上山就喝了一肚子水，也是在薅社会主义羊毛。实在要罚款我也赞成，前提是要开罚款单。你们敢开我就敢表态，你们开多少，我帮他们缴多少！

见过不好惹的，没见过这么不好惹的，林业站的人空着手下了山，木乃日帝不知什么时候也没了踪影。自那以后，碰见李桂林，他的脸色就不好看了。

事情会是木乃日帝干的吗？李桂林自然是不愿意回答这个问题的，虽然后来，他曾在一次谈话中对木乃日帝说过，我来二坪这些年针都没掉过一根，直到说（方言，批评之意）了你几句，大家都不愉快。那次谈话就此打住，这一回，他仍不愿思维在这里发散……

李桂林不敢再往下想了。他怕伤神，也怕伤心。

派出所的来村里走了一遭，居然一无所获。对于抓到盗贼，他曾翘首企足，警察空手而归，他竟如释重负。这倒不是说李桂林不忍心躲在黑幕后的人被揪出来、被带走，让他在法律挞伐下悔过自新。李桂林是觉得就像身体有自愈能力，一个人犯了错，不到罪不可赦的程度，就该有自我救赎的机会——没有人不会犯错，没有人不需要宽容。这个想法让他的心间变得光明，光明起来的心像一幅宽银幕，上面显着一行字：如果过去辜负了你，最好的治愈，是用加倍的热情抱紧未来。一页纸被轻轻揭起，一扇门被缓缓推开，一个崭新的日子迎面而来，谁不希望是这样的呢：祥和、亲切、澄明、静美。那么，伤疤、阴影、忧烦、仇恨……所有的不快和痛苦，能抛弃的就不要留恋，能放过的就不要纠缠。

李桂林想些什么，陆建芬再清楚不过。他的处世原则和她的人生态度大约可以画上等号，可两口子到底不是一个人，陆建芬知道，不管怎么说，李桂林这是得罪人了，得罪人是因为他爱管闲事，因为他开口见胆，没有一点儿遮拦。是时候把他往后拉一拉了，那天警察走后，陆建芬给他沏上一杯茶，放低了声调说，闲事少管，走路伸展（方言，无顾虑之意）。二坪村不是太平洋，你也不是太平洋上的警察，教好你的书，带好这些娃，没人说你呆和傻。李桂林茶杯已到嘴边却没顾得上喝：你是说我管错了？陆建芬说，多栽花少栽刺，这样不会挨扎；各人的娃娃各人抱，这样不会出错。李桂林白她一眼：各人自扫门前雪，遇上没人扫的，摔着人了你安心?

嘴上虽不服软，李桂林心里明白，妻子是为他好。他默默给自己做起动员：从今以后，能绕的道尽量绕，能不管的事都不管。吃一堑长一智，自己课堂上还给学生讲呢，"一朝被蛇咬，十年怕井绳"。


抛开形状不谈，世间最能和人心对应的是锁。听到心门闭锁那一声咔嚓，李桂林有一丝难过，但那不过是一粒小小石子，迅即就被愉悦的奔马踩在了脚下。难过无非因为自己的手在无形中变得短了，整个人也跟着往骨头里缩回一截，在自己意识里，不如以往挺拔。至于愉悦，还用说吗，以前背着200斤，卸下了属于别人的100斤，喘气比以前匀缓，腿肚子不再哆嗦，还不担心有人出于种种心态从旁使坏。然而李桂林高兴得着实太早了点，他甚至忘了，有矛就有盾，有锁就有孔，再坚固的门锁也招架不住钥匙往锁孔里轻轻一拨。

打开李桂林心锁的那把钥匙，是他灵魂深处的柔软，也是他性情里占了最大比重的执拗。

四年级的阿珈什扎头上多了一块帕子。一开始以为她是当帽子戴在头上，谁都没有留意。然而春分已过，帕子还没取下来，这就有些不正常了。陆建芬找机会把阿珈什扎叫到一边问情况，阿珈什扎说是头顶上长了个疮。陆建芬把帕子揭开一看，惊得连退两步。那不是一个疮，而是乒乓球大小一个脓包。陆建芬找了膏药让她每天涂抹，谁知包块仍然一天天长到鸡蛋大。流过脓水的鸡蛋像咧开了嘴的无花果，密密麻麻的籽粒让人看一眼便头晕目眩。无花果合口后又成了鸡蛋，鸡蛋没几日又成了无花果。阿珈什扎已经无法正常上课，再往下会发生什么，李桂林和陆建芬不敢细想。那天放学，夫妇俩去了阿珈什扎家，和她的父亲母亲商量是不是送孩子去医院看看。李桂林话没说完，孩子母亲就哭开了，我家娃娃就是这个命了……唉声叹气小半天，阿珈什扎父亲夫吉木乃好歹是说了一句完整的话：这个病没有十万八万治不了，不怕老师笑，我三百五百都拿不出来。

夫吉木乃亮在眼前的家底，李桂林一点儿都不意外。一年前，阿珈什扎的姐姐阿衣热哈初中毕业，考上龙泉驿一所卫校，因为凑不够学费，李桂林找了同为省人大代表的成都朋友帮忙协调，学校才特事特办，为她开了绿灯。这个病只怕没有十万八万治不了，夫吉木乃所说，其实是阿衣热哈原话。眼睁睁看着初绽的花蕾凋落眼前，没有人能够心如止水，然而命运的车轮，又岂是螳螂臂膀所能阻挡得了。眼泪涌满了陆建芬的眼眶，李桂林拿目光去拦，却像一只堵塞缺口的手不小心扒开了缺口，她的泪反倒大块大块落了下来。

没有早一天也没有晚一天，中央电视台记者高峰打电话告诉李桂林，要来学校为夫妇俩做一期节目。"感动中国"颁奖晚会播出后，表达采访意向的电话李桂林没有少接，怕影响教学，能推能躲的他都推了躲了。这一次他也想推，转念一想，却又改了主意。

你得答应我一个条件。话说得这么直接，也不想想别人会怎么想，这个李桂林。

不知因为二坪的山还是李桂林的话太过陡峭，电话那边过了好一会儿才有回音：要不您说来听听？

二坪村没有通电，手机信号也是从李桂林老家那边蹭的。峡谷对面飘来的信号断断续续、零零散散，害得李桂林一会儿走到东，一会儿走到西，一会儿立在草垛，一会儿爬上猪圈。介绍过阿珈什扎情况后李桂林说，央视号召力强，你们认得的人多。

对方每一字都说得吃力：这个难度比较大，就怕联系不好。

李桂林对着电话接连喂了几声，信号不好，下来再说！

对方再把电话打过来是两天后。饭也顾不上吃了，李桂林趿着拖鞋一路小跑去夫吉木乃家报信：央视记者联系上了成都市第二人民医院，医院愿意为娃娃治病，医药费全免。在路上李桂林还在想，夫妇俩听到这个消息，该不会激动得往上一蹦，把屋顶撞出窟窿，怎料夫妇俩对视一眼，成了稻草人。过了几秒钟，夫吉木乃回过神来，郁郁说道：我们一句汉话都不懂，成都往哪边走都不晓得，如何敢去？

带路、翻译、安抚病人，夫妇俩去一个就行了，但是安排好学生调课，把李想托付给邻居，李桂林陆建芬双双陪着父女俩去了成都。他们的考虑是：手术刀要在头上比画，李桂林在现场，家长心不慌；阿珈什扎是女孩，有陆建芬陪着，生活上比较方便。

手术做得非常成功。夫吉木乃留在医院，阿衣热哈也请假到医院陪护，李桂林、陆建芬这才踏上归程。临出发，两口子去院长办公室致谢。院长说，后续治疗需要一个月，出院后还要吃两年药。医院研究决定，所有治疗费、药费连带他们在医院期间的生活费一分不收。不为别的，就为有你们这样好的老师，我们也要有所行动！

阿珈什扎刚出院，李桂林又拿起电话。这一次，电话号码只输到第五位，陆建芬把手机抢了过去：别让人家觉得我们人心不足，只有再一再二，没有……

这不是只有再一，刚要再二吗？李桂林气咻咻问。

那也不能才放筷子又拿碗。陆建芬把抓紧手机的手背在身后，仿佛李桂林的手有一丈长似的。

每往后拖一天，风险都会成倍增加。妻子不理解他，李桂林很难理解。

他们为的是木乃尔哈的事。木乃尔哈和阿珈什扎都住1组，都是他们的学生，家庭都很困难，又都生了治不起拖不起的病。与阿珈什扎后脑勺长出肉瘤不同，木乃尔哈是喉结处生了疮。疮生在手上脚上是疮，生在喉结处，是放慢了速度往里钻的子弹。天已入夏，木乃尔哈还穿着带立领的尼龙衫，就为遮住弹孔，以免把人吓着。木乃尔哈和阿珈什扎还有一个不同，那就是后者父母双全，而他六七岁时就没了妈妈，后来又不见了爸爸。与他们相依为命的阿木什布原来是个孤人，人虽厚道善良，但身单力薄的他在与他同样瘦弱的土地上耕耘的收成，丰年尚能勉强果腹，遇上年景不好，口粮还要四处化缘，根本拿不出钱为木乃尔哈治病。阿珈什扎病灶清除与自己有关，李桂林因此觉得，如果木乃尔哈延误了治疗，责任就在自己身上。这与1组、3组村民喝上了不要钱的自来水，而2组的人是自掏腰包，他觉得良心上过意不去同理。

老家有个表叔早期病情和木乃尔哈一模一样，但是后来，"子弹"穿透喉壁，喝汤时得拿手按住洞口，不然汤刚从嘴里喝进去，就从喉部漏出来……李桂林言归正传：娃娃还这么小，要是不抓紧治疗，成了表叔那样，可就来不及了。

我不是说帮木乃求情不合适，但人家已经为阿珈什扎免了8万多元费用，抱着大腿不放，是不是太贪心了？

你说的都在理，不过请你告诉我，这个娃娃我们管还是不管？

但也不能又找二医院。他们又不是冤大头。

这不也是没办法吗？小医院治不了这个病，其他大医院我们又没有门道。再说了，人民医院为人民。

人民币还是为人民印的呢，你咋不去抢银行！

争到最后，两口子各自退了一步。李桂林出面请成都市第二人民医院收治木乃尔哈，不过有言在先，成本费用我们自己承担。"我们"当然是李桂林和陆建芬。院长说你们工资也不高，这一次，费用还是免了吧！人被送了过去，"弹孔"修补如初，临出院，双方扯了起来。一方坚持付费，一方拒不收钱，争到最后，又是各自后退一步：李桂林留下3000元，剩余费用，医院自行消化。

……


2009年春天开始，高山顶上的二坪村，好消息就没有断过。跑在最前面的是农网改造就要来了。"改造"一词用在不通电的二坪村合不合适，起先还有念过书的村民咬文嚼字，但是想到"改造"过后村里就通电了，晚上就可以不是晚上了，这么想的人自动把自己的思想改造过来，睁大眼睛盼着电杆、电线、电灯和山下人早就有的电器排好了队往山上爬。同样让人激动得一碰面就要讲上半天、激动半天的还有机耕道将要修进二坪村的"新闻"。电线杆子如何在悬崖上站得稳当，路竖着上不来，横着上来又该怎么个横法，知道这是操的闲心，他们脑袋瓜子仍然被这一类问题挤得满满当当，似乎下一秒就要从耳洞里漫溢出来。讨论还在继续，喜讯又在敲门：木制天梯要换成钢梯，绝壁上要修建骡马道，二坪小学要推倒重建……几辈子没盼到的好事接二连三地来了，二坪人在后浪推前浪的兴奋中没有忘记思考：这是为什么呢？

这个问题之所以成为问题，是因为李桂林陆建芬没有向村民和学生讲起过"感动中国"的事，不通电的二坪村，当然也就没有人知道夫妇俩上了电视、成了明星。但是慢慢地，村民们在山下听说了这件事，也知道了这件事的分量和可能产生的影响，由此明白了，一桩桩一件件涌进村的好事即使不是冲着两位老师而来，也一定与他们有关——这和他们开证明要去乌史村一样，不是因为乌史村在那里，是因为乡政府在那里。村民们有事没事往学校去，说一句感谢的话，或者什么也不说，只远远冲他们笑一个，然后转身离开。笑，然后转身，在村里人心中，这也是感谢的话了——很多时候话不是非要用嘴来说，人张嘴说出来的，也未必都称得上人话。李老师和陆老师也许不需要，但他们一定要说，哪怕是在心里。就像那句谚语说的，畜寻草地，人找知己。

消息是一个个来的，来一个，村民脸上笑意便向深处荡开一层。李桂林陆建芬的心情看起来也都很美，这让村民们觉得亲切。但是后来，陆老师脸上的笑容变得淡了，李老师的则像大风刮过的天空一干二净。他们发现这个变化是又一个消息进村之后。消息来得和行动一样突然：县上投资32万元，实施二坪村饮水提升工程。李桂林反对工程实施，为此，他和李宁掰起了手劲。

李宁是县水务局局长,由县水务局组织实施的饮水工程遇阻于开工之际,他来现场化解矛盾。阻力来自李桂林,他说水管接通才两年又新建一套,这是重复浪费。

李宁一开始脸上带笑:李老师,水是生命之源,解决饮水问题是造福一方百姓。

李桂林垂着的眼皮往上抬了抬:以前呢?以前你们在干啥?

李宁尽力不让脸上笑意往下掉:书上还讲亡羊补牢呢。一次性投入32万元,你看看我们下了多大决心!

李桂林和他摆事实讲道理:我们只花6万多元水就流到了一家一户。你们花出的钱却是我们几倍。我问你,这个钱花得冤不冤?

李宁说:这次花钱多一些,是为了提高质量标准。

李桂林声大气粗:之前水管是我的亲戚或者外地网友赞助,红不说白不说当蒿草拔了,我如何向人家交代?!

两个人正争得不可开交,孙中华拿着皮尺走了过来,说围墙转角处的大石头如何处置,李桂林得拿个主意。国电大渡河公司捐资100万元实施的二坪小学重建工程正在施工,孙中华是县教育局委托的施工负责人,工程细节问题由他和李桂林衔接处理。孙中华找李桂林说事是假,阻止两个人争吵是真,李桂林和李宁心里都很清楚。给孙中华打上一支烟,又把自己的点上,李宁把头转向李桂林:晓得李老师重情重义,你不同意新拉一条水管,是对亲戚朋友负责,而我也是任务在身,这点负责任的态度还是从你这儿学来的。

对方有了态度,李桂林脸不如刚才绷得紧了:以前教室没有构造柱,重建如你所说,算得亡羊补牢。水管不一样,无非你们管子粗些。没必要拴了一根布腰带,又来一根皮的。

李宁哈哈笑了：李老师说到腰带，我拿它打个比方。原来一根，再拴一根，这是"双保险"。就像那句话，嘴多不掉饭。

想着李宁说的也不是没有道理，加上孙中华从中调和，虽然仍是如鲠在喉，李桂林的态度还是有了转变。那天，双方达成君子协议，李桂林不干涉饮水工程，前提是，不管项目如何实施，原来的水管原样保留。


空气里的花草香隐约可闻，画眉的叫声稀零了似的，让天地间显出清疏淡远。李桂林和陆建芬走在弯弯曲曲的小路上，他们被秋阳投在地上的影子，一会儿很长，一会儿很短。不久前，政府投资，木梯置换成了钢梯。梯步不再竖直高陡，陆建芬心里也平顺不少。休息一会儿再走吧，天梯在望，她喘着粗气对李桂林说，这身体真是一年不如一年了，打着空手气还喘不匀净。背着行李走在前面的李桂林没有停住脚步也没有回头：不想你的想儿吗？

他们刚刚从北京载誉归来。

为庆祝中华人民共和国成立60周年，经中央批准，中央宣传部、中央组织部、中央统战部、中央文献研究室、中央党史研究室、民政部、人力资源和社会保障部、全国总工会、共青团中央、全国妇联、解放军总政治部11个部门联合组织评选100位为中华人民共和国成立做出突出贡献的英雄模范人物和100位中华人民共和国成立以来感动中国人物。"双百"人物荣誉有多高，看看有哪些人当选就知道了。"100位为中华人民共和国成立做出突出贡献的英雄模范人物"，有叶挺、白求恩、刘志丹、刘胡兰、吉鸿昌、赵一曼、闻一多、埃德加·斯诺、夏明翰、狼牙山五壮士、聂耳、董存瑞、鲁迅、蔡和森……"100位中华人民共和国成立以来感动中国人物"，有中国女排五连冠群体、邓稼先、毛岸英、华罗庚、钱学森、李桂林陆建芬夫妇、杨利伟、袁隆平、钟南山、陈景润、雷锋、焦裕禄、

2009年，通往二坪的木梯被钢梯取代。同一年，当地政府筹措资金，在绝壁上开凿出一条骡马道

樊锦诗……

　　李桂林和陆建芬是进京受奖，并应邀在天安门前观看国庆阅兵后返回二坪。寨子在不远处等候他们，静默的、坦诚的、温情款款的。每一次回来都温暖亲切，但是这一次，比起以往任何一次来，李桂林都想流泪，而陆建芬的泪早就包不住了：北京和二坪，多么遥远，多么近！

　　刚进村陆建芬就消失了，李想寄住老乡家，她迫不及待想见到儿子。李桂林最牵挂的还是学校重建进度。一家三口已在印有"救灾"字样的蓝色帐篷里住了几个月，学生上课也在帐篷里，他担心春节前工程不能完工，下学期学校还像"灾区"。远远看见孙中华立在校门口，李桂林张口就问这几天施工可还顺利？

　　孙中华慢腾腾从地上站起来：顺利……个啥，已经停了两天水！

　　像晴空里响起一道霹雳，像平湖上落下一颗炸弹。李桂林瞪大了眼问：水呢？我走时还好好的！

　　追问半天，孙中华三缄其口。李桂林把背包往地上一扔：你是聋了哑了，还是被小鬼勾走了魂？！

　　支支吾吾地，孙中华说：水管……被挖了，水……被断了……

　　从哪儿断的？

　　三坪。

　　哪个干的？

　　孙中华支支吾吾。李桂林急了，重重跺了一脚，拿起一把挖锄，拔腿往三坪冲。迎面碰到陆建芬和李想，李桂林不认识似的。陆建芬从孙中华那里听出不妙，把李想扔给他，撒腿追了上去。

　　鸡窝被扒，无非棚顶掀翻、枯草横陈、鸡毛遍地，稍加整饬又是焕然一新。眼前，李桂林两年前带人修建的水池被人砸得稀烂，大大小小的水泥块散落一地；从1组背来的青石盖板仰面躺在地上，两道裂缝形如利剑，直直指向两米开外一棵柳树。树不大，径粗不过拇指，因了外物施压佝偻着身躯。外物却不是别的，化成灰李桂林也认得，那是前年扛上山来的水管，而有气无力地正对着他，像有满肚子冤屈，却一个字也喊不出来的洞口，正是两年来流进二坪村三个寨子百余户人家的活水入口！

天在旋，山在转，风在吼，草木在颤抖，人在努力克制，不让火山爆发。然而，正如没有什么力量能阻止岩浆喷涌，没有一只手臂能遮挡雨幕落下，李桂林发出有如狮吼的一声长啸：啊——

他双手扬起锄把，像武士举起长枪。

水池还在原来位置，却是别人新砌，水分没有收干，外壁呈藏青色。"D"形锄箍落在上面，响声沉闷浑浊。

又一记闷响从水池上沿升起。尔后，是砖头落地的扑通一声。

乱作为，我叫你们乱作为！李桂林手中锄头一次比一次举得高，落在水池的响声一次比一次大。

陆建芬被着了魔发了疯的李桂林吓傻了眼。再是直性子牛脾气，再是天不怕地不怕，再是得理不饶人，他也是伏天里的雨来得快去得也快，这样动粗犯傻不顾后果的事，李桂林啥时干过。由他撒野非惹下乱子不可，陆建芬冲上前拉他的手，李桂林身子一闪，又一锄落了下去：我叫你们欺负人！

陆建芬从背后抱住他的腰。李桂林用力一甩，陆建芬差点摔倒地上。踉跄两步后，陆建芬上足了发条般哭着喊着，再一次冲了上去。

陆建芬没有再抱李桂林，她抱起一块碗口大的石头。石头砸在了水池上：我叫你们欺负人！

在三坪，在将水池砸掉一半多，又用锄头将新安装的主管连根砍断，整个扔下悬崖之后，李桂林对着哭花了脸的陆建芬说：这个课没法上了，不如先不上了！

抽泣声戛然而止：那样会把事情闹得更大。

李桂林的目光越过峡谷，越过崇山峻岭：正常教学秩序任何人都不能破坏，这个我还不知道？但是如果事情不分出对错，不给他们一点教训，他们真以为天高皇帝远，就可以为所欲为。

这样一定能分出对错来吗？就算分出来了，也是对学生娃娃不负责任。陆建芬哭声又起。

李桂林将目光收回来，落到妻子脸上：现在学校停了水，老师学生都没有水喝，工地用水也得靠抬靠背，倒不如集中精力先顾工地这头。至于误掉的课，船小好调头，找时间补上就是。

第一个上山调停的是县教育局副局长章洪。章洪背着手黑着脸走过来时，李桂林正在砌好不久的校门口忙活。校门正中间横着一根板凳，李桂林站在上面，左手拿一瓶油漆，右手用一支毛笔，往刻在校门水泥横梁上的"师生情"上细细填涂。字是他拿铁锤和抓钉一笔一画刻下，他此时所做的工作是把白字变成红字。

章洪干咳两声，算打招呼。李桂林没有听见，兀自忙着。

随同人员出了声：李老师，章局长来了。

软软的笔尖在"忄"上小心谨慎走了一遍，李桂林才跳下凳子，拿笔尖指着横梁：不能光管"师生"不要"情"，是吧章局？

章洪没有回答他：你晓得我是来干啥的。

李桂林看着他，没有说话。

章洪盯着别处，淡淡吐出一个字：肉。

李桂林显然吃了一惊：案子破了？

章洪说出这句话时，满脸都是难为情：我们接到反映，二坪小学老师向学生家长摊派猪肉。

李桂林愣了半天才回过神来：哪个说的，让他当面对证！

章洪把目光落定在李桂林的脸上：也不是一朝一夕的事了，你就简单点说，这回事有还是没有。

李桂林知道他唱的哪一出了。还在正式上山前，阿木什打给他讲也给村民讲，李老师放着大米饭不吃来二坪，我们二坪人不能睁只眼闭只眼，既让他吃苦，又让他分心。就图路上稳当，李老师也别从老家自带伙食——二坪村几百双手还糊不了一张嘴？村上制定标准，村民分头落实，李桂林一个人在山上是这样，陆建芬上山后仍是这样。夫妇俩也尝试过不收村民东西，反被人家误以为他们嫌少。村民大多不善言辞，同胡子曾经说过的一句话，因此没少被人在口头上抄了作业：你们不光让娃娃把文化装进书包带回家，药啊茶啊酒啊衣服鞋子啊也没少为我们花费，要是只进不出，我们心里也不安宁。

事情经过就是这么简单。李桂林说，老书记阿木什打住在1组，你去问问他，问问村里人，要是我说了半句假话，你直接把我交给纪委。

章洪想了想：教育局的手也伸不了那样长，学校里的事就够我们操心了。

李桂林接得也快：那就说说学校。学校设计有缺陷，老师的寝室没有构造柱。

章洪正色道：我来是问你准备什么时候复课。

学校哪天来水，我们哪天复课！李桂林接着又说，你的问题我回答了，现在请你回答，教室有构造柱，为什么老师的寝室却没有？

眼见章洪语塞，随行者中有反应快的赶紧替他解围：这不是因为经费紧张吗？

李桂林脱口的话成了子弹连发：经费紧张，刚好紧张到缺几根钢筋？经费紧

2009年暑假里的一个晚上，10点过后，李桂林陆建芬终于腾出时间，在学校改造工地上接受作者采访

张，干吗好好的水管非要重整一套？

水利局的事与我不相干。章洪理理衣领。

中央让你们和群众打成一片，你们却是这么个打法。这不是实干，你们这叫假打（方言，虚头巴脑之意）！这一段话出自陆建芬。

过了足足五秒钟，章洪重新开了口：构造柱我下来想办法，但是复课这件事……

李桂林盯着他问：没有水喝，这课怎么上？

以前的事一笔勾销，现在我宣布，从今天开始，如果三天内学校不复课，按规定做除名处理！重重撂下一句话，章洪转身走了。

下山才两天，章洪竟然又回来了，身后还跟着局长。

局长看起来很亲切。握了李桂林的手又握陆建芬的，局长说，你们两口子在这里干了这么久，有功劳也有苦劳。

李桂林说，领导不要给我们戴高帽，我们做的都是分内事。

局长笑着说，给村民拉水管可是分外事。

李桂林问得直接：局长是说我这是狗拿耗子？

局长的笑在脸上停得很稳：真不明白，你这么做图个啥。

要个公道。

怎样才算公道？

是黑是白总该分明白，谁对谁错总要有说法。

把课上起再算账，两不耽误。

只要有水喝，马上就可以上课。

章洪听不下去了：你不给我面子，总要给局长一个面子。

哪知李桂林的话更不受听：共产党员讲原则还是讲面子？如果局长讲面子，

现在我就表态：明天没水喝，我们照样上课。但是从今往后，不管有理无理，我有什么要求，局长也要给我面子。

局长下山，换了副县长上来。听说人已过了天梯，孙中华把李桂林拉到一边放低声说：据说这人是火暴性子，你最好听我一句，让着他点儿。李桂林就像担心别人听不见：钝刀正缺磨刀石，来得正好！

停课的事我们还没往州里报，要是州领导知道了……听得出来，副县长为李桂林担着一份心。

李桂林的话说得慢条斯理：州领导，我又不是没见过。

对方语气严厉起来：李老师，蒸笼要有上下格！

李桂林的音量一点都不输给他：李桂林20年前是教书的，往后还是教书的。一个"人"字，20年前怎么写，往后我还怎么写。倒是我要问问你，当干部前和当干部后，你看人做人是不是同一个标准？！

『英雄』

第九章

大手拉着小手，青山伴着白云

你那么轻轻一唱就化作了云彩

仿佛轻轻一跃就站在了云端

你那么轻轻一唱就化作了流水

仿佛夏日柳荫下的一泓碧潭

——彝族诗人克惹晓夫《云端》节录

2019年12月27日，星期五，我这次来到二坪的时间进入第五天。白天走村入户采访，晚上和夫妇俩钩沉辑佚，此前四天都是这么过来。但是这天，为了配合我的采访，李桂林陆建芬把周五和周日的安排做了交换。

我得在下班前去一趟乡政府。要走，却不能一早就走，一方面因为，虽然天已放晴，"过我"那一段路明雪已化暗冰难防，午后安全更有保证；另一方面，尽管我和夫妇俩每晚都谈到哈欠连天才解甲休士，但一些话题还意犹未尽，一些悬念还有待揭开。

一大早我和李桂林就坐在电炉边了。这天话题的开头，是头晚故事的尾声。

只在口头登场，实际并不在场的"州领导"让副县长和李桂林的对话不欢而散，我的确感到意外。意外和好奇往往都是前后脚，在我核实一些细节，李桂林给予确认之后，我不由追问，哪位州领导来过二坪，到底发生了什么。李桂林却不吱声了，他的话像八月里的大河消失在一道悬崖。见我不见黄河不死心，李桂林对陆建芬努努嘴，你说，不然还说我是一言堂。

陆建芬是刚刚在我们身边坐下来的。此前，这个勤快而干练的女人一直忙里忙外，陀螺似的转个不停。我和李桂林在里间说话，只要她愿意听，一句都不会漏掉。因为忙，她多数时候都不开腔，只在李桂林话里有了闪失才像拣出米中的石子般匡正一二。就像头晚，李桂林说章洪是骑着高头大马来的村里，她从外间扔进一句：那次是走路来的，骑马是上一回了。这会儿得了空，得了话语权，她却要弃权。打了十年交道，还当我们是朋友呢！说完我就漫不经心翻起笔记本，一副伤了心肺伤了肝的样子。女人到底心软，陆建芬把刚刚拿刀剥好的一截甘蔗递到我手上：就当龙门阵摆一摆，最好别写到书里去——你实在手痒也换个名字为好。

这个日子很好记，陆建芬说，因为再过两天就是"劳动节"，而那年刚刚"感动中国"。"刚刚"之前本该有个主语，陆建芬有意省略掉了。

副县长和李桂林共同提到的州领导，曾于2009年4月28日来过二坪。

县上某部门的老沙也来了，而且比州领导提前三天。虽是住在木乃日帝家，老沙此行目的地却是二坪小学，而且带着厚礼——陆建芬由代课老师转为公办教师的正式通知。

老沙把语速放得很慢：以前是230元一个月，以后陆老师每月可以领到1400元。工资从1月份补发，虽然不多，也是一笔意外之财。

李桂林回答得也挺意外：是挺意外的！

老沙听出点意思来了：李老师哪里不满意可以明说。

李桂林也不客气："中国教育新闻人物"今年2月在北京颁奖，主办方请你们通知我们参加，过了两个月话才带到。搞得我们没去也没请假，成了"旷课"。

老沙接话说：这个情况我真不清楚，下来查清问题出在哪个环节，一定严肃处理。

李桂林仍然板着脸：杨州长安排的事你总清楚吧？

老沙答不上话了。

2006年4月，中央电视台《中华民族》栏目记者来二坪采访，纪录片《悬崖上的夫妻学校》随后在央视播出。分管教育工作的凉山州政府副州长杨朝波看到节目，专门抽出时间到甘洛县召开座谈会，提议特事特办，解决陆建芬身份问题。有人说牵一发动全身，搞特殊只怕不好。杨朝波说，不说15年，谁要是和陆建芬一样拖家带口到二坪踏踏实实教上10年书，谁也可以转正。杨朝波的意见不再有人反对，却也没有落实。杨朝波主持开会，老沙也在现场。自知理亏，他再开口时，话也讲得小心：十五的月亮十六圆，好在圆了。

泪水在陆建芬眼里打转转：八月十六吃月饼，还是那味道吗？

传达转正通知只是铺垫，接下来要做的工作才是重点。老沙站起来了，他对李桂林说：虽然以前有些问题没处理好，事情还是在向好的方向发展。再过两天又有领导上山看望你们，说明你们做的贡献领导都看在眼里……

陆建芬打断了他的话：我们也不是今天才来二坪。

老沙笑着说：陆老师，过去的事情不说了。你看这一次，州领导都要亲自来了。

话毕，老沙把手搭在李桂林肩膀上：来者是客，待客之道总还要讲。到时候是不是到山底下迎接一下？

李桂林白他一眼：领导不可能提这样的要求。我还要备课，你可以走了！

州领导果然来了，李桂林果然没去迎接。领导的脸不黑得能扭出水来才怪。然而，陆建芬担心的情况根本就没有发生。领导到底格局大，见面就说，你们两口子不仅教书有两把刷子，做人做事也有原则底线。

到这里，州领导的二坪行已在陆建芬的讲述中戛然而止。我对陆建芬说，要是学生也这样写作文，你一定要批个"详略不当"。李桂林顿也不打地替她说话：领导这一程，主要是受省委领导委托来慰问我们。具体精神，我们消化好就可以了，这恰好是详略得当。

岔路绕回主路上，一根水管引发的战争，硝烟在李桂林的回忆里继续弥漫。

副县长下山不几日，钟政又带了一拨人来。钟政是县纪委干部，和他一起来的人，有教育局的、水务局的，还有公安局的。那时候骡马道刚开通，阿木呷日领着骡子往学校驮水泥。日头大，人干得嗓子冒烟，骡子脚下不停打滑，到田坪正好喘一口气。钟政一行也在那里歇脚，大声小声摆着龙门阵。阿木呷日听到其中一句，也不热了也不累了，他把才吸两口的一支"五牛"踩在脚底，快马加鞭往村子里赶。

公安局来了便衣，搞不好会把你铐走！好汉不吃眼前亏，李老师你赶快躲起来吧！阿木呷日顾不上拴好骡子，小跑着到了李桂林跟前。

李桂林正和杂工一起干活。闻听此言，一抬脚，一只拖鞋飞了出去。再一抬脚，另一只也飞了出去。一句话也没说，李桂林噔噔噔地走向帐篷，脚下升起的尘土在身后连成一片。

从帐篷出来，李桂林脚上多了一双胶鞋，手上多了一床被子。被面是墨绿色，上面绣了凤凰，被一根红色胶皮电线一横一竖捆成豆腐块。李桂林提着红色"十"字中心部位，神色严峻地走向操场中央。这时候，正赶上陆建芬不知从外面什么地方回来，看到眼前一幕，戏谑他道：真要出家？去了可别回来！

头天晚上，说起最近发生的事，话匣子打开后迟迟没能合上。李桂林眼皮刚开始打架，陆建芬说：我看还是把课先上起来，免得人家说我们尾巴翘得比天高。李桂林头一秒才闭上的眼睛睁得比脸大：有理走遍天下，无理寸步难行。你不服我我也不服你，李桂林背对陆建芬说出了那句被他当了刹车片的话：就是因为你这种老好人，才有那么多乌烟瘴气。

以为报了一箭之仇的陆建芬正沾沾自喜，阿木呷日走上前，低声说了几句什么。陆建芬的脸色立刻变了，眼泪珠子也像早就做好埋伏，将她的眼眶瞬间填满。

准备往哪里跑？陆建芬眼泪砸到地上。

我倒想看谁能把我吃了！李桂林上前两步，把被子放在一根凳子上，然后一屁股坐到另一根凳子上，没有多余的话。

你倒快跑呀！陆建芬哭出了声。阿木呷日也慌了神，快步上前，把被子往李桂林手里塞。工地上干活的人也都用手的用手，用话的用话，想把李桂林从凳子上拖起来。

李桂林没有伸手接被子也没有起身，却把下巴抬得快有三坪高：能把我李桂林抓走的人，这年月还没出生！

李桂林一定是急糊涂了也气糊涂了。盯盯他又盯盯"豆腐块"，在场的人没一个后背上不是凉风飕飕。

该来的总是要来。校门口站着两个人，虽然穿着便装，但陆建芬还是知道，他们都是警察。她认得其中一个，年初家中被盗，他穿着警服来过。

在场的人也都看到了门口的人。李桂林慢腾腾从凳子上站起来，叫了相识的解的木呷一声：他们派你来抓我吗？

解的木呷笑道：李老师哪里话。正因为担心事情越整越复杂，我们才提前一步过来，看能不能帮上什么忙。

李桂林往三坪看了看，我还真想麻烦你们跟我走一趟。

两个便衣警察跟着李桂林去了一趟三坪。三坪回来，二人到木乃日帝家复命去了，李桂林则回了学校。孙中华问他情况如何，公道自在人心，吐出这一句后，李桂林再没多说。陆建芬一颗心还是悬着：人家猪也杀了，酒也喝上了，等到酒足饭饱，指不定还是要来抓人。

你看看天垮得了吗！话尾巴上，李桂林看见女人红了眼圈。

陆建芬想说什么，一张陌生面孔出现在解的木呷站过的地方：李老师，钟书记请你去一趟。

李桂林明知故问：找我什么事，还要带高脚信？

请你喝酒。

我是喝稀饭的命。熬着呢。

木乃日帝家离学校没几步路。没一会儿，又来了一个人：李老师，钟书记请你一定去一下。

喝酒？免了！

说事。

说事可以。李桂林将"豆腐块"抓在手中，昂首挺胸往外走。陆建芬伸手去拉，没拉得住。

木乃日帝家火塘边同李桂林头一次来二坪那个晚上一样热闹。刚进屋，一个四十五六、身材高大的男人迎上来：李老师，本该我们去学校，担心影响施工，就请你过来了。

料定他是钟政，李桂林说，二坪没有水，只有酒喝，真是委屈你们。

木乃日帝在火塘边上说话：李老师都成稀客了，坐下坐下，龙门阵要摆，酒也要喝。

李桂林身子没动，眼睛看着钟政：这是罚酒？

钟政笑了：李老师，过去的事情过去了，今天翻个篇，你把课上起，一切好说。

要不然呢？李桂林仍是一动不动。

钟政正了正身子：总要有个说法。

李桂林挺挺胸脯：什么说法，洗耳恭听。

钟政没有下文。李桂林转过身子说：没话说我可走了。

几个不认识的人挡住去路。李桂林将手中棉被向上提了提，把空出来的左手往前一伸：我李桂林今天无条件配合你们！

木乃日帝哈哈笑了：李老师也太逗了。坐班房哪需要带铺盖嘛，里面吃的住的都有，还没有盖的？

李桂林高声朗气说：我可以不要自由，但我要一个干净！

李桂林身后，钟政在说话：李老师，我们什么时候说过要抓人？只不过，你往后退一步也是合情合理。

李桂林问他，合情合理这个词怎么解释？

钟政说，水务局破坏了你的水管，你也破坏了他们的水管，一来一去，算是扯平了。

破坏？这是用词不当！李桂林情绪激动。

怎么就用词不当了？钟政盯着李桂林。

李桂林的目光迎着他的：有人破坏水管在先，我们采取行动在后。如果同错误行为做斗争也是破坏，国家为什么还要鼓励见义勇为？

钟政一行前脚走，李桂林后脚就下了山。坐着火车，省人大代表李桂林去了成都。

省人大常委会两位同志接待了李桂林。李桂林说：边远山区的群众生活还很困难，需要花钱的地方还有很多。一些干部不顾中央三令五申，大搞形象工程，这样的做法必须纠正，这样的干部应该理抹（方言，批评教育之意）。李桂林一激动，"土话"都飙出来了。

个中年长的一位摇摇头：就算事情如你所说，影响上课也不对。

李桂林想为自己争辩，终是觉得自己也并非无懈可击。当着两位同志，他诚心诚意做了检讨：虽然补足课程也在计划之中，但正常教学秩序受到影响，我们也有责任。

李桂林带着两句话踏上归途：一、回去立即复课；二、我们会督促有关方面开展调查，据实做出处理。

处理结果不到一个月就下来了。李桂林把刚刚得到的消息带回家，话刚开了个头，陆建芬就从他眉眼间看出来了，这一仗摧枯拉朽，大获全胜。

尊重既成事实，两根水管同时保留，避免造成更大浪费，李桂林能够接受。县乡有关领导调离原单位，村支书由村主任接替，李桂林举双手赞成。陆建芬却生起池鱼之虑：搞得没脸没面，人家会记恨你的。

全天下的人都喜欢你，可不可能？再说了，你看看组织是什么态度，组织上明察秋毫不护短，谁有理站在谁一边。

人家走了，那个官也轮不到你来当。

那些打江山的老革命，难道都为了坐江山？

拼得头破血流，你又图个啥呢？

想想革命先烈，翻雪山过草地，抛头颅洒热血，有的连新中国都没见到一眼，他们又图个啥呢？

二坪到底地势高，随口哼一声都是高调。

处江湖之远，则忧其君，《岳阳楼记》就算没读过，一句两句你总听说过。看看人家一千多年前的范仲淹什么觉悟，亏你还举起拳头宣过誓！

你这是倒背手放风筝——越扯越远了。

就算你有风筝，我也没那闲心。坏人为非作歹，自己装聋作哑，不是为虎作伥，也是同流合污。

又来了。

正义的暴风雨，可以来得更猛烈些。

说得跟描花似的，就不怕别人听到笑话你？

笑他妈没长胡子，笑他爹没穿裙子！


我没忍住哈哈大笑。

李桂林表情却很严肃：有人就是这样，事关自身时把公平正义看得比天都高，一旦事不关己，谁坚持正义，谁较真碰硬，谁就成了玩笑，成了"杠精"。

好在村里人总是和你穿着"连裆裤"，不然的话，有些事情也许是另一个结果。我说这番话，算得肺腑之言。

李桂林声音变得温和起来：就是一只老母鸡，炖上一夜也"㶶"了。来山上30年了，我们人在这里，心也在这里。二坪人重感情，尤其学生，在学校时多少还有距离感，出了校门，有的把你看作长辈，有的和你成了朋友，遇到大事小事、好消息坏消息都跟你说。我们刚来时还年轻，稍微大点的学生叫我们"果果老师""阿把老师"。我们进入中年，他们叫"阿波老师""嬷耶老师"。这两年称呼又变了，"阿普老师""阿瓦老师"。"果果""阿把""阿波""嬷耶""阿普""阿瓦"都是彝语，就是哥哥姐姐、叔叔孃孃、爷爷奶奶。人家都当你是自家人了，如果你还觉得中间隔着一层皮，那是不知好歹，没有人情味。我们这些年大大小小的荣誉没有少得，但是平心而论，村民和学生巴心巴肝的信任和尊敬，才是我们得到的最大奖赏、最高荣誉。

李桂林说到这里，陆建芬起身出了饭厅。很快她又回到屋中，将长长短短、花花绿绿一摞信纸递到我的手上。这些信没有一封写在信笺上，而是用卡片或作业纸代替。陆建芬看我一眼，满脸幸福地说：这样的信有很多，我随手拿了一摞。这里的娃话不多，但是临到毕业，会把心里关不下的话，悄悄塞进讲桌抽屉，或者夹在老师课本里。看一看你就知道这些娃娃有多可爱，表面上我们是老师，他们童心里的单纯和感恩，同样值得我们学习……

欢乐时光

我为夫妇俩感到高兴: 30年里, 从二坪小学走出去的学生, 怕是有三百多个。

李桂林咧开了嘴笑, 四百多呢!

陆建芬接话, 脸上也洋溢着笑: 除了正在读高中的六七个, 考上大学和中专的有七八个, 有的在教书, 有的在当医生护士。他们实现了梦想, 其实也是我们实现了梦想, 因为帮助他们实现梦想也是我们的梦想。圆了梦的却不止他们, 绝大部分娃娃出了校门走上社会都遵纪守法, 都具备了学习的能力和习惯, 我们同样感到欣慰。

学生同学习不离不弃, 和老师"藕断丝连", 提起这个, 李桂林脸上现出得意之色。阿木呷日小学毕业后不想接着念书, 家里人也觉得算术不能当饭吃, 由着他回家种地。几年后阿木呷日外出打工, 成了小包工头。有一次, 他分包了一个工程, 给铁塔打窝子。到了收方, 老板欺负他书读得少, 想在方量上占他便宜。阿木呷日从江苏打回电话, 向李桂林请教圆柱体体积算法。当他拿出自己测算的数据, 说出数据得来的背景, 老板红着脸说: 你的老师我知道, 跟他们相比, 我是真的不厚道。阿木呷日过年时专门来学校绘声绘色讲了整个过程, 然后说, 我们感谢老师, 不光因为有你们教导, 有机会承包工程, 还在于有你们撑腰, 有胆量走遍天下!

正说着话, 有人来探望"病号"陆建芬。来人张雨全, 汉源县万工乡人, 今年60岁。他和二坪村的交集比李桂林还早几年, 那时候, 他从老家到田坪一带做以细粮换粗粮的营生。有一次, 大米没换完, 望望二坪, 他没要命地爬上天梯。下山时他在心里发誓再也不来第二回, 可一斤大米换得一斤半核桃, 赚了"大钱"的他又蠢蠢欲动起来。在天梯上来来回回上千趟, 张雨全有两次差点丢了性命。一次是脚下踩滑, 人和背篼往下掉, 他慌乱中抱住梯子, 背篼和几十斤豆子全部掉进谷底。又一次, 背着小鸡上山卖, 背篼撞到岩体, 反作用力将他推下岩去。也是命不该绝，他抓住一根山藤。苦苦支撑七八分钟，就在他快要绝望时，3组有两个人从此处经过，他又一次逢凶化吉。张雨全现在还是"货郎"，还跑二坪村，只是天梯变成了公路，背篼换成了汽车，他送上山的货物种类也从屈指可数到琳琅满目。

把时间交给他们，我移步室外，坐在篮球架下，聆听学生写给老师的心里话，默读二坪孩子灵魂深处的风景。


之一

敬爱的老师：

春雨真的很伟大，染绿了整个世界。你如春雨滋润了我们。

有时我想这漫长的六年时光该怎么度过，这六年我尝尽了人生的酸甜苦辣，快要崩溃时想起您和父母对我的鼓励，我就鼓足了勇气。

六年以来，我在生活的秘方里藏了两张面具。我戴着冷漠、粗鲁的面具面对校外的人，把内心最脆弱的地方改变为自我保护的武器；戴着真诚热情的面具与同学相处，内心非常快乐。

这六年您教会了我怎样将心比心，怎样去接触社会，最重要的是把我带进了知识世界，让我知道原来世界是这么的多姿多彩。

敬爱的老师，您对我们一家的恩情比山还高比海还深，尤其是对我们姐弟俩的再造之恩没齿难忘。

我对父母的生养之恩今生无以回报，对您的再造之恩，我会以我对学习的不停留来表示感谢。

祝您

身体健康

您的学生：乔珍阿衣

之二

敬爱的老师：

转眼间六年过去了，我将要离开母校、离开全校师生了。分别后，要多久才能见一次面呀？想到这里，我的心如被一块石头压住了。

我们班一个同学爸爸去世，他的妈妈又改嫁了。您对他非常关心，还给他家捐钱。低年级班一个同学打碎了学校篮板玻璃，这应该是他家赔偿，但您知道对于农民来说那笔钱很重要，您还是自己花钱买来新的安好。

老师，您为我们做的太多了。怕我们受冻，就在朋友那里找衣服给我们穿，怕我们挨饿，又找肉和稀饭给我们吃。

老师，您就像父亲一样呵护着我们，让我们健康快乐成长。谢谢您，老师。

您的学生：阿衣扎扎

之三

敬爱的老师：

您好！

这么多年来都是你们和爸爸妈妈把我养大的，虽然我成绩不好，但是最后一个学期我会好好学习。

老师，六年快要过去了，我们在这个学校读书不会久了，同学们也要分开了。这六年来，都是您保护我们，让我们别干傻事。到了现在我们也不打牌，因为你们说过，赌博是骗人的，有些人会变魔术。

暖冬

老师，您是我最好的老师，我不会忘记您的。

祝您

身体健康

学生：克拉阿木

### 之四

亲爱的老师：

您的大恩大德我会永远永远记住的，永远也不会忘的。谢谢您在我读书期间对我的照顾和关心。我已经是一个大人了，我也懂得感恩，再一次谢谢您给我们找吃的、穿的、戴的、用的，那些都是您从朋友那里找来的，您这样做就是为了我们，我们也无法报答。谢谢您，亲爱的老师，您对我们就像对亲生儿女一样，我永远忘不了。我们上了四年级您还给我们买感冒药，还有很多……我们也很开心在小学的学习。

谢谢您，我永远的老师。

您的学生：阿衣什斤

### 之五

敬爱的李老师、陆老师：

我快要毕业了，可是我舍不得离开你们。老师，老师，这是多美好的称呼啊。老师，这些年，您安慰我，关心我。老师，你们这些年对我的帮助，我现在知道，父母也比不过。老师，你们这样照顾我和别的同学，不管是我继续读初中还是在哪里，我都会想着你们，敬爱的老师。

你们的学生：阿木布初

## 之六

### 给李老师的一封信

老师，做了您六年的学生，我很感谢您，毕业即将来临，我想给您写封信。

在六年前，我九岁，爸爸妈妈牵着我的手进学校，说真的，我当时非常害怕您，面对几十个从未相处过的人，我更害怕了。经过几天的相处，我觉得您和陆老师都很和善，待我们就像自己亲生的一样，我一下子就喜欢上你们了，心里的害怕瞬间消失了。

记得有一次，您带我和几个同学下山，路上，遇到艰难的路，是您背我们过的。在天梯上，是您小心翼翼地牵着我们的手下去的。您的恩情，我一辈子也忘不了，是您教会我们做人的道理。

谢谢您，老师！

祝您

身体健康

您的学生：吉克曲一

## 之七

敬爱的老师：

一转眼六年就过去了，快要从你们身边飞走了，也快要跟你们和母校分别了。

我要感谢你们！我感谢陆老师，谢谢您，是您抓着我们的小手一笔一画地教我们写字。后来李老师又教我们做人的道理，改变了我们的命运。

阿木达铁是二坪小学第一届毕业生。自己的老师，也是女儿们的老师

    是你们把我们从六七岁培养到今天，还不够吗？你俩在我的心目中比我死去的爸爸和每天都干活的母亲都重要，我不知道跟你们说什么好。

    我还要谢谢你们，把我们教育成诚实的孩子。可是不知道这一别什么时候才能跟你们和同学们见面了，我不想和你们分开，更不想和母校分别。

    祝你们

身体健康

长命百岁

你们的学生：阿木夫解

接我下山的面包车司机姓王，乌斯河人，头天晚上，李桂林帮我预约了他的"专车"服务。下山路上闲聊，我无意间得到一个重要情报：送完我，王师要马不停蹄去接"英雄"。会会"英雄"的念头自打听说他的"英雄事迹"就已生成，这样的机会当然不能错过。我问王师，方不方便我和你一起去接？他很有几分吃惊地看我一眼：当然可以！

我是在国道G245线乌斯河往甘洛县城方向大约20千米阿兹觉乡一个地名不详的地方见到呷呷勒学的。夏天里洪灾肆虐，就在我叫不出地名的这个地方，大渡河掏空了公路路基，抢修尚未完成，道路禁止通行，车辆到此为止，乘员携带随身物品紧贴山体谨慎通过，换乘对面交通工具。我们到那里一刻钟后"英雄"乘坐的车也到了，王师走路过去帮他搬运货物，我也跟了上去。刚才我已在电话里和他取得联系并说明意图，呷呷勒学见了我，毫不掩饰内心的激动。他说，当年也有很多人采访我，几十年过去了，还有人记得这个事情，高兴！"英雄"身形魁梧，五官摆布均匀，脸色黑里透红，说话中气十足，一股看不见的英武气笼罩周身。他进的货类型丰富，有吃的有穿的，有床上盖的棉絮、修剪树木的工具。"英雄"尽挑重的东西往肩上扛、怀里搂，当他合抱起两床棉絮往车门里塞，我有一个错觉，好像被他死死搂住的是木基叶子。蓝色公安上装褪色严重，用以承托肩章的带子和缀钉像拔了枪支的枪套，盾状臂章上白色"警察"字样赫然耸现。"英雄"是把自己的辉煌与失落、历史和当下都穿在身上了，默默注视着他，若干种情绪同时涌上我的心头，有深深的佩服，淡淡的遗憾，由此及彼的遐思，由远而近的感怀……

汽车往回开，二三十分钟的车程里，我从呷呷勒学那里得到的信息不多。不是他性格内敛，也不是他的声音不够洪亮，而是他说出来的汉话同我听顺了耳的发音间隔着一段距离，加上汽车噪声大，车上拉的东西又挤得彼此间都在叽叽咕咕埋怨对方所占太宽，穿过重重障碍抵达耳膜的已然溃不成军。即便如此，我仍是从中听明白了几个意思。第一，他的老婆儿子都在甘洛县城租住，只有他一个人长驻二坪，开着一间小卖部。第二，小卖部生意不怎么样但还得开下去，因为除此，他暂时没有别的生路可寻。第三，"英雄"有悔，比悔意更深的是埋怨。"我是犯了错，但是犯错，并不是为了自己"——这是我唯一听清楚了的他的原话。

我在乡政府前工地上下车后，汽车载着呷呷勒学和他进的货上山去了。下车前我和他约定，另外找时间好好聊聊。本来当时就想和他找个安静地方一席长谈，但是乡政府这一趟非去不可。村里人问了我好多问题，我得帮他们找人问问。

乡政府是一个四合院，不大且显老旧。阳光肥厚、黏稠，覆在大门两侧贴了咖啡色瓷砖的门柱上，是一种安恬的气息。

综合服务中心大厅是开放式布置，一张长柜台将前来办事的群众和工作人员在空间上做了区分。三女一男在各自办公桌前聊着什么，见我进来，停止说话，齐齐望向了我。

我表达了想要见二坪村包村领导的意思。率先接话的女同志看样子四十上下，对话不过三句，经过口音指引和进一步辨认，我们竟是同乡。不仅是一个县的，而且是一个乡的。老乡董敏打过一个电话后，把我让进柜台。她告诉我，刚刚问了乡长——他是二坪包村干部，这会儿正从二坪往回赶。我问董敏负责什么工作，旁边人答，纪委书记。

等乡长下山的几十分钟，我们有一搭没一搭聊了起来。先是董敏和我聊，后来其他几个人也加入其中。他们说起同一个意思，为了脱贫攻坚，几年来就没有上班日和休息日一说，工作到晚上十一二点是家常便饭。叫过苦，他们又声明，不是吃不得苦，而是材料太多，要做的工作太多。我想起铁拉阿木说起过一位不久前倒下的村干部，董敏也想起了他。不久前的12月14日，乃乃包村村主任阿木布哈早上7点25分出门去向"卫生先进户"派发奖品，然后去村活动室梳理物品发放清单。阿木布哈头痛犯得突然，支书让他回家休息。回到家，头痛稍减，他起身整理材料。到了晚上10点阿木布哈还在加班，妻子丁万香叫他上楼休息，他说再干一会儿活，在沙发上将就眯一下。怎料第二天早上6点，丁万香起床，阿木布哈已没了呼吸。三天前，甘洛县脱贫摘帽第三方评估检查顺利过关，几年都熬过来了，怎么就在这时候倒下了呢。董敏边说边摇头，语气里满是惋惜。摇过头她对我说，省检结束，突然轻松下来，反而不太习惯。不过这样的状态想久也久不了，脱贫攻坚刚刚收官，乡村振兴又在路上。

终于等到乡长。已是饭点，他们邀我一起到伙食团用餐，见我推辞，乡长也说自己不觉得饿，随手拉过一把椅子，把自己安顿下来。目测老杨四十五六，个子不高，看起来性情温和，脸上倦意像这个季节的大渡河，浪花小朵，但是密致。

没有过多客套，我的第一个问题直奔新村选址。乡长说，二坪新村是易地扶贫搬迁项目。易地扶贫搬迁是国家针对生活在"一方水土养不好一方人"地区贫困人口实施的一项专项扶贫工程，目的是通过"挪穷窝""换穷业"，实现"拔穷根"，从根本上解决搬迁群众脱贫发展问题。顾名思义，"易地"就是换个地方。选址3组的方案李老师也曾提起，不过通往3组那段路太危险，造价又高。我也承认，县上相关部门和专家是矮子里面选高子——要想绝对安全，除非搬出大桥乡，因为不光二坪，其他6个村也是山高坡陡。话虽这样说，现有条件下，我们也会想一些办法，加强安全措施。具体方案还在制定中，说不定你下次来就在实施了。

我提起卡拉阿木。他家情况在乡长掌握之中，他也知道，二坪村不止一个卡拉阿木。乡长说，新村征地时有意留了余地，就是考虑卡拉阿木这种情况，不可能两弟兄在屋檐下住一辈子。不过凡事有个过程，得一步一步来。

我请乡长说说产业，说说"合作社"。开口之前，乡长喝了一口茶，看他的脸，却像喝了一口药：脱贫之后，增收致富，产业是必由之路。为了弥补短板，对口帮扶工作队从南充引进龙头企业，来乌史大桥乡二坪、布依两个村发展花椒，这个事情目前的确出了一些状况，我们也在想办法解决。发展中遇到问题并不可怕，关键是积极面对。至于萝卜，可能的确是种多了点，一定程度上造成被动，明年我们会控制种植面积，防止盲目跟风。

这一个问题我同样关心：有没有建档立卡户脱贫脱得比较吃力？

乡长看起来底气十足：只要不好吃懒做，脱贫都不是问题。真正困难的情况只有一种，就是重灾重病，或者没有劳动力，但这恰恰是最不需要担心的，因为这部分人有国家兜底。搬迁时，政府的"大礼包"里有1500元家具补贴。前一段，我在村里住了十多天，每家每户都走遍了。我发现，真正仅靠1500元买沙发茶几的不过一两家，很多花了三四千。还有花七八千的，我给户主开玩笑，你的沙发比我家高级。这说明他们腰包里还是有内容，不然也舍不得拿那么多钱往屁股下垫。二坪变化翻天覆地，除了房子，从路上你也可以看到。我来大桥乡工作3年多，刚来时靠"11路"，一步一个脚印。2016年底可以坐摩托上山，今年通了水泥路。眼下行车，安全还不能完全保障，明年这个时候，安全系数会提高很多——从山上到山下，全程都将安装波形护栏，目前正在做设计变更，不久后就要启动实施……

董敏之前进来过，这会儿又进来了，说的是同一句话：你们是不是吃完饭再接着谈？我瞄了一眼手机，7点36分。的确是该告一段落了，乡长还饿着肚子，而我也要穿过夜幕，去乌斯河加油站取车，去火车站附近寻找住处。

第十章　二坪村，2020

学校面临拆迁，李桂林心中有期盼，也有不舍

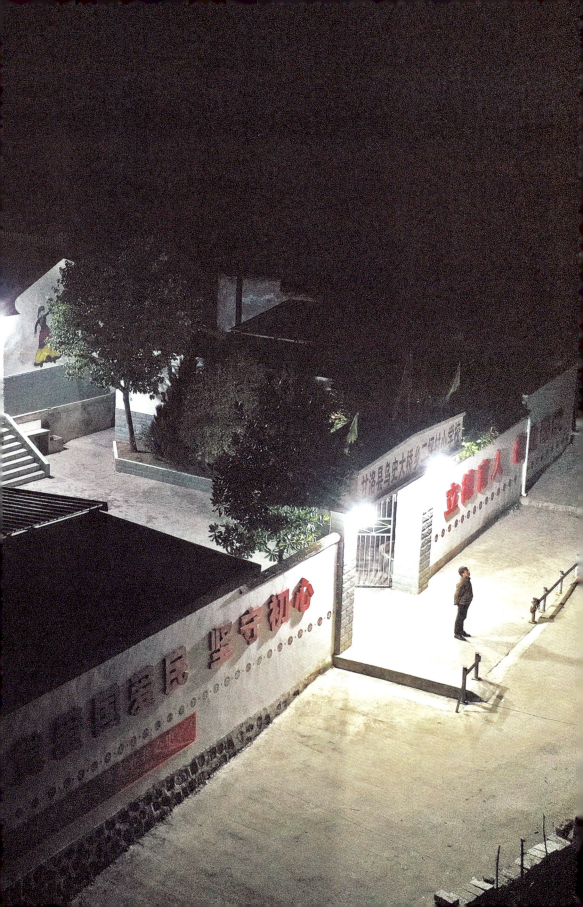

孤独的人常在深夜

看见自己的从前在天上闪光

也看见自己的未来

在天上茂盛生长

——彝族诗人发星《大凉山灿烂星空之五》

其实，远方都是可以成为眼前的，模糊也都是可以变得清晰的。时间的流水线上，没有一团暗影不露出马脚，现出马首与马尾。

二坪村会成为什么样子？两位老师是否会坚守初心，知识与文明的火光，是否能照亮绝壁上的梦想？曾记得，《天梯之上》杀青，当这些问题涌向脑际，我把答案的书写，托付给了未来。

2019年底，10年之前的"未来"真切地站在了我的前面。时间不负厚望且循循善诱，它在满足了我的好奇心的同时，又让我像观看一部引人入胜的电视剧般，一波悬念刚刚揭晓，因为新的悬念的铺开，生起新的期待。

一年后的2020年10月23日，我再次驾车向二坪出发。接下来的五天我主要是在寻找——为头年岁末带下山去，如今又从山下带回二坪的疑问寻找答案。"主要"之外，头一年的采访内容，不少地方有待弥缝补阙。

一场暴雨后，二坪小学背后山崖发生坍塌，泥石流冲到校舍围墙才勉强刹车。那是2019年7月29日，李桂林得到消息，从老家赶到学校，带领村民清污排淤，将情况及时上报。专业人员查看发现，学校上方悬崖出现重大险情，在暴雨等不利情况下极易整体失稳。为确保师生安全，县教体科局要求该校延长暑假至汛期结束。此间，州上为二坪小学下拨重建资金278万元，县教体科局领导两次带队踏勘，将学校新址选定在村活动场。选址意见遭到李桂林、村干部和村民反对，重建工作因此陷入僵局。

问题最新进展，李桂林将一份材料递到我的手上。落款日期为2020年3月10日的《二坪小学迁址意见书》，开头部分是对泥石流发生至初步选址的前情回顾，占了半页纸。新进展也是半页纸，讲了两件事。一、2020年3月6日这天，县教体科局领导再次来到二坪。局领导的意思，选址维持原判，且要盖棺定论，木牛拉哈和李桂林当场予以反对。二、3月9日，木牛拉哈召集村计生专干阿衣克布、1组组长木乃子布、2组组长木乃热布、3组组长木牛日和李桂林开会，形成一致意见：建议有关方面将新学校建在村便民服务中心背后。

《意见书》指出，学校选址村活动场有四个弊端：一、村活动场长30米，一边宽22米，一边宽29米，修建教学楼后仅剩狭小异形空间；二、村民和学生共处一域不便规范管理；三、一旦发生疫情，很难有效隔断污染源，严重威胁师生健康；四、活动场基本功能是全村104户447人召开群众大会、开展群众性文体活动、办理红白喜事，容易对学校形成干扰。《意见书》仅薄薄五页纸，文字性叙述则不过两页又两行。而我分明感到手上有着泰山之重：红通通的手印，像一团团火球，将三页A4纸燎成火场。

当我翻到最后一页，李桂林在一旁解说：每个户主都按了手印，包括目不识丁的人家，也包括没有结婚、没有后代的孤人。

我是真的被震撼到了。人上一百，形形色色，然而104户人整齐划一地为一个未必与自身直接相关的事情旗帜鲜明亮明态度，他们维护一种秩序的果决让我吃惊，他们冒犯另一种秩序的坚定让我讶异。这样的执着和直接，在我所熟悉的场域里出现的概率极其低微，而"低微"这个词语在这个地方，大约等同于"0"。

我不由问李桂林：你不怕吗？村民们不怕吗？

为什么要怕？！李桂林不等我回答，也可能是知道我无言以对，接着说道，如果错误的行为不被纠正，犯下的将是更大错误；如果错误的行为畅通无阻，结下的恶果，睁着眼睛当瞎子的人见者有份！

我不由得暗自佩服起李桂林的勇气。很多事情大家都明白，但是没有人说出来，无非因为缺乏勇气。而且不知从什么时候开始，勇气之于人们，就像青年之于乡村，青丝之于暮年，是愈来愈显得稀少、显得宝贵了。一句真话也许可以唤醒一个真相，一个真相也许可以避免一场灾难，然而人们有承受灾难的能力，却没有面对真相的勇气。那么，是什么导致了这样一种格局的出现？如果说真话的人在湖海一样宽广的生活中只是沙洲一样的存在；如果有一天，人的一生中所说的真话，只不过如一粒米混杂在一碗饭中，那个时候，当我们想要放声大哭，我们的眼泪是否还臣服于我们的意志？我佩服的当然还有这些村民。他们有的一文不识，有的认识的文字，就像悬在梁上的腊肉，可以一块块数得清楚。真话的力量似乎知识分子最为懂得，而吐露真言，往往也被认为是栋梁的担当。然而所谓饱学之士、社会精英未必尽能做到的，说出不违背内心意志的话来，站在事实和真相一边，二坪的村民们做到了。当心底涌起对于村民的由衷的敬意，我对李桂林的钦佩，随即又水涨船高。齐刷刷按下手印，如若是他振臂一呼的结果，他的号召力足以让有令而不行的发号施令者汗颜，反之，若是不令而行，他的人格魅力则更是让人折服。但是，即使我写下的这些是由衷之言，即使李桂林刚才的回答是一个旁枝斜长的加分项，必须得说，他对我的问题的回答，并没有落到"点"上。

换个方式，我表达了关心和担心：得罪了厨子没有好汤喝，你懂的。

我的话竟然长了个油腻尾巴。这尾巴显然把李桂林挠痒了，尽管我看得出来，他尽量保持克制。李桂林说，如果都当好好先生，这个社会怎么能进步？！

那么，最后，情况如何？

至今没有下文。

时间被一大片沉默排挤开去，直到被飘忽而至的一句话重新带回身边：写作文要紧扣中心思想，但是不光学生，没有人提醒，大人也容易跑题。

话仍是李桂林在说，感觉遥远，是因为传进耳朵，有一种难以言喻的恍惚感。又一个瓶塞被拔开，又一些话要倒出来了，这是我恍惚之中唯一切实的预感。果然，李桂林讲起了他和陆建芬经历过的又一场斗争。无论如何想不到，10个月前的这一幕竟然与我有关，并且因我而起。

2019年12月29日，也就是我上次采访下山那天，下午4点，乡长老杨来到学校。乡政府"一把手"出任二坪包村干部，是因为全乡脱贫攻坚一役，二坪地位特殊、任务艰巨。正因为清楚这一点，乡长此时只身前来，李桂林陆建芬煞是意外。倒是老杨一句话道明来由：李老师陆老师，你们也是有身份有影响的人，千万提高警惕，不要接受不明身份的人采访。

明白了他的意思，李桂林犯起糊涂：你是指这几天在村里采访的陈老师吧？我10年前就认识他了，怎么是不明身份？

乡长没有回答他，而是申明立场：现在工作局面本来就复杂，有人东说西说，容易惹出麻烦。

李桂林目光炯炯盯着对方：成绩好的学生，怕的不是老师提问，而是老师把回答问题的机会给了别人。

乡长咳了两声：李老师，地方治理不比教书，一句两句话我也跟你说不清。

李桂林声音上去了：还是那句话，好学生不怕提问，不用功的学生才怕检查作业！

威严浮在了老杨脸上：无论如何，不能擅自接待外人来访。你是党员，党员要讲政治，要有组织纪律性。

李桂林不认识似地盯着他：我们共产党的宗旨是什么？我们共产党什么时候说过不接受外界监督？如果连批评和自我批评都不要了，共产党还是共产党吗？连一点接受监督的勇气都没有——何况人家未必就是专门来挑刺，人家说不定本意是来看政府都给群众办了哪些好事，顺便听听群众还有哪些建议呼声——是讲政治吗？如果这就是你说的讲政治守纪律，我以一个老党员的身份告诉你，我们共产党没有这样的政治，也没有这样的纪律！

老杨没想到他会发这样的火，更想不到他会说这样的话，一句也接不上来。而李桂林心中的火还在燃烧：我接待的不过是我的朋友，也是自己的同志。他不是敌对势力，也没有把你赶走后占山为王的野心。他不就是走一走群众路线吗，不就是和群众打成一片吗？如果这样的人我也没有权利接待，那么你先在大渡河边、在乡政府门口立一个牌子，写上一句话：非本乡人不能入内！

老杨被镇住了，直到李桂林中止了火焰喷射，他也没找到一句正面回击的话。冷板凳坐着实在难受，他把架在左腿上的右腿放了下来。这样坐着似乎仍不舒服，他又把左腿抬起放在了右腿上面。老杨掩饰内心紧张的努力并未达到预期，这从他一时不知该搁在何处的双手的拘谨可以看得出来。但他像是蒙了一层灰的眼睛突然亮了一下，在他的目光游移到陆建芬那里的刹那。陆建芬脾气好是出了名的，在二坪这些年，除了闹得沸沸扬扬的"水管事件"，上上下下，二坪村没有人见她红过或者黑过脸。李桂林是个硬茬，政府部门同他打过交道的人，不止一个说他是一点就着的火药桶，就是这些人也觉得陆老师这个人好相处。他们印象里，即使李桂林浑身的刺都竖了起来，陆建芬也是和和气气。不明就里的，还以为李桂林和她不是一家人，因为她的话经常都向着外人。从眼前窘境解脱出来，老杨大概觉得只有陆建芬能帮他了，脸上肌肉可着劲把嘴角往两边拉的同时，他递给她一个求助的眼神。

陆建芬一直是沉默着的。虽然没有说话，她起先还有一些不易察觉的动作，比如蹬蹬李桂林的脚，比如抬眼看看丈夫，把她水一样的冷静泼向他的怒火。如同过去岁月里的很多时候，李桂林是横冲直撞的烈马，而她是如影随形的马缰。然而某些时候，马缰也会从手中脱落，甚至秒变皮鞭。那天，李桂林这匹烈马扬蹄狂奔的最开始，还不时能感受到向后的牵制，可是后来，马缰受到了马的蛊惑，忘记或者是放弃了自己的职责。是老杨的目光让陆建芬找回了自己，也是那可怜巴巴的神情，让她涌起一吐为快的冲动。一些话，像一口痰卡在喉咙已经很久了，她一直强忍着，担心吐出来别人难受。她决定把它吐出来了。人有时候该向一匹马学习，该跑就跑，能跳多高就跳多高，不然有人会把你当成绵羊，得意时对你视而不见，到了山穷水尽，却大肆推销起伪装的可怜。

成了一匹马的陆建芬躁动起来了。没有助跑，这匹马一扬蹄就是虎虎生威——

杨乡长，我问你！我们拖儿带母来山上这么多年，你来过几次？我们黑灯瞎火时没人理，有病有痛时没人问，来了一个朋友，你倒像长了翅膀，飞得比哪个都快。你关心一个外地人胜过关心我们学校，换成你是我，你会不会伤心难过？！

我再问你，二坪建新村，全村一百多户人都有房子住，为啥我家没有？我们两口子，我家两个儿，当初户口就都迁了上来。我们没把自己当外人，你又把我们当成自己人没？就算我家两个娃娃读大学时户口迁走了，就算我们两口子不是农村户口，没有资格入住新村，那么学校呢？学校你们怎么当初不规划，不进新村？过不多久，全村人热热闹闹搬走了，你们就把学校扔在这里，把我们两口子当成石头瓦片一样扔在这里。白天还有学生做伴，到了晚上，我们就是孤魂野鬼！不要以为我们也想凑热闹，想住新房子！如果想凑热闹，你想想30年前二坪村有多清静。不说30年，就是10年前，这地方一年能见到几个外地人？但是我们来了，我们是专门来凑热闹的吗？我们也不是想住新房子。现在的学校，一石一墙、一砖一瓦，我们都出过力流过汗，都抛舍不下。但是人命关天，悬在三坪的石头一旦垮下来，谁能负得起这个责任！

老杨架在右腿上的左腿抖起来了。嗫嚅一阵，终于开了口：学校应该也会搬迁，肯定是要搬迁。我们在向上反映，方案有、有一个过程……

李桂林打断了他的话：看看来了一个不是记者的记者，你的反应有多快。要是学校搬迁，解决新村选址、产业发展中的问题和群众实际困难你们也都如此上心，我感谢你还来不及。村子面貌改观，群众生活改善，那是因为党的政策好，因为国家舍得花钱，村民手脚勤快。如果每一件事你们都做得实实在在、办得公平公正，就不会天上有一只鸟飞过你们都担心它走漏了什么风声……

这时候，老杨的手机响了起来。有人在电话里问：杨乡长，有人要采访二坪包村领导，不知你有空没空？

手机里的声音从李桂林口中传来，陆建芬对我说，那个说要采访包村干部的肯定是你。陆建芬想知道老杨和我聊了些什么，李桂林也是。他们说得也够多了，于是，故事的讲述者变成了我。

在我的讲述结束之后，时间从过去时切换到现在进行时。

想不到啊，李桂林笑着说，杨乡长心理素质那么好。陆建芬想不到的是他在山上住了10多天，走遍每家每户，她竟没有碰见也没听到风声。我也说了一个没想到：温柔贤惠的陆老师，给成年人上课也是一套一套。

李桂林不怀好意地笑了：老虎不发威，人家以为是病猫。

陆建芬抬手佯装打人：你不如直接说母老虎还好听点。在你嘴里，就没有一句好话！

李桂林瞪她一眼，有句话叫什么眼看人低？然后他把目光转向我：金杯银杯不如群众口碑。要说口碑，省监狱管理局，村里没一户人不竖大拇指。别的不说，收购洋芋、萝卜、山羊、腊肉，他们说到做到，不打半点儿折扣。和大桥乡结对帮扶不久，局里就为我们的学生食堂捐赠了一套价值3万元的厨房设备。邑州监狱监狱长进村对接工作，顺带走访学校，问有没有什么地方需要帮助，我说没有，他却说围墙只怕矮了点，篮球容易飞出去，最好加装一张铁丝网。我以为他随口一说，没想到，隔不多久，"围墙"向上"长"出1米多高。

你这典型拿人嘴软！我说。

知道是个玩笑，李桂林的解释不紧不慢：好听的话我不会说，昧心的话我不能讲。再给你说说杨勇，驻村副书记，也是省监狱管理局派来的。第一次上山，他把脚都走肿了。这个人舍得吃苦，工作和秤砣一样搂实，所以听说他完成任务要走了，我专门下山做了锦旗，感谢他尽为群众着想，给组织加分。人家平时是管犯人的，身份转换过来，照样干得像模像样。这是为什么？还不是因为对老百姓有真感情。

李桂林提起杨勇，让我想起了呷呷勒学。这个过渡似乎莫名其妙，似乎又自然而然。


第二天上午，我去了"英雄"的家。他本来就在我的采访计划之中，调整采访顺序则是临时起意。人世间没有什么是一成不变，呷呷勒学的人生经历就揭示了这个道理。

"英雄"住处离学校不出200米。2组房子拆得差不多了，他住的平房却还立着。我问他这是为什么,他答非所问,房子主人是克日阿木。

克日阿木的家是一座平房,我和呷呷勒学从一架木梯爬到房顶。我们的对话在屋顶展开。这时节,山上的风已开始变硬,戳在手和脸上,有如麦芒。呷呷勒学问我为什么非要爬上房顶,我说上面风景好。真实情况是,随着道路贯通、新村落成,外地施工人员陆续撤离,呷呷勒学开的小卖部生意日渐萧条,他不得不另辟蹊径,养起阉鸡、土鸡。遍地跑的鸡养得不少,在院里、屋中一不留神就会踩上"地雷"。

风把笔记本翻得沙沙作响,应和着呷呷勒学时而激昂时而低沉的诉说。一部跌宕起伏的个人史展开了,季节的芒刺,在故事的幽深处迷失了锐度。

呷呷勒学成了英雄,因为他生擒了夺走五条人命的杀人犯,还因为他不计生死,挺身而出,阻止了一场悲剧的蔓延。一开始,"英雄"还只是人们偶尔戴在呷呷勒学头上的一顶帽子,只是跟在他这个人背后的一个影子。后来,"英雄"就不是一个定义、一个光环、一个荣誉,而是一个活生生的人了,就是那个膀阔腰圆、浓眉大眼、走起路来地皮都要跟着他的节奏颤抖的20岁小伙,就是他身形、言语、神色、呼吸的总和,就是"呷呷勒学"这四个字的缩写,就是一个人有假包换的大名。

"后来"指的是两个月后。州里、县里的人长什么样,村里大多数人并不知道,可是这次,北京来人了,来的还是再熟悉不过的人,给二坪村带来了前所未有的荣耀的人。这个人就是呷呷勒学。与其问他为啥去了北京,倒不如看看他从北京都带了什么回来。一张奖状、两本证书、两个勋章,还有一堆出席会议时佩戴过的绶带、佩花,都是红的,像天安门上方的朝霞被呷呷勒学打包带回了家。

先看这张奖状——"呷呷勒学同志:您在维护社会治安与犯罪分子作斗争中,作出重大贡献,特授予'见义勇为先进分子'荣誉称号。"下面是颁奖日期:

"一九九〇年八月十日"。中宣部和公安部的大红印章骑在时间上面。

再看两本证书——大一些的是公安部"见义勇为勇士"嘉奖证书；共青团中央制发的这一个开本虽小，字却很大："授予呷呷勒学同志新长征突击手称号"。

展示完证书和勋章，呷呷勒学又翻出来一沓照片。这张叠加了"中央领导同志接见第二次全国人民维护社会治安与犯罪分子作斗争先进分子代表表彰大会合影"横额的黑白照片呷呷勒学显然最珍惜也最引以为荣，这从他眼波里流动的热烈而明快的色彩里看得出来，从他指着坐在前排的中央领导同志，一个个念出他们名字时，语气的徐缓、温润和微微带着颤动的音调里感觉得到。

就是在念完这些名字后，呷呷勒学被村里人改口叫了"英雄"。只念过小学三年级的他得到一个"以工代干"指标，被分配到黑马乡担任公安员。干了半年后，他脸上的神气像树上冰挂在太阳照射下浑了一地。那次回二坪，他闷闷不乐的样子让李桂林好生不解。一问方知，呷呷勒学嫌自己身上多了一个"员"字，腰间少了一把手枪，名不正言不顺的"公安"让人浑身没劲。李桂林给他出主意，还提笔写下一个报告，让他交到州公安处。梦想之门再次为呷呷勒学打开，多了配枪少了"员"的他成了名正言顺的公安。田坝派出所、县戒毒所、玉田派出所，工作单位一连换了几个，呷呷勒学去哪儿都是满面春风。他向领导表态，枪是组织上发的，领导指向哪里，我就打向哪里。

1998年，嘎日派出所成立，为充实工作力量，呷呷勒学被调了过去。嘎日派出所承担着辖区社会、铁路安全双重职责，呷呷勒学主要任务是以南尔岗站为中心，保障火车平安运行。南尔岗站除了呷呷勒学是警察身份，其他3个是联防队员。自知肩上责任重大，呷呷勒学一点儿都不敢马虎。从双河口到白沙河，这段辖区铁路单边步行两小时，每天他都要组织联防队员走上一遭。这不过只是"规定动作"，时不时还要来个"回头看"，以防坏人钻空子。

巡逻都是荷枪实弹。贼娃子人多势众，不长几颗"钢牙"，会被反"咬"一口。刚开始，巡逻队和他们撞上了，他们不但没有落荒而逃，反是提着钢管、猎枪隔空喊话：靠山吃山靠水吃水，我们不过图口饭吃，小心逼急的兔子会咬人。呷呷勒学说，我手上端着公安饭，不可能对你们视而不见。对方说，你倒吃香喝辣了，我们吃啥？你有一家老小，我们也有一家老小。呷呷勒学见拿嘴撵他们不走，枪栓一拉，啪啪啪连开三枪。子弹有意飞得矮，比人高不了几厘米。贼娃子见硬的不行，换了套路，想给呷呷勒学吃"软糖"：一起"发财"，共同致富。呷呷勒学又往空中放三枪：我倒愿意，它不答应！软硬不吃的呷呷勒学成了车匪路霸眼中钉，阿克衣隧道口，他们拿排笔写下咒语：呷呷勒学全家死光光。

连呷呷勒学在内，嘎日派出所只有3名正式警察。这天有人过来报案：我们村来了一个二流子，快去把他抓走。所长不在，轮到呷呷勒学做主，他带上两个联防队员立马出发。

哪料这是一条大鱼。呷呷勒学他们赶到时，"二流子"正在火塘边呼呼大睡。又冷又硬的枪口抵在脑门上，他还以为是在做梦。呷呷勒学感觉也像做梦，因为枪口指着的不是一般"二流子"，而是通缉犯地阿木。地阿木强奸、杀人都干过，正值壮年的他四肢发达头脑也不简单，县公安局几次组织抓捕都落了空。这一次他是真的大意了。见被他讹诈的村民面容木讷，又觉得这地方天远地远，不可能有人知道他是通缉犯，这才大大方方"碰瓷"，踏踏实实睡觉。

通缉犯落网当然是大功一件。资历老的同事把功劳记在自己头上，理由是报案村民是他安的"线人"。

黑，比用了一辈子的锅底还黑！呷呷勒学由不得自己不这么想。这么想了几天，坏事了。呷呷勒学心里眼里，晚上是黑的白天也是黑的，生水是凉的开水也是凉的。

从那以后呷呷勒学就变了：上班不是第一个到了，见了人没那么热情了，就是谁把一本笑话从头念到尾，他脸上也难得见到一丝笑容了。对于他的变化，手下兄弟洞察更敏感也更深刻。以前，他们若是抱怨又脏又累又熬夜，他会说条条蛇都咬人；他们若是发牢骚，说辛辛苦苦追回来的物资上交后也不见一点返还，他会说我们又不是没领工资，物归原主天经地义；他们若是嫌每个月只有一两百块，家里人都吃不了饱饭，他会说钱嘛多是用少也是用，日子嘛松也是过紧也是过。但是现在，他们再说这些话时，他的耳朵好像就不在了。

滔滔不绝是一种表达，默默无声也是一种表达。呷呷勒学在用沉默说些什么呢？联防队员们听见了，他的意思像火车从远处驶来时的声响，从隐隐约约到清清楚楚。是正解还是误读，在2004年8月16日之前，这样的探讨也许还有意义，然而来不及了，修正答案的机会不是一直都有。那一天，南尔岗站联防队员全部被警察带走，与"里应"的他们一起落网的，还有六个"外合"的车匪路霸。

虽是在心里为手下队员打抱不平，让呷呷勒学感到"合算"的事情还是有一件，那就是他们尽挑他不在场的时候展开行动，虽说自己时常跟着他们吃吃喝喝，有时候他们也找个借口分他一点好处，但是盗窃和销赃，两个罪名都和自己挂不上钩。呷呷勒学对法条的了解少得可怜，就连"窝藏罪"这个罪名他也是两个月后才头一回听说。2004年10月21日，呷呷勒学穿在身上的警服被扒下，他经常给别人戴的"双手表"，被一分钟前还是战友的警察戴在了自己手上。

两年后的10月21日，呷呷勒学刑满释放，走出荞窝监狱。从黑门（当地人称监狱的门为黑门）出来，他只当自己是出了一趟远门，回了派出所。住过的房屋还在，只是粉刷一新后，已经分给了接替他的同志。呷呷勒学是真的天真，在监狱里他还想着，就算不能穿警服了，换个"工种"，"铁饭碗"总该还在——要不怎么叫"铁饭碗"呢？这时候他才明白了铁会生锈，天下也没有摔不坏的饭碗，接受了自己回不到过去也看不见未来的现实。老婆孩子租住在玉田镇上，老婆给人洗菜洗盘子，洗得手都烂了，日子却不见一丝起色。宅在屋中，呷呷勒学只有在肚子咕咕叫的时候才能感觉到自己的存在，而走在小镇的街巷里，他150多斤的肉身，在别人眼中如同一张过了期的报纸。

侄儿克日阿木有一匹马，他对叔叔说，马借给你，房子也借给你。外边你肯定不想待了，地你肯定也不想种了，回二坪开个小卖部，好歹也是一个饭碗。住房公积金账户上有4000多块钱，呷呷勒学取到手上，用1800块给妻儿交了房租，余下的换成百货，用马驮到二坪。到这时呷呷勒学才在难以辨认的生活里找回了些许熟悉和亲切，甚至在心底泛起一丝久违的感动，因为村里人仍然张口闭口称他"英雄"，并时不时提起让呷呷勒学成为英雄的那件往事。感动过后他难免生起怅惘，说到底，"英雄"这个过去的光环，已不能实际地给眼下生活增添色彩。小卖部一天天开了下去，村里人也愿意照顾他，但二坪村就那么大，村里人又都说不上宽裕，别人指缝里漏过来的，不过几个盐巴钱。

自己一张嘴糊起来容易，但老婆过得苦，娃娃读书开销也大，呷呷勒学发起狠来。养鸡可以赚钱，种地可以养鸡，他在小卖部以外开辟出第二战场。熬着熬着夜幕上现出了曙光，老婆早些年辗转到县城租房卖水果，女儿嫁到田坪安了家，儿子头一年也从职高毕业，去了北京打工。呷呷勒学刚想直起身子喘口粗气，一口冷气先灌了进来。村里修了骡马道，通了机耕道，机耕道又变成水泥路，政府还给一家一户修了新房，看起来没一件不是好事。然而救生的麻绳也可以夺人性命，可见一旦用错了地方，仙丹也是毒药。克日阿木是把救生绳勒在脖子上了，交通改善后，他不是想着怎样走出贫穷走向富裕，偏偏鬼迷心窍走了邪路。"溜冰"已是大错，心魔驱使下不惜铤而走险到邻村盗窃耕牛，这是错上加错。侄儿这样走下去，他和他的家就都彻底毁掉了，呷呷勒学介绍年轻时的自己给他认识，讲起自己当年发过的一个感叹：要是有人及早拉我一把，也不至于跌得那么深，摔得这样惨！呷呷勒学带着克日阿木投案自首，从那以后，在经营小卖部、种地养鸡的同时，呷呷勒学照顾起三个孩子的饮食起居。三个娃都是克日阿木的，一个7岁，一个6岁，一个5岁。侄儿被判了四年刑，侄儿媳妇随后去了城里打工。大哥已不在人世，嫂子一身病，照看自己都成问题，呷呷勒学问自己，你这当幺爷的不站出来，几个小家伙还能扔给谁？

呷呷勒学讲到这儿声音小了下来，如果不是风正往我这边吹，他的最后一句话我只怕都没法听见。他的头却抬了起来，像是看向三坪，也像看向天空。我却知道他什么都没有看，也什么都看不见。我知道，此刻，在他的眼里和心中，同看起来大雨将至的天空一样阴郁。

小卖部生意如何？这样问他，我是希望，我和他都能躲过他眼里和心中将下未下的那一场雨。

工程收尾，外面来的人快走光了。村里人的钱不好挣，有的赊了几年账，手里不宽裕，也还继续赊着。开着汽车来卖货的也多，往后走，说不定会开不下去……雨没下下来，天却还是阴沉着脸。

你怎么没住新村里去呢？天不会一直黑下去，我相信会有一个出口通向明亮。我继续寻找着这个出口。

呷呷勒学笑了。是郁闷、艰涩、不甘混为一体的笑：当年不是当警察了吗？"农转非"后，户口就不在这里了，回不来了。

我的心被什么扯了一下，在听到"回不来了"的时候。他说的是他的户口，而回不来的，仅仅是他的户口和他作为农民的身份，以及借以在他出生、成长的村子获得一套住房的资格吗？曾经，"农转非"是多少人孜孜以求的向往，具体到一个个体，是何等重大的转折与荣耀。现在，一个从村庄出走的人感慨"回不来了"，某种程度上是在说，对他而言，村庄从"断舍离"的对象，反转成了"续得留"的目标。这是个体的沉浮、时代的开合，还是个体与时代交互作用下的折叠？一条顺流而下的鱼因为河道变迁难以回溯源头，这是一件让人感慨的事，但是，如果洄游的愿望并非源自热爱，而是出于迫不得已和无可奈何，则实在让人感伤。呷呷勒学仍然住在二坪村，村里人仍然把他叫作"英雄"，但他知道，我也清楚，很多东西已不同以往，有的显明，有的微妙。

我让呷呷勒学带我看看他和木基叶子的格斗现场，他答应了，脸上同时现出一个亮口。我们从屋顶下来，走到不远处的一块空地上。指指脚尖前方，又指指面前一道堡坎，呷呷勒学说，我从地里跑下来时，他在这里，我在那里。

"英雄"又回来了。在他形神兼备地回放那些惊心动魄的画面的过程中，在20年前的那个光阴的碎片被他明亮热烈的眼波洗濯得耀眼夺目的时刻，我看见了一个不羁的少年，一颗勇敢的心。


这次上山，除了"英雄版"的"跟往事干杯"，我还路过了另一个人的岁月。这个人中等身材，脸盘子瘦而洁净，说话慢条斯理。他叫木牛日，54岁，已经当了三年3组组长。

阿普洛朵沟附近原来没有人户，一栋木房子突然冒出地面，这是我走进屋去，并由此和木牛日促膝交谈的机缘所在。头天他才从汉源县九襄镇回到家中。去那里，他是参加省监狱管理局牵头举办的"法律明白人培训班"。培训班培训对象是全乡村组干部，除了法律知识，当地农业产业化经验也被纳入学习内容。

乔迁新居后，大家又纷纷搬了回来。往回搬当然不是重新建房，"一户一宅"的土地政策必须遵守。搭建生产用房却在政策许可范围，只要不在"红线"内，不在原来房基上。以前是砖房的人家，将旧砖头再次集中；以前是木屋的人家，

将老木料重新组合；以前是土坯房、竹笆房的，仍然因陋就简，将木杆、石头、钢筋、门板混搭一处。白天，村民们在这里照看土地，到了晚上，他们又回新村居住。

　　木牛日当初在全组第一个签字拆房，搬回来却是最后一批。之前他家有两幢木房，这次组装的是小的那幢。那是几年前从别人手上买过来的，他有3个儿子，早晚都会成家，他得早做准备。舍大取小全因"看菜下饭"——原址不能用，

在3组，一座生产用房正在重建

原址之外，他家看起来安全一些的地要数这一块。

　　木牛日并不怀念过去的生活，但亲手建造的那一幢木屋，他却时不时地想起。200多个平方米的房子是34年前建成，那年他20岁。准备工作做了足足两年，只有一件事，伐木。杉木几百年不变形不生虫，是建房首选。上好的杉木得到三坪背后原始森林里寻，有时候木牛日一个人去，背着干粮，提着大刀，去几个小时，来几个小时。更多时候请了人帮忙，一去就是两三天，睡在岩腔或者蹲在树下，烧上一堆火，烤热了就睡，冻醒了又烤。砍倒的树用锯断成截，有时背，有时抬，有时顺着山槽往下放。木料一截截盘回家中，一截截定下用处：主柁，二柁，长枋，二枋……木料终于一应俱全，请了两个木匠"搭积木"，每人每天20元，花了2个月又18天。

回到当下，木牛日说，翻起老皇历，不是说那幢房子比新村的好，新村那边虽是窄些，到底结实。想起过去是舍不得那些好不容易扛下山的木头——你是不知道，在老林里伐木，早上出去了，晚上回得来才算一个人。社会往前走，我们这代人毕竟要淘汰，子孙后代住进好房子，这是好事情。

听木牛日说阿木尔日和阿木读布的房子没有拆，和他道别后，我径直去了3组。以前这两幢砖心就是寨子里的地标性建筑，现在周边房屋几乎如数拆掉，它们更显得高大。

阿木尔日不在家，他的母亲背着一背篓柴，也是刚刚走到门前。语言在我们中间形成了一道难以逾越的鸿沟，我和她说的话，三句有两句她听不懂。我于是选择了直接和阿木尔日对话，从手机里。他说老丈妈过生日，所以陪陈母则回娘家去了。问他什么时候回来，他说得三四天以后。我还有话要问，他却没给机会：下来再说哈，开着车呢！

阿木读布也不在，么爸替他守在家中。呷呷布哈和我虽然也有语言障碍，尚可勉强克服。阿木尔日说他在开车，我很惊讶，难不成二坪村也有人买小汽车了？我向呷呷布哈最先打听的就是这个。呷呷布哈语气里有高兴也有羡慕：阿木尔日考过驾照，几个月前买了小汽车，说是娃娃小，要是有个病痛，开车下山来得快。听说他也想跑"滴滴"。

我问起阿木读布去向。得知去了成都学理发，我又问，是不是准备学成以后回来开店。呷呷布哈笑得憨厚：娃娃咋想的，我也不知道。

大部分房子都已拆掉，阿木尔日和阿木读布的却还立着，提起这个，呷呷布哈眼神清澈：两个娃娃坚持不拆，乡上向县上做了请示，联系二坪村的县委领导做出决定，这两个房子先保留下来。

　　我向呷呷布哈表达了迟到的敬意：阿木读布从小到大都被你宠着疼着，你是一个了不起的幺爸！

　　呷呷布哈笑了，很开怀很天真。我能力很差，做得不好！说过这句自谦的话，呷呷布哈收住笑说，但是值得。

　　呷呷布哈问我想不想参观阿木读布的房间，而我正有此意。

　　如果门上、墙上贴上大红喜字，这个房间完全就是一间婚房。地上贴了瓷砖，墙上刮了仿瓷，又用墙纸做了一米高的墙裙，屋顶用石膏做了吊顶。衣柜和床都是乳白色，款式洋气，新得发亮。贴在墙头的几张明星画像很打眼，都是阿木读布的同龄人……站在门口，我是真的被惊呆了。因为没钱装修，整座房屋外墙连灰也没抹一把瓷砖也没贴一张，而且楼梯扶手和几处门窗还虚位以待。在我眼里，这座房子与新村房子相比，就是服装店不着一缕的模特衣架。眼前场景瞬间颠覆了我的印象，不敢相信眼前一切，如同不敢相信蓬门荜户之中藏着光彩照人的宝石。我的惊诧没有持续太久，因为我很快意识到，这是可以触摸的实景，也是意涵深刻的隐喻。如果说村庄也是江河，年轻人就是潮头跳跃的浪花，他们流经之处将是江河流经之处，他们奔向大海，江河就会奔向大海。

　　呷呷布哈眼里也有一粒宝石。那是放在床头柜上的一张照片，大约15厘米宽，竖幅，镶有白色木质相框。相框中央是呷呷布哈，身穿崭新右衽绣衣，头戴黑色"子尔"（又称"俄田""英雄结"，一种彝族男性帽子）。呷呷布哈小心翼翼地把自己抱在怀中，用开心和自豪五五成的语气说：一模一样的相框，娃娃做了两个，这是其中一个，另一个他带在身边。娃娃差不多天天都要给我打电话，说这一天里看到想到的事。娃娃太懂事了，为他付出再多也值得……

二坪小学大门口，老二坪的"交通枢纽"，不经意间构成了二坪村除活动场、学校操场以外最大一块硬化过的室外空间。苞谷在那里堆成了一座山，一辆卡车到来后，三四个小伙一边说笑着，一边将装满苞谷棒子的蛇皮口袋往车上搬。

我向李桂林问起小卡车来处，他在报出卡拉阿木名字后说，这是二坪村第一辆货车。末了，他拿手抠抠脑袋，恍然大悟般说，对了，卡拉阿木是木乃尔哈的哥哥。

卡拉阿木这个人我是知道的。去年底，在木牛拉哈家，他说起两兄弟合住一套"二人房"时脸上的阴影，至今没有从我的眼前散去。木乃尔哈这个名字我也熟悉，不光因为李桂林讲起过他的故事，我和他不久前还有过一次近距离接触。那是2020年9月17日上午，李桂林电话里问我能不能去一趟雅安市人民医院。问完他才说起事由：木乃尔哈的女儿出生不久就从汉源县医院转过去，住在重症监护室，经过几天治疗，病情有所变化，他和医生之间沟通却不顺畅，对下一步治疗方案也六神无主，希望我去看看，帮忙拿个主意。到了医院，医生告诉我，女孩病情明显向好，建议转回县级医院，待身体条件进一步改善再去成都或重庆进行胆管手术，因为这样既不影响后续治疗，又能缩减开支。有对医生夹杂着专业术语的解释听得一知半解的原因，有在陌生人、陌生环境前无所适从的原因，就像在所有人生重大节点他都要征求老师意见那样，木乃尔哈把电话打给了李桂林，这才有了李桂林的"呼叫转移"。我本就有意去木乃尔哈家看看，听了李桂林的话，这一趟就更是非去不可。

我是等到卡拉阿木收工后才去的他家。两兄弟都在，木乃尔哈妻子——一个身材瘦小、见了生人好往边上躲的女子也在。小姑娘乐乐呵呵的，看起来状态不错。问起姑娘名字，木乃尔哈答：邱琳茜。我以为听错了：怎么不是阿衣？木乃尔哈解释，孩子生下来也叫阿衣，但身份证上换一个名字，人家叫着顺口，各方面也都方便。我问村里其他人家生了小孩是不是也这样，他说这也是跟他们学的。问起孩子手术的事，木乃尔哈说，这几天正做准备，但成都还是重庆，一时还没想好。又问起手术费准备得如何，看起来还有孩子气的孩子爹说：借得差不多了。

结婚时花的钱有一半也是借的。那个躲到边上的女人在一旁接话。

听她这么说，木乃尔哈讲起哥哥的好来。提亲时，女方开口要80888元彩礼。木乃尔哈攒下的钱只有1万多，彩礼加上酒席，没有10万拿不下来。弟弟想打退堂鼓，哥哥说，人家把女儿养那么大不容易，比起别人，要的也不算多，我们先想想办法。办法主要是借，两兄弟分头行动，向亲朋好友求助。在此之前，卡拉阿木把自己的两万多元积蓄拿了出来。父母不在人世，25岁的他缺啥不缺担当。婚礼过后，女方主动退回来3万元。岳父岳母说，换了地方住，女儿还是女儿，日子还是要过。用这个钱，加上木乃尔哈之后去重庆打工所得，欠条一张张收了回来。欠债刚还清，又赶上女儿生病。木乃尔哈不免情绪低落，这时候，又是哥哥说，人在，钱就不是问题。

目光转向卡拉阿木，他和弟弟一样，长得瘦削文静。我问，他答，从我们中间流过的时间嘀嗒有声，勾勒出一个大龄青年的人生轨迹。

父亲走得早，母亲去世时，哥哥刚满13岁，弟弟年方10岁。卡拉阿木回家放牛放羊，把弟弟留在学校念书，直到小学毕业。年纪稍大些，卡拉阿木开始去外面打工，近的在山下矿山，远的出了省，河北、北京、浙江。干得最长的是浙江，差两个月就满四年。他是2020年1月回来过年的，坐上飞机，他在心里想，是不是以后就不出去了？没有一技之长，在流水线上搞装配，一天上十二三小时

卡拉阿木购回一辆轻卡，村民们头一次享受到收获的便利

班，每月所得也不过三四千块，如此打一辈子工，人生的方向让他怀疑。突如其来的疫情帮他下了决心，出不去了，不出去了。

3月里，卡拉阿木用属于自己的那间屋开了小卖部，自己睡在客厅。来买东西的村民说起下种收割时愁眉苦脸，从阿木尔日按响的喇叭声里，卡拉阿木看到一个机会。交了三万元首付，他按揭回来一辆轻卡。在村子里跑运输，从村民身上赚运费，卡拉阿木没有这么天真。左邻右舍只要能把按揭贷款"众筹"回来，他的心理预期就达到了。至于利润，他要另谋来路——公路开通后，时不时有贩子进村收购土特产，他们可以找上门来，我也可以主动出击。

那天晚上，李桂林坐在饭厅改作业，我和陆建芬一旁聊天，聊着聊着就说到了卡拉阿木兄弟。我赞扬兄弟俩坚忍、阳光，感慨从小就被黑暗包裹、被命运打压的他们，就像我们脚底下这只电炉，一刻不停地发着光和热，根本不在意有没有脚踩在上面。陆建芬则发了一句感叹，你见到他们老汉儿了吧，三爷子都是一个性格。放下手中作业本，李桂林接过话来：她说的其实是阿木什布，一个孤人。同情两兄弟成了孤儿，他同他们一起生活。阿木什布身材瘦小，话也不多，但是人老实，心肠好，特别能吃苦。他是单独一个户头，可能你去时他恰好在自己屋中。

正说着话，阿木什布在学校门口打电话，要李桂林开一下门。李桂林出去两分钟后领着他进了屋，后面跟着木乃尔哈。阿木什布进屋就说起感谢的话，简单、朴素，语气却至为热诚。他和他的话竟是奔我而来，我一时云里雾里。不料木乃尔哈也向我道谢，以另外一种方式：他左手提着一只鸡，右手抱着一件啤酒，要我下山时一定带回家。我总算明白过来了，我去医院那一趟，爷儿俩当成了一件事。可这未免过于小题大做，我不过踩了一脚油门，客串了一把"翻译"，算个什么事儿。见我连声推辞，李桂林打起帮腔，站队却在阿木什布父子一边：你路也帮人家跑了，钱也给人家花了，人家表达个心意，怎么可以不近人情？此话一出，老实说，我是真的大吃一惊。我去医院时的确花很大力气往木乃尔哈手里塞过钱，但那不过是聊表寸心，根本不值一提。木乃尔哈连这个也跟李桂林讲了，我着实感到意外。

爷俩刚坐下来，李桂林问起了手术的事。去成都还是去重庆，什么时候出发，哪些人陪着去，他们讨论得很细致也很深入。大约20分钟后父子俩看来有了主意，向陆建芬和我道了别，由李桂林陪着往校门外走。这一去又是十多分钟，等李桂林重新回到屋里，陆建芬开起玩笑，该不会是你把人家送到家又被送回来吧？李桂林哭笑不得：两爷子在屋里都心头有数了，一出门又忧心忡忡，担心到了成都找不到路。我下来给李威打个电话，先去踩点，到时候抽空带路。

陆建芬似是有话要说，而我先开了口。这句话已在心里憋了很久：我咋感觉村里娃娃都是你们亲生的呢？

明知我不是那个意思，李桂林却有意往那上面靠：你从哪里看出来的呢？鼻子，还是眼睛？

我知道这是他的化骨绵掌，是低调，也是高明。我哈哈笑了，陆建芬却白他一眼：一把岁数了，开玩笑还没个分寸。

李桂林冲我笑笑：表面上我是校长，一下班，人家成了家长，我连副的也混不上。


从二坪下到山底，我又一次去了乡政府。

还在雅安我就给马由军打过电话，在二坪的这几天，我又不止一次给他发短信，希望能和他聊聊，马由军都说工作忙不得空。我是抱着碰运气的心态来的，不料恰好在乡政府院子里和他撞了一个满怀。

大凉山脱贫之役举国关注。为综合帮扶凉山州全面打赢脱贫攻坚战，2018年6月，四川省委决定选派5700多名干部组成综合帮扶工作队分赴凉山州11个深度贫困县，开展为期3年的脱贫攻坚和综合帮扶工作，南充市高坪区对口帮扶甘洛县。综合帮扶队员招募启动，年过不惑的马由军报了名才给妻子说。妻子对他先斩后奏颇有微词，对他不务正业也难以理解：一个乡镇兽医站兽医，去凑什么热闹？！但马由军最后还是做通了妻子工作，他估计，是这句话戳中了她的命门：人不能庸庸碌碌过一辈子，该拼还是拼一把，不给人生留遗憾！

来了才知道"拼"字不是说说而已。领导安排他到二坪驻村，头一次去，记忆刻骨铭心。下村要过境雅安市他已觉得夸张，等从田坪村上了钢梯，自小恐高的他两条腿像筛糠一样。等到抖动的频率稍微降低，他才眼睛一闭，被人推着往上爬——"眼睛一闭"不是夸张，也不是打的比方，他是真的闭了双眼，靠手和护栏导航。

既来之则安之，马由军住进村委会。村上条件简陋至极，生活就不说了，开展工作，打印机都没有一台。要做的事情实在多，有一天，光在天梯上他就跑了五趟。

木乃子布和阿木子哈被识别为贫困户却没有享受到精准扶贫政策，跑了几趟才弄清，一个是因为重名，另一个是由于负责资料输入的工作人员业务不熟。残疾人阿木子哈已56岁，但直到马由军去，连个户口都没有。马由军自己开车自己加油帮他们东奔西跑，直到把圈画圆。

二坪村水泥路2019年1月通车，当年3月，新村建设刚启动，搬家计划就已下达。那天在工地上搞协调，他从半坡滚下把脚摔伤，坚持7天后才住进医院。拉伸睡他个天昏地暗，实现梦想的机会来了，然而才过三天，他又急火火提着药袋去了工地。

大家都干得没日没夜，可直到11月7日深夜两点，我们还在陪工人加班。讲到这里，马由军为自己的话打了一个小结：不管想法再好，制定目标还是要实事求是。

萝卜应种尽种、应收尽收，这句话你真的说过？问他这句话，时机应该不算突兀。

说过。马由军干脆答过，语气又疲软下来：但是我们让晒成萝卜干，他们又懒得动手。

除了村民嫌麻烦，萝卜滞销，还有没有别的原因？闻言，马由军脸红得像关公，眼睛大如纵目。他是在脸上红晕褪去，眼睛也躲进眼眶后才开的口：我是一个搞技术的暖男，不懂行政管理那一套。在二坪村，流了汗也流了血，我自认功大于过，问心无愧。

"问心无愧"四个字，我这一天里已是第二次听到。第一次是一个多小时前，也在这间屋中。这是镇长的办公室兼寝室——我也是走进这间屋才知道乌史大桥乡已经变成了乌史大桥镇，并由此了解到，在甘洛县刚刚结束的乡镇区划调整中，撤销乌史大桥乡、黑马乡，设立乌史大桥镇，以原乌史大桥乡、原黑马乡和原阿兹觉乡卡尔村所属行政区域为乌史大桥镇行政区域，原来的书记职务调整，乡长调往另一个乡，还没来得及正式挂牌的乌史大桥镇，党委书记、镇长都从别处调来。一个全镇干部、各村"两委"负责人参加的会议马上就要召开，利用开会前的十分钟，镇长阿木几府和我有过简短交流。镇长人年轻，身上有一股朝气。虽然头天才来报到，熟悉情况需要一个过程，但是他说，守土有责，守土尽责，组织上派我们来这里，就算没有功劳，到最后至少要有苦劳，要敢脸不红心不跳说出问心无愧四个字。

阿木几府进会场前的一席话说得诚恳：群众利益无小事，只要下决心，没有什么问题不能解决。

"再回首，云遮断归途"

犁铧犁进深深的土地

土地上，骑马的白云仰望山顶

美丽的索玛花一落千丈

骑马的白云热泪盈眶

——彝族诗人阿苏越尔《正视故乡》节录

2021年5月15日，我从雅安出发时，沉睡的天空刚刚苏醒。

汽车停在二坪小学大门口是11点43分。李桂林讲课的声音抑扬顿挫。陆建芬班上学生在朗读课文，声音很大，音调拖得很长。这让李桂林的声音成了潜水的鱼，多数时候沉在水中，偶尔才冒出来透一口气。

这天是周六，二坪小学课程表上却还排了半天的课。和我要来一点关系都没有，李桂林来二坪31年，陆建芬则有30年了，假期以外，每个周末都是如此。

下课铃响，学生们欢呼着打闹着从教室里往外冲，李桂林和陆建芬落在最后。嵌在大门上的小门被李桂林拿钥匙打开，我打趣说，你们这种人就是不适合到城里教书。李桂林以为我嫌他开门迟，不够热情；陆建芬则以为我揶揄她普通话不达标。我说，你们不收补课费也不收延时服务费，有的同行即使不表现出来，心里也见不得（方言，讨厌之意）。我不要别个喜欢了，我怕有人吃醋，李桂林边说边瞟陆建芬。陆建芬抬手指着操场角落，快看，那里有一只老孔雀。

说笑几句后他们就要上"文体课"了。课是李桂林陆建芬在上，"文体课"却是我的命名，依据为每天都有的这一堂课是"文体结合"。全体师生在操场上列队，先是唱校歌，一个志愿者量身定制的《天梯学校》；然后师生围成大大的圆，踩着彝风扑面的音乐节拍，从"踩脚""晃步"到"平跳""踮步""对拍"一直到"大家跳"，全神贯注跳起凉山彝族达体舞。记得有一回，我问李桂林为什么不像其他学校一样做广播体操，他说做操能锻炼身体，跳舞不光能锻炼身体，还能塑造精神——我们的舞是民族舞，舞蹈里有民族基因也有民族性格。

上完"文体课"，分头落实好学生和老师的午餐，快3点了。陆建芬一个劲儿劝我夹菜，听她声音不对，才知她前一段时间做了手术。陆建芬声音奇怪，起先两口子以为只是炎症，直到抽出时间去医院检查，才发现是喉管上长了息肉。做完手术，医生让她休息一个月，陆建芬怕耽误课程，只过两周就挂着"小蜜蜂"上了讲台。不听医生言吃亏在眼前，若是校长暂停她上课资格的强制命令下得再晚一点，伤口只怕会被硬生生撕裂。到现在，嗓子是不痛了，只是手术过后，声音上也像长了疤，不如往常平整。李桂林是停下筷子讲的这个事，言毕嘴角向上一扬：马上就要退休了，跟我挣什么表现。

陆建芬反戈一击：是嘛是嘛，上一课少一课了，不抓住机会，到了年底，想过把上课的瘾都过不成，说出来的话也没人听。

陆建芬要退休了，就在今年年底！我大吃一惊，也顾不得一口饭还没下咽，从大张的口中，冒出一声：啊？！现在来看，这真是白痴一样的发音，白痴一样的表情。再远的旅途也有终点，再长的道路也有尽头，就连长长短短的人生也是如此，何况内置于人生之书里的一个章节。我当时觉得吃惊和意外，那种感慨，大约相当于阅读一部经典著作时，沉浸其中的某个情节突然生变，牵动神经的某个角色突然消失，而自己心理上根本没有准备，甚至以为这个故事就该无限延续，这个角色应该永远在场。这其实就像指望一本书没有封底，完全就是无稽之谈。

陆建芬倒是笑得云淡风轻：退休后就专心带孙子了。李威的儿子3岁多了，我还没怎么抱过。李想这边也排着队，他的婚期定在今年下半年，不等把李威家的送进学校，李想这边肯定又伸长脖子在等着我了。

李威的婚礼我参加了，2016年11月17日，在陆建芬老家贾托村。李威大学毕业后在成都工作，婚宴摆在外公家，是因为离开二坪，父母没有一间属于自己的房子。记得婚宴上李桂林致答谢辞，说到对儿子的亏欠，一时间无语凝噎。一晃几年过去了，同样大学毕业后在成都工作的李想，婚礼又在哪里举办？李桂林夫妇要我到时一定来喝喜酒，自然而然，我得找到坐标。李桂林似乎难以启齿，"贾托村"像三只蚊子在耳边飞过。陆建芬眼神也很低迷：娃娃没沾到我们什么光，我们却啃了一辈子老。

我不确定我在安慰他们还是肯定他们：娃娃沾你们的光也不少。学生在信里都写了，你们就像对待亲生儿女一样对待他们。实在要怪，就怪你们娃娃太多，自己又只有一双手。

话是这么说，二坪人也真是从来没把我们当外人。这样的话，我差不多每次上山都会听夫妇俩说到，并且后面一定会跟着一个或一串故事。这次也不例外，李桂林说，李想他妈喉管做完手术，村里人天天都来看她，劝都劝不住。

他的话让我无限感慨。感慨村民的感恩，感慨夫妇俩和村里人水乳交融，感慨他们30年初心不改、无怨无悔。李桂林脸上浮起得意的神色：前不久，布依村和二坪村合并了。布依村800多人，二坪村400多人，合并后还叫二坪村，小鱼吃大鱼，还不是因为二坪小学名声在外。就说这学期，我们一年级26个学生，中心校9个；我们三年级27个学生，中心校还是9个。几十年过去了，布依、田坪还有不少娃娃往二坪送，说明人家认可我们、相信我们。再有钱也是一辈子，再穷也是一辈子，人到最后，都要交给一把火，变成一把土。一个人做的事别人认可、自己满意，老了回忆起来，就是最大的幸福。

李桂林多数时候为人低调，一旦得意起来，从来不会管控自己的语言，刻意让自己显得低调，所以刚才他对自己的学校津津乐道，我丝毫不觉得意外，倒是在心里边想，被一股孩子气的天真紧紧包裹，这样的灵魂才会像没有剥除外壳的荔枝，保持着柔嫩和新鲜。哪知他接下来的话却转了急弯：我们在付出和奉献，但是为了这个地方、为了这些娃娃、为了我们老师，付出和奉献的还大有人在。

李桂林一口气给我讲了几个故事。

2009年5月12日，为给二坪小学师生亲手拍摄一部画册，66岁的南充摄影家袁孝正徒步向二坪出发。没到天梯老人就晕倒了，服下速效救心丸，同行者劝他往回走，可是他说，就是死也要死在路上。袁孝正坚持爬上天梯，待了三天才走。从那时候起，袁孝正对二坪的牵挂就没有断过。听说村里通了公路，他还专门为师生送来一大车水果。

大约也是从2009年开始，乌史大桥乡矿业公司老板王顶帮每年"六一"都要来慰问全校学生，每年火把节都要来看望两位老师。王顶帮说，矿上有不少二坪小学毕业生，他们有的每月能挣五六千，多的能挣上万元。拜访两位老师，一方面向他们表达一份敬意，另一方面也是因为二坪小学成为企业用工的可靠来源。

成都"六一童心"爱心组织成员里有警察、教师、白领蓝领，也有公职人员。负责人喻伟每年都要带队到二坪看望老师，向优秀学生发放奖学金。2016年那次上山，见学生蹲在地上吃饭，喻伟团队决定捐建一个彩钢棚，配套餐桌餐具。彩钢瓦、钢管等大件材料无法从铁路大桥搬运，只能雇船运到对岸。因为第二天必须赶回去上班，他们上山后一刻不停地忙活，直到鸡叫三遍，才枕着麻袋眯了一会儿。

2017年暑假，全国民办小学联盟部分成员来到二坪。来自深圳的校长肖新是带着7岁儿子来的，李桂林将父子俩就近安排到双胞胎姐弟阿呷俄扎、阿木俄布家里。二坪的贫穷和二坪孩子的刻苦、淳朴深深打动了肖新，当年寒假，他把姐弟俩接到深圳开阔眼界，圆了他们的"飞天梦"。第二年暑假，姐弟俩再次得到邀请，飞赴鹏城。听他们无意间讲起同班的李琼学习刻苦、成绩优异，却因家庭困难面临辍学，肖新把李琼也列为帮扶对象……

这样的故事可以讲一天一夜。李桂林如此说过以后突然问我，有没有发现二坪什么味道最浓?

好奇怪的问题。见我一脸茫然，李桂林笑了：人情味。

原来是个脑筋急转弯。我问他，看样子，你是要坚持到底了？

李桂林收起俏皮：不到退休，不上完最后一节课，我不会离开二坪。如果走了，我会瞧不起自己——党和国家给了我们那么高的荣誉，那么多的人那么关心我们，二坪人又是掏心掏肺对我们好。人要懂感恩，这个词可以不说出来，但必须用行动体现出来。

这句话让我想起一个细节。李桂林每天起床第一件事都是洗头，我曾逗他，难道虱子在你头顶做了窝？李桂林的回答是，几十双眼睛看着你，要是仪表不整，脑袋乱得像个鸡窝，就配不上老师这个称呼。就凭这点，我相信，即使陆建芬以后不在身边，李桂林也不会成为邋遢油腻的抠脚大叔。但是这么多次上山，我吃住都在学校，却从来没见李桂林做过一次饭洗过一个碗。陆建芬下山去了，他能照管好自己吗？此外，人说少时夫妻老来伴，每天一放学就成了孤家寡人，一个人的世界，未免太过空旷。我说出了我的担心。

李桂林嘴又贫上了：上山头一年我也是一个人，还不是没有饿死。

他刚才提到二坪和布依两个村子合二为一时我就想问这个问题：既然新学校选址不理想，倒不如趁着两个村子合并，把学校合到布依。

这次是陆建芬作的回答：上面也这样说过，但他不同意。

我就纳闷了：搬过去热闹得多，回家也近，干吗不去？

我是近了，但学生呢？他们每天要来回走几个小时，山上又时不时滚石头下来。李桂林此语一出，不用镜子我也能看见，自己的脸红到了脖子根。我是站在李桂林的角度，以"我"为中心权衡利弊，李桂林却不是。李桂林以"偏旁部首"定义自我，学生才是他语境的中心。

李桂林没有戳穿我而是向我分享了一个好消息：主管教育的副县长带队到二坪现场研究后，否定了原来的方案，决定将原二坪村群众服务中心改造成二坪小学。

李桂林开眉展眼，不止是因为方案优化，新学校有了着落。我知道，他的坚持又一次取得了胜利，对他来说，这一点同样重要。


新学校正在改造，争取在汛期前完成搬迁。一楼是厨房和餐厅，二楼是教室，三楼是生活区。楼前活动场入口处加装大门后变身操场，整个学校可以形成独立空间。李桂林对校区格局比较满意，位置也比较满意——这里是新村最北端，底座为一块前凸的硬岩，背后有一道缓坡，和他之前争取的选址离得很近。带着我上上下下、里里外外参观，李桂林一刻不停地说，这里原来是什么样，下一步是什么样，为什么要从那样变成这样。听听李桂林站在挡墙前说的一番话就知道他心思有多缜密：靠墙砌一溜花台，栽花，也栽树。树子不要别的，直接从老校区移过来，有柳树有柏树有玉兰，都是我当年亲手所栽。旗台要修得宽大，旗杆用不锈钢，顶端稍加改造——这是我的土办法，风越大，国旗越不会卷起，只会展得越开……

站在未来的旗台边，李桂林又告诉了我一个好消息：县上投资数百万元修筑挡墙，防止自悬崖滚落的石头掉进新村。

工程已经启动，从南向北施工。李桂林带我去现场，在村道和匝道交叉口，竟然碰到呷呷尔日。其实我一开始并未认出他来，这主要怪我有眼盲症，也有他穿着打扮过于跳跃的原因。呷呷尔日骑着"嘉陵125"摩托，戴一顶蓝底白纹套头帽，鼻梁上架宽边墨镜，上身着棉服，下身是一条皮裤。

从声音上认出他后，我乐得声音都在打战，都5月份了，你是要往腊月里穿越？

呷呷尔日露出两排黄牙：跑摩的，冷。

我是真的没想到：不告状了？

他又笑，状要告，饭也要吃。

有说法吗？虽是在问他，我心里其实已有答案。

又是一个没想到。呷呷尔日直了直身子：有，不过有的方面还不满意！

说来听听？

前段时间，3月19日，县纪委来了三个人，通知我到镇上。带队的孟主任说，经过核实，我所反映的二坪村除2017年以外，村务不公开情况属实，下来将责令改正。我说，我反映的其他情况，希望你们也能全部查清。4月19日，孟主任打电话说他们已经展开调查，调查清楚后会给我一个答复。

那你还不满意？

我在等答复。

为啥要这么认真？

不忘初心嘛！

不管是呷呷尔日一脸认真的表情，还是这句话从他口里钻出来这个奇迹本身，都让我无比惊讶。呷呷尔日没有给我表达惊讶以机会：坚持就是胜利，就像李老师。

胜利者的笑容挂在李桂林脸上。

听说我要看"超级挡墙"，呷呷尔日主动申请带路。

工程规模不小，进度条已经往前走了不短一截。然而，除了从施工便道经过的两个小孩，工地上并没有见着人影，我问呷呷尔日，是不是遇到了麻烦。他说不是，工人这会儿正吃饭。小儿子就在这里打工，所以他很清楚。呷呷尔日把我带到一个被高土堆遮了颜面的KT板前，上面的信息让我得以知道，由甘洛县发展改革和经济化信息局作为建设单位的二坪村易地扶贫安置点地质灾害治理工程占地2964.3平方米，工程造价579.03万元；设计类型为桩板墙，桩高10米；开工日期和竣工日期分别为2021年3月25日和2021年7月23日。对于工程建设我完全是外行，但是现场、KT板和生活经验似乎你一言我一语地说，此项工程的用意，和二坪小学围墙上加高的铁丝网异曲同工。

阿木什布是第三个好消息的分享者。村民们爱到学校来，有时候找两位老师帮忙，有时候纯粹只是串门闲聊。他们多是晚上过来，但是周日，一周里唯一不上课的这天，一大早就有人喊门也不奇怪。这天就是如此，在三坪放牛的阿木什布下山途中摘了一把露水菌，拐进学校请老师尝鲜。也是巧了，头一天，碰到去3组送化肥的卡拉阿木，我们曾聊了一会儿。他告诉我，种过花椒的地重新种了苞谷，不再闲置。我想起向他打听侄女手术情况时他的背影已经消失。阿木什布一来，我有了提问的机会。阿木什布说，手术相当成功，去年11月的事了。做手术花了7万多元，国家报销3万多，一家基金会赞助了2万，不足部分是找人借的。说起还债，阿木什布把木乃尔哈夸个不停，说他其实也还是一个孩子，但是为了早日把债抹平，火把节和春节都没有回家，都在外面打工。

阿木什布正要起身离开，呷呷勒学进到屋中。他是听说我又来了二坪，找我寒暄两句，顺便问问进度。头一次见面，和他说起我要给二坪写一本书，书中会写到他的故事，我就在他的眼底看见了期待。

李桂林叫他"英雄"，呷呷勒学应得仓促，脸上有一丝慌乱。

应付别人容易，自己却没那么容易糊弄。呷呷勒学的目光到底还是怯怯落在了李桂林脸上：我是狗熊，你们两口子才是英雄。

很多话都在里面了。用不着说出来，明白的人自然明白。我不知道夫妇俩心里在想些什么，也许不恰当，但我的确是想到了"反掌荣辱"。

李桂林的话其实接得不慢：狗熊如今是保护动物，轻易还见不着呢！

陆建芬却没有放过洗涮人的机会：李桂林真的是英雄，还是战斗英雄！她有意在"战斗"上加重了力道。

呷呷勒学头晃得让我都担心扭伤了：一步走错，这一辈子就走远了。

承认自己的罪过是一生里最难逾越的高山大河。记得上次，我有意刺探呷呷勒学对自己过山车般的人生起伏如何看待，是否有直击灵魂的痛悔和深入骨髓的反思，但是呷呷勒学虚晃一枪后没了下文，这一枪还直愣愣地戳向别人：我也没有动手，而且他们把没卖出去的东西也估了全价，这个整法不合适，我是吃了瞎亏。呷呷勒学当时这样说，我相信一定程度上是他不懂法律，但是要说他对自己的越界完全无感，我也很难相信。就连敢于迎着木基叶子挺身而出，在一把滴血的屠刀前，一丝一毫退让之心也不曾有过的呷呷勒学审视自我的勇气也如此虚弱贫乏，茫茫人海中的绝大多数，是不是能心平气和地承认、正视、省思自己的罪过而且痛自创艾，而不是推责透过、掩瑕藏疾，也就可想而知。这一回，呷呷勒学承认自己错了，我心下一个激灵。呷呷勒学到底有着"英雄"底色，虽然悔悟迟到，毕竟没有缺席，他的勇敢值得起我的一份敬重。

也是这时候，呷呷勒学扭头看向李桂林和陆建芬：还是你们好，先苦后甜，十几年前什么待遇，现在还是什么待遇。

我终于找到一句话了：实际上，他们30年前是什么样子，现在还是什么样子。

李桂林换了一种方式谦虚：背也驼了，头发也白了，老花眼镜也戴上了。

陆建芬调侃李桂林从来不知疲惫：我可是安全靠岸了，你还有几年，千万保住晚节。

我和呷呷勒学一起笑了。李桂林也笑，却不光是笑。陆建芬有来他也有往：你还有大半年才靠岸呢。有些人是倒在最后一千米，有些人上了岸还是湿了脚。

我此行对话的最后一人木呷约布2020年2月卸任布依村党支部书记，同年11月"复出"，成为新的二坪村新的领头人。2018年起，连续3年请辞，得偿所愿时，他在村支书任上已足足干了20年。担子撂下8个月，乡上领导又三番五次上门找他：二坪布依合村，村支书这副担子必须由你来担。

好马吃不吃回头草不重要，我在乌斯河租了门面批发百货，"回炉再造"，每月3000元工资，还不够请人送货的花销！木呷约布以为把话说到这一步就水泼不进了，可是领导说，你党龄一大把了，不能光打小算盘，要算全村1000多人这个大账。

实在推脱不得，木呷约布答应再干两年。

眼面前摆着两件事：结算历史欠账，启幕乡村振兴。

"旧账"着实让人头疼。老二坪"合作社"合作不愉快，村民和公司各自抱着一本经，各自都念不下去；原来的布依村，集中安置点2019年11月份才建好，却提前5个月就喊拆房子，隔在干部和村民间的一堵墙至今没能拆掉……这些事都不是村上能解决的，但村干部必须首当其冲。凡事有因才有果，问题到底出在哪里，值得认真思考。

木呷约布的话引发了我的思考。一些问题的出现，当初并非完全不可预判。问题最后还是畅通无阻地出来了，说明看到问题的人，并没有说出或者坚持自己的意见。很多事情除了关乎常理还关乎切身利益，因此不讲真话的逻辑基础并不成立——至少一开始，最当初。那只能理解是不愿讲、不敢讲了。不敢讲的根源又是什么？是有人忘了忠言逆耳、良药苦口了吗？是有人把讲真话当成了不合时宜的行为了吗？不把这些问题搞清楚、解决掉，一个矛盾化解了另一个又会冒出来，上一个包袱还没卸下另一个又会上身。最终，再是看起来膘肥体壮的骆驼，也会被一根稻草压垮。

"乡村振兴"是等待破题的鸿篇巨制，当过代课老师的木呷约布说，题目已郑重其事写在那里，文章怎么做，我们既在看风向，也在动脑筋。2021年中央一号文件是《中共中央国务院关于全面推进乡村振兴加快农业现代化的意见》，文件提出脱贫攻坚政策体系和工作机制要同乡村振兴有效衔接、平稳过渡，而且明确设立了5年过渡期，做到扶上马送一程。不久前，国家乡村振兴局正式成立，又是一个重大信号、重大利好。就在前几天，县上还开了乡村振兴动员视频会，我们在镇上分会场参加会议，精神也很振奋。说一千道一万，增加农民收入，让农民需要花钱时手能打得伸展，这个才是根本。老二坪适合发展养殖业，老布依去年发展的100多亩当归、牛膝效益不错，这些对下一步产业发展如何因地制宜、扬长避短都有参考意义。木呷约布说到这里来了一个"但是"——发展产业可以引领可以服务，前提是要充分尊重群众意见，不要好大喜功，不做表面文章，不说过头话。

到任半年，老问题没能解决得了，新思路还在整理之中，木呷约布一再表示歉意。他说，从春节前到眼目下，从镇上到村上，差不多全部精力都用在了森林草原防火，好在这项工作即将告一段落，脑子里的一团乱麻，终于可以腾出手来清理。

离下山还有一点时间，我决定再去3组看看。

经过"石头城"时，不由自主地，我的脚步慢了下来。

31年前的那个9月，被"绑"上山去的李桂林在一个夜晚的辗转反侧后，信马由缰在村中踱步。在这里，他看到了一棵生长在石头缝里的核桃树，和另一棵站在石头上的树，看见了信念的力量，并在两棵树的号召和见证下，做出了留在二坪的决定。那两棵树我2009年也曾见过，可是2019年，当我试图再次与它们相见，从直刺苍穹的姿态里解读向上的密码，石头上那一棵还在，另一棵却躲猫猫似的不肯现身。我以为它是被一条从无到有的路腰斩掉了，或者这条路的横空出世，错乱了它在记忆中的方位。头天晚上，当我向李桂林道出心中疑惑，他告诉我，树已进了火塘，只因石缝狭窄，核桃树的根须难以抓紧大地，无法汲取到足够养料。

站在与人齐高的石头前，一场风暴在心底生成。

我看见了时间的枯萎与苍茂，也看见了生命的虚弱与强健。

后记

一

　　这本书的缘起，正文里已说得清楚。关于写作背景，倒是还可以在这里啰唆几句。

　　我是在《古路之路》的写作进入尾声之时将目光锁定在了高山顶上。至于为什么，那本书的后记已说得明白："同样是在高峡之巅，李桂林陆建芬夫妇以三尺讲台为纸、一腔心血为墨，书写了一段真实的传奇，活出了不一样的人生高度。我曾不止一次登上二坪，追寻天梯之上的火把，探寻中国版的普罗米修斯如何播撒文明的种子，如何用清贫、坚守和操劳，青春、热血和情怀，把一座荒凉的大山，浇灌为精神的沃土。而那已是十年以前的事了，他们距离彼时，又有整整二十年光阴！知识的力量是否改写了贫困的基因，文明的火光是否照亮了无边的寂寞，正在老去的老师和已经长大的学生，是否看到了理想破壳而出？我对这

12年间，作者七赴二坪采访

一切充满好奇，这一切对我充满召唤……"

2019年11月，就在我正准备重返二坪之际，一个朋友打来电话，称某大型国企托他帮忙物色人选，为一个即将收官的重大项目文字画像，而他觉得我或能胜任。建筑领域于我相当陌生，这是我推托的理由，也是自知之明。大约以为我是碍口识羞，兄弟直言，大企业大手笔，你可以先开个价。我不得已交了底：早有计划等着我了，实在分身乏术。当时并不合适，现在是可以说清楚这个意思了：每个人都难免冲着利益去做一些事情，但是如果把时间交给单纯的热情，他离自己的内心可能更近一些，离自己不想成为的样子，必定更远一些。

不久后我去了一趟二坪，回来不多时日，新冠疫情暴发。宅在家中，生活似乎安上了消声器，内心里却难得有一分钟能真正保持安宁。是受了触动，也是为了安抚自己，我循着一条新闻线索，通过电话采访，采写下一枚短篇非虚构。短文讲述一家驻鄂央企抗疫故事，他们在湖北保卫战中的表现可圈可点。小文发表后，公司方面通过采访对象邀约我全景式扫描他们的抗疫战场，进而著书立传。我当时很是有几分动心，毕竟，不容错过的历史事件、不可多得的观察视角，对报告文学写作者乃是天赐良机、天然动能。然而最终，我仍是诚恳表达了歉意：别的事情也许可以让道，但是这个，的确不行。

这个不容更改的计划就是重返二坪。

吾不能变心以从俗兮。这方面，李桂林和陆建芬是很好很好的老师。

这两段插曲告诉我，你这学生，表现不算太差。

二

说到底，我是觉得李桂林陆建芬这两口子了不起，相当了不起。

这是需要勇气的：从道路通达的地方去人迹罕至的地方，从早已告别煤油灯的地方去21年后才通电的地方，从水龙头一扭就有甘泉涌流的地方去背水喝抬水喝还得熬夜排队的地方。然而，李桂林去了，陆建芬去了，他们年方两岁的儿子和刚过百日的儿子，也都随他们落户在了二坪。

人这一生，黄金岁月也就三四十年。李桂林陆建芬几十年如一日在异乡的土地上教书育人、安贫乐道，从这个意义上讲，这对夫妇，做了一辈子好事。

有机会离开，有机会转行，有机会向贫苦和寂寞挥手，但是他们没有。他们把帮助别人圆梦作为梦想，他们如鸿鹄振翅，托举的却不是自己的肉身，而是一座大山和山里孩子的未来。

他们发热发光，温暖明亮的却不止两间教室、半亩校园。他们是老师，是学生口中的哥哥姐姐、叔叔阿姨、爷爷奶奶，是学生走出校门后不管悲欢得失，总会与之分享、向之倾诉的良朋挚友。

他们为一所学校、一个村庄透支的精力、创造的机会足堪与"了不起"匹配，却还不能加上"相当"。相当了不起的是，即使向不合逻辑的现实宣战，他们也很少有过彷徨，未曾有过退缩。

即使面对的是探汤手烂的代价、粉身碎骨的风险。

为自己而战是一种本能，为别人亮剑，为光明护旗，为正义站台，尚能握炽炭、蹈沸汤，傲霜斗雪，冲云破雾，还能让信念的颜色保持新鲜，人才成其为人。

——不打折扣的人，不打引号的人。


三


写下一本书有几个人真的去读不知道，是否有精神相通的所谓理想读者也不知道。

但我还是全力以赴写下这一本书，就算仅有的意义是立此存照：芸芸众生中，有这样两个人。

他们是我所记录的这样，而不是别的什么样子，看完这本书，表示怀疑的将大有人在。甚至不看正文，光看这篇后记，我和我所讲述的故事，也将成为怀疑的对象。

没有什么好奇怪的。游鱼仰望明月，瞽者欣赏美景，争夺食物的鬣狗信仰守望相助的秩序，这样的希求本就不切实际。

我无意于放大他们的优点，甚至在与他们相处的日子里，像一个深藏不露的潜伏者那样，随时准备着捕捉他们身上的是人就一定会有的缺点，很大程度上，便是为了让自己的讲述尽可能避免被人置喙。

至少在陆建芬身上，我处心积虑的窥探几乎等同徒劳。短暂的兴奋也曾有过，那是在我注意到，每次上山采访，我随手脱下的衣服袜子，总是才转个身就被她手动清洗干净之后。我把她的不合常理的热情归入贿赂的一种——贿赂在本质上是利益交换，她想用多出来的热情，换得我笔下的颜值虚高。然而很快我就发现这不过是在以小人心度君子腹，因为她的自理能力差的学生通常也都享受着与我不相上下的待遇。但我还是从中看出了陆建芬性格里的"柔"和"软"来，并因此相信，李桂林的个性养成，与她长年累月的迁就不无关系。

李桂林的脾气坏起来龙卷风都没得比，而且他还自恋。一个现成的例子：看见我在文中说他的普通话是"川普"，有"椒盐味"，他不服气地问我要不要看他盖了钢印的等级证书。我开玩笑说证书这个东西不能说明问题，"歪"的太多。他气得不得了，问我是否考过等级证书，既然没有裁判资格，又哪来的底气说三道四？

这个人还很任性。我拿他的"自恋"寻开心：正给你画像呢，就不怕我手下一滑乱抹一笔？他的回答我想要忍住不笑都很难：就不信你能把我"黑"到非洲去。

## 四

这一次，我想写下一本改变之书。

典型人物置于公众前的形象也许是时候改一改了。以前他们在纸上出场，十有八九是从头到尾穿着西装打着领带，肃穆得不可方物。后来虽说有些变化，偶尔也穿"休闲装"，距离感仍然不过是五十步与百步之别。典型人物首先是"人"，人不可能总是穿西装休闲装，总是不苟言笑，不可能只干活不吃饭。是人就有穿背心短裤的时候，就有哈哈大笑失声痛哭的时候，就有性情、有个性、有家庭目标和个人规划。只有穿着西装、休闲装、背心短裤的形象交替出现，一个人才是完整的、真实的、可信赖的，才能"活"起来、"动"起来、"站"起来。这本书中的主人公李桂林很多时候一身短打出场，笑起来音量全开，吼起来惊天动地；陆建芬鼻子一酸，淌下的泪水浇得了两分地。生活中的他们就是如此，我要改变的不是他们的形象、读者的印象，而是自己以往写作中似曾有过的，把人生生撕裂，只捡一半起来的陈规旧习。

报告文学是"歌德体"的偏见也该收敛起来。埋怨偏见持有者并不理智，倒是看法演变为成见的这个过程，值得文体实践者闭门思过。报告文学曾经是最具道义感、最具现实关怀和批判精神的文体，曾经有过不容小觑的地位和不容冒犯的尊严。我从来不反对赞美，也不敢想象，离开欣赏的眼光，美区别于丑的价值又在哪里。只是除了恰如其分的赞美，对于事物矛盾的观照，对于前进中的曲折的记录，难道不是同样重要？报告文学今日处境，归咎于外部因素，多少有甩锅之嫌。与其甩锅，倒不如像一个真正的战士那样，拿起属于自己的武器，冲锋，厮杀，突围，即使突围不成，也不失为一种体面。这本书的写作，我进行着属于个体的努力，尝试着属于个体的改变，虽则心想未必实至。

有人对生活在大凉山上的庞大族群有着习焉不察的误解，以为那里的人多数散漫，并且习惯于站在道德制高点上，把安于贫困作为他们发展缓慢的根源所在，完全漠视他们在历史条件和地理环境上的先天不足。说那里有懒人当然无可辩驳，然而很多人忽略了一个事实：任何一个地方、任何一个群体中都不缺乏这样的存在。"忙的忙死，闲的闲死"，就连机关单位里也还流行这么句话。"闲"字立于此处，就是尸位素餐，就是得过且过，就是不作为。恰恰相反，二坪这个地方，我所见最多的是人们脱离贫困的强烈渴望和积极努力。我在书中写到了阿木尔日、阿木读布、木乃尔哈、呷呷尔日等一众村民的志向和奋斗，毫不夸张地说，他们吃下的苦受过的累，丝毫不少于任何人，若非输在了起跑线上，他们获取的成功，可能远非某些居高临下者能够望其项背。有这样一个没有写进书中，而我始终念念不忘的细节：某次，我看见路边一块石板上也被人铺上泥土种了苞谷，并由此发现，尽管二坪地广人稀，却没有一块承包地被撂荒，没有一块地，给了杂草肆虐以机会。现在，我如实将它记录下来了，相信有读者会因此有所触动——哪怕只是一个两个读者、一星半点触动。

## 五

我至今也没能想得明白，李桂林和陆建芬为什么偏偏去了二坪村。也可以换个表述，为什么这里已经是二坪村了，还要多出来这两个人。

这句话的潜台词是，二坪村和李陆夫妇身上都有讲不完的故事，故事的丰富性、异质感、震撼力都罕有其匹。偏偏它们就遇上了，如同浩瀚夜空中，一块陨石和另外一块碰撞在了一起。

有先于多数读者看到文稿的朋友评价，这本书像爱情片，像励志片……这种评价与我奔波于二坪村和二坪人的故事里，与我用文字投射下这些人物和场景时的感受大体吻合。不过，如果允许略加补充，我会说，但是本质上，它是一部生活片、一部纪录片。

我想呈现的是最逼近真实的生活样态。它的粗粝、朴素、立体、多义，它热烈处的催人泪下，低迷时的扣人心弦，它不是戏剧胜似戏剧的交织缠绕、起落开合。

我和李桂林、陆建芬朝夕相处，我和这个村子里的人们不期而遇，我从空间上无限靠近他们，在时间上保持尽可能远的距离，以此筑牢真实的底座，让理性的砂纸磨平感性的棱角。我越来越相信并认定这一点：只有人是真实的，他们的立场、感情、言行都是真实的，对于读者十分珍贵的时间，才算一个负责任的交代。

我并没有很好地负起这个责任。这里有我的无能，也有我的无力。


# 六


《在那高山顶上》成书之前，先后入选中国作协重点扶持作品、四川省精品主题文艺项目、四川省作协"万千百十工程"、四川省重点图书出版规划项目，部分章节分别被《人民日报》《光明日报》《中国作家》《四川文学》《凉山文学》选载并在《天津日报》连载，持续关注着本书写作、出版进程的高伟、马平、赵智老师百忙之中挤出时间阅读原文，针对文本在结构、内容、语言等方面的问题，提出了中肯批评，贡献了真知灼见。组织的厚爱、师长的教导如同夜路上的灯火，让艰难的采访、漫长的写作和多达十次的修改，虽累不失快慰，虽苦不觉寂寞。

四川人民出版社社长黄立新先生全程介入、全力支持，让这本书的采访和写作，从一开始就有坚强后盾。出版社集中优势资源为本书编辑、出版、推广提供一应便利，黄立新先生牺牲国庆长假，亲自担任三审，其在作品立意、整体把控上的开放意识、严谨作风、工匠精神，令人肃然起敬。一本书的品相是很多因素的集合，其中最关键的莫过于写什么和怎么写。看起来这是作者的事，起决定作用的则另有其人。为此，我要对黄立新先生深鞠一躬。

我人生中写下的第一本书得益于蔡林君女士青眼相向。林君小姐姐一度短暂"出圈"出版界，而她扛着回马枪，带到新东家的"见面礼"，便是刚刚动笔的此拙著。我的写作经历与她职业生涯中的两个重要节点适逢其会，而且当初那一本书和现在这一本，笔触都落在二坪村，如此奇遇，不用缘分说话，真的解释不了。

说到缘分，拙著与《新京报》记者陈杰的摄影作品邂逅，也是一段奇缘。2007年和2020年，陈杰先生两赴二坪拍摄，我十二年间七上二坪采访，大约也是在此期间。我们与二坪不离不弃，在二坪擦肩而过，又因二坪在一本图书里相逢。五获中国新闻奖的陈杰君以敏锐、悲悯、勇毅享誉摄影界，而我的朋友罗光德、李依凡、周志坚、廖仕林、谢应辉、李柏川、卫志均跋山涉水，将镜头对准那方水土那些人，除了对民生的关怀，除了创作的冲动，更多出于对我的理解、支持和成全。好友王永是第一个走进二坪的摄影家，书中选用了其两幅作品，既是对一段岁月的打捞，也是对已不在人世的他的追忆和怀念。

# 七

一些我想要说的话，不得已暂付阙如。

世界并不完美。立于纸上的村子，正如对于完美的执念，我的陪伴和凝视，注定来日方长。

## 感谢图片提供

谢应辉　　P1，P304（下图）

王　永　　P2-3，P91，P131，P132-133，P160-161，P263

卫志均　　P8-9

陈　杰　　P14-15，P23，P68-69，P97，P106-107，P124-125，
　　　　　P151，P159，P203，P232-233，P282-283，P312，
　　　　　P318-319，P336-337

罗光德　　P24-25，P67，P121，P139，P183，P231，P252，
　　　　　P264-265，P288，P291，P363，P364（部分）

周志坚　　P30-31，P294，P308-309

李柏川　　P38

廖仕林　　P84（上图）

陈　果　　P84（下图），P98-99，P209，P214-215，P224-
　　　　　225，P342，P347

袁孝正　　P206-207，P244-245

李依凡　　P210-211，P292-293，P304（上图），P317，P348-
　　　　　349，P364（部分）